조정래 장편소설

풀꽃도 꽃이다

2

조정래 장편소설

풀꽃도
꽃이다

2

해냄

조정래 장편소설

풀꽃도 꽃이다 2

| 차례 |

자발적 문화식민지 2

"그럼 하루에 40만 원, 한 달이면 얼마인 거야……?"

스미스는 큰 눈이 더 커졌다.

"그야 1,200만 원, 대략 1만 1천 달러 정도."

"우와! 아르바이트로 1만 1천 달러씩을 벌어? 이건 세계기록이겠다. 정말 한국 끝내준다."

"너 너무 흥분하지 마. 너는 10만 원이 아니라 7만 원짜리야. 무경험 초보자라는 사실을 잊지 말라구."

"알아. 근데 말이야, 여덟 시간 노동하고 수입은 절반밖에 안 되는 학원 강사 노릇은 왜 해? 당장 때려치우고 그 시간을 전부 네이티브 스피커로 바꿔야지."

스미스의 커진 목소리에 흥분기가 묻어나고 있었다.

"네가 왜 사업이 망한 줄 알아? 그렇게 단순하게 계산하기 때문이야. 똑똑히 잘 들어. 그런 아르바이트 자리는 그냥 생기는 게 아니야. A급 학원에서 근무를 해야 그 학생 엄마들이 대학생들을 소개해 주는 거고, A급 학원의 교사이기 때문에 대학생들이 믿어주는 거라구. 그런 역학 관계가 작용하고 있다는 걸 모르면서 말이 많기는. 이제 알 만하서?"

포먼의 파란 눈이 스미스의 파란 눈을 꾸짖듯이 쳐다보았다.

"아하, 그게 그렇게 짜여 돌아가는군. 역시 경험은 논리보다 한 수 위라니까."

스미스가 고개를 주억거렸다.

"가자, 저녁 먹으러. 나 배고프다."

포먼이 가방을 들고 일어섰다.

"야, 그럼 넌 그동안 얼마나 번 거야? 부자가 되는 비결은 돈을 안 써야 하고, 돈은 벌릴 때 아껴야 한다는 지론을 실천하시는 분이시니 엄청 많이 버셨겠지?"

"야, 넌 어찌 그렇게 기본 매너가 엉망이냐? 나이 묻지 않기, 종교 묻지 않기, 재산 묻지 않기. 아무리 친한 사이라 해도 이 세 가지 원칙은 지켜야 되는 것 아니냐?"

"알았어. 지독하게 모았을 테니 대충 짐작할 수는 있어. 아직 서른 안 된 나이에 6억 이상 가지고 있으면 알부자라고 할 수 있지."

"하, 계산 한번 빠르네. 너 자유니까 네 맘대로 생각해."

포먼은 피식 웃어버렸다. 그러나 그 웃음에서는 묘한 자신감이 얼핏 스치고 있었다.

그들은 양식당에 자리 잡았다.

"바가지 씌우지 않을 테니 안심해. 이 집은 값이 싸면서도 음식 맛이 좋아. 이 집 주인이 미국에서 10년 동안 정식으로 배워 셰프 자격을 땄다니까. 이런 집 알아두는 것도 노하우야."

"그래, 고마워. 그런데 말이다……, 아무리 생각해도 이상한 게, 아까 말할 때 아르바이트를 9시부터 오후 1시까지 네 시간 한다고 했는데, 그 장소가 학원처럼 한군데에 딱 정해져 있는 거야?"

"아, 그거? 아주 예민하게 잡아내네. 차차 말하려고 한 건데, 장소는 학원처럼 일정하지 않아. 그렇게 하면 내가 임대료를 내야 되잖아. 그리고 생활영어 중심의 회화를 숙달시키는 거니까 그때그때 장소를 바꾸는 게 좋아. 그게 화제를 다양하게 할 수 있는 방법이니까. 그래서 학원에서 가까운 커피숍, 카페 같은 데서 만나고, 거리 이동으로 1분이라도 낭비하는 것을 막는 거야. 시간은 돈이다!"

"근데, 매번 만나서 한 시간씩 무슨 얘기를 하지? 무슨 교재가 있어?"

"그런 걱정 하지 마. 생활영어라고 했잖아. 교재가 무슨 필요가 있어. 그 사람들은 우리 서양 사람과 단독으로 마주 앉는다는 그 사실만으로도 공부가 되기 시작하는 거야. 자꾸 서양 사람을 만나면서 거리감이나 두려움 같은 것을 없애고, 떨지 않고 말을 쉽게 주고받을 수 있게 되는 것. 그건 회화에서 가장 중요한 기본이잖아. 그리고 넌 화젯거리가 걱정인 모양인데, 그야, 무궁무진하잖아. 날씨에 대해서, 음식에 대해서, 옷에 대해서, 책에 대해서, 연애에 대해서, 그때그때 맞춰 나가면 그것이야말로 살아 있는 회화 공부가 아니겠어? 특히 한국 사람들은 교과서 중심으로 영어를 배워서 회화에 자신이 없으니까 무슨 말이든 하기 전에 먼저 머릿속에서 문장을 만들려고 하는 습관이 있어. 그러다 보니 회화에 전혀 안 맞는 말을 하게 되고, 쉬운 단어를 두고 엉뚱하게 어려운 단어를 동원하고는 하지. 그런 때 꼭 지적하고 고쳐주고 하면 아주 효과적인 공부가 되는 거지."

"응, 감이 좀 잡히는 것 같아. 근데 그 대학생들은 남녀가 섞여 있겠지?"

"그렇지. 반반이라고 생각하면 돼."

"그들이 실습 공부하는 기간은 대개 얼마나 돼?"

"그거 사람마다 다 달라. 자기들이 맘에 안 들면 서너 번 하다가도 관두고, 어떤 사람은 미국 사람을 많이 대해볼 욕심으로 몇 번 하고는 그만두기도 하고 그래. 그러나 평균 6개월 정도는 가."

"그거 그럼 일 없어 쉬어야 하기도 하고, 안정성이 거의 없잖아."

"그런 걱정은 안 해도 돼. 그만둘 때는 미리미리 알리도록 계약할 때 약속하니까. 그리고 A급 학원 교사한테는 그런 학생들은 줄을 서 있어. 젊은이들은 남들보다 영어를 잘하고 싶어 모두 혈안이 되어 있고, 우리 같은 사람들에게 한국은 더할 수 없이 좋은 황금 어장인 거지."

주문한 음식이 나오기 시작했다.

"자아, 포도주부터 한 잔."

포먼이 스미스의 잔에 포도주를 따랐다. 그 병을 받아 스미스가 포먼의 잔에 포도주를 따랐다.

"웰컴 투 코리아!"

"생큐 쏘 머치!"

그들은 잔을 부딪쳤다.

잘그랑……. 얇고 큰 유리잔이 가볍게 부딪치는 소리가 무슨 천상의 소리처럼 투명하고도 청아하게 울려 퍼졌다. 향이 그윽한 포도주의 맛을 한껏 북돋아주는, 그 어떤 악기도 흉내 낼 수 없는 가녀리면서도 품위 있고 해맑으면서도 우아한 소리였다.

"그런데 말야……." 스미스는 포도주를 한 모금 입에 머금었다 천천히 넘기고는, "문제는 그 황금 어장이 언제까지 계속된다는 보장이 없잖아?" 그는 불안감을 솔직하게 드러내고 있었다.

"아무리 황금 어장도 고갈될 날이 있을 것이다?"

고기에 칼질을 하던 포먼이 스미스를 칩떠보았다.

"당연하지. 영어에 대한 열기가 언젠가 식을 날이 오지 않겠어?"

"그래, 그런 의문 가질 만도 한데, 그럼 이거 하나 묻자. 너 태양의 수명이 언제까지일 것 같아?"

"태양? 태양……, 그거야 아무도 모르지. 우주과학자들이 그렇게 말했잖아."

"정확히 아녜. 그럼 미국의 영향력은?"

"우리나라 미국? 글쎄……, 그게……, 그거 대통령도 잘 모르지 않을까?"

"바로 그거야. 아무도 모르기는 태양과 같아. 정답 알아들 었지?"

"미국의 영향력이 영원하니 황금 어장도 영원하다? 그거 믿어도 될까?"

스미스는 여전히 불안기 가시지 않는 얼굴로 포도주를 또 한 모금 마셨다.

"그래, 나도 그게 불안해서 인터넷 자료를 뒤져보고, 사교 육 현장을 유심히 살펴보고 해서 자신 있게 내린 결론이 그 거야. 다시 말하면 영어 사교육이 해마다 증가해 지난 10년 동안에 사교육비가 세 배 이상 폭증한 거야. 현재 4조를 넘는 다는 통계인데, 어느 나라든 통계라는 건 부정확한 게 상식이 잖아. 그렇다면 실제로는 그보다 훨씬 더 많다는 얘기야. 그 럼 인구는 별로 늘지 않는데 영어 사교육비는 왜 그렇게 폭증 하는 걸까? 부모들의 경쟁의식 때문이야. 모두 다 하니까 우 리 애도 시켜야지. 우리 애가 더 잘해야 하니까 더 비싼 학원 엘 보내야지. 한국 사람들은 이렇게 경쟁을 해대는 거야. 그 래서 유치원 들어가기 전의 서너 살 유아들까지도 영어 사교 육을 하는 게 95퍼센트를 넘는 실정이야. 이렇게 영어에 열광 하는 나라는 전 세계에서 한국이 단연 1등일 거야. 우리로선 이보다 더 좋을 수가 없지. 한국 사람들, 특히 어린 자식 둔 엄마들의 무한 경쟁의식은 굶주린 사자의 식욕 같아. 아니 그보다 더 심해 광적이라고 할 수밖에 없어. 그 덕에 우리가 편히 돈 벌 수 있는 거지만 말야."

"히야, 그렇다면 안심해도 되겠네. 근데 한국 엄마들은 왜 그러는 거야?"

"아까 말했잖아. 자기 자식 잘되게 하려고."

"아니, 영어를 그렇게 한다고 자식이 잘된다는 보장이 있나?"

"영어가 국제어니까 세계 어디서나 통할 수 있고, 그 능력을 갖추면 잘살게 된다는 계산인 거지."

"그거 좀 이상한 계산이잖아. 국민 모두가 영어를 쓰는 직업을 갖고 세계를 돌아다니는 것도 아닐 텐데."

"나도 잘 모르겠어. 어쨌든 역대 대통령 두어 명이 고맙게도 영어 조기교육을 외쳐대는 바람에 그 경쟁은 갈수록 심해진 것이 분명한데, 우린 그 고마우신 대통령들 덕 톡톡히 보고 있는 셈이지."

"거참, 이해하기 힘든, 재미있는 나라네. 자아, 한 잔."

스미스가 포도주잔을 들었고, 포먼이 잔을 들어 부딪쳤다.

"영어 교육 붐이 갈수록 그렇게 뜨거워지면 그럼 우리 같은 원어민 교사들 수도 엄청나겠네?"

"나도 그게 궁금해 언젠가 학원 원장한테 물어보았어. 그러자 원장이 한참 동안 인터넷 검색을 하고 하더니, 전국 초·중·고에 근무하는 원어민 교사가 7천여 명이고, 그보다 훨씬 더 많을 사설 학원의 교사들 수는 알 수가 없다는 거야. 정부의 교육부도 통계청도 그 수를 파악하지 못하고 있으니까."

"아니, 그게 말이 돼? 그 공무원들 하는 일이 뭔데?"

스미스가 그러고도 국민 세금으로 월급 받아먹고 살아? 하는 표정으로 입이 반쯤 벌어져 있었다.

"그렇게 놀랄 것 없어. 앞으로 놀랄 일이 줄줄이 많으니까."

포먼이 싱긋 웃고는 크게 자른 고깃덩어리를 입으로 가져갔다.

"참, 들을수록 흥미진진한 얘기의 연속이네. 그런데 그렇게 광적으로 영어를 가르치는데, 한국 사람들의 영어 소화력은 얼마나 돼?"

"응, 아주 중요한 걸 물었어. 그들은 말야, 영어를 잘하려고 온갖 노력을 다하고, 기를 쓰고, 발버둥을 치지만 그들은 그들 한국인의 한계를 뚜렷이 가지고 있어. 언어가 다른 세계 여러 나라 사람들이 제각기 한계를 가지고 있는 것처럼 말야. 그래서 세계적으로 보면 마흔다섯 가지가 넘는 영어가 있다고 하잖아. 그런데 그 한계를 극복하겠다고 몸부림 치는 어리석고 서글픈 한국적 코미디가 있어."

스미스가 포먼 잔에 포도주를 따랐다.

"어리석고 서글픈 한국적 코미디?"

"응, 원어민들처럼 발음을 잘하기 위해서 어린이들 혓바닥을 수술하는 거야."

"뭐라고? 혓바닥을? 어떻게?"

스미스가 너무 소스라치게 놀라며 고기를 썰던 나이프를 놓쳐 접시와 부딪치는 소리가 요란했다. 그 바람에 스미스는 다시 놀라며 주위를 빠르게 살폈다.

"스미스, 아무 걱정 마. 여긴 한국이니까. 한국에선 그 정도 실수는 아무 흉도 안 돼. 어때, 편리해서 좋지?"

포먼이 장난스럽게 웃었다.

"아니, 혓바닥을 어떻게 수술해?"

"한국 사람들은 원어민처럼 발음을 잘하는 게 소원인데, 그러기 위해서 혀를 수술하는 거야. 유별난 한국 사람들 일부는 자기들이 혀가 짧아 R 발음과 L 발음을 정확히 구분해서 할 수 없다고 생각해. 그래서 그 두 가지 발음을 정확하게 하기 위해서 혓바닥 아래 부분인 설소대를 잘라내는 수술을 하는 거야. 혀를 길게 하기 위해서지."

"어린애들에게 그런 수술을 시킨다고?"

"응, 어린애들에게."

"몇 살짜리한테?"

"대개 영어 유치원에 들어가기 전이니까 네댓 살."

"아이구, 하느님 맙소사. 그게 효과는 있는 거야?"

"신문에 전문가들이 한 말을 보면, 과학적 근거가 전혀 없고, 효과도 기대하기 어렵다는 거야. 그리고 오히려 언어장애를 일으킬 위험도 있다는 거야."

"아, 아, 이 말 들으니 아까 영어 교육 광풍이라고 했던 말이 드디어 실감 나. 그건 정말 미친 짓 중에 미친 짓이야."

"오죽하면 그 사실이 우리 미국 신문에까지 보도됐겠냐."

"미국 신문?"

"응, 꽤 오래전에 《로스앤젤레스타임스》에 아주 길게 났었어. 앞으로 시간 여유가 생기면 인터넷에서 검색해 봐."

"정말 한국은 서글픈 코미디의 나라구나."

스미스가 한숨을 푹 쉬며 고개를 절레절레 저었다.

"야, 왜 슬퍼하냐, 기뻐해야지. 그런 정도니까 우리한테는 얼마나 좋은 황금 어장이냐 그런 말씀이다."

"야, 그래도 그건 너무 큰 충격이다. 그런 수술을 시키는 부모나, 그런 수술을 해주는 의사나 다 갓댐 크레이지다."

"그게 다 한국 사람들이 목숨을 거는 무한 경쟁의 산물인데, 한국 사람들은 촘스키 교수가 말한 '생득언어(mother tongue; 모국어)' 차이 때문에 제2언어의 습득에는 필연적으로 차이가 생길 수밖에 없다는 것을 인식하지 못하는 한 또 다른 수술도 서슴지 않을 거야."

"아, 아, 한국 애들이 불쌍해. 국가나 교육계에서는 뭐 하는 거야. 그런 사실을 적극 알려서 가엾은 애들을 학대하는 그런 잔인한 짓을 금지시켜야지."

"그래, 그런 걸 방치하는 것도 한국이라는 나라야. 그리고 한국 사람들은 아무리 노력해도 원어민처럼 발음할 수 없다는 사실을 현재 유엔사무총장인 반기문 씨가 실감 나게 보여 줬는데도 아무 깨달음이 없어."

"그건 또 무슨 소리야?"

"응, 반 총장이 지난번에 연임을 하려고 할 때 유럽 쪽에서 반대를 하고 나섰잖아. 그 공개적인 이유가 뭔지 알아? 그가 영어를 잘하지 못하니 유엔사무총장으로서는 더 이상 자격이 없다는 것이었어. 그런데 말야, 반 총장이 어떤 사람인 줄 알아? 한국 고등학생들 중에서 영어를 제일 잘하는 사람으로 뽑혀 미 정부 초청을 받아 케네디 대통령을 만난 인물이야. 그리고 평생을 외교 관료로서 영어를 하고 산 사람이야. 그런데도 영어를 잘 못한다고 유엔 무대에서 공개적인 공격을 받은 거야. 언어란 그런 거라구. 태생적으로 생득언어가 다르니까. 우리가 제아무리 발버둥을 쳐도 한국 사람들처럼 한국말을 잘할 수 있겠니? 그건 애초에 불가능한 일 아니냐. 이 쉬운 사실을 못 깨닫고 계속 아이들 혀 수술을 해댄다면 그건 어쩔 수 없는 그들의 비극이고, 운명이지 뭐."

"아, 참 끔찍한 일이다. 우리가 한국 사람으로 태어나지 않은 게 얼마나 다행이냐." 스미스는 어깨를 과장되게 떨며 몸서리를 치고는, "어쨌거나 너는 한국에 대해서는 모르는 게 없는 척척박사로구나?" 그는 포먼에게 친근한 미소를 보내며 손가락으로 동그라미를 그려 보였다.

"치이, 겨우 그 정도 듣고 척척박사 칭호를 주냐? 인심이 후하기도 하군." 포먼은 잔을 들어 건배 손짓을 하고는, "말이 나왔으니까 미리 하는 말인데, 너 최소한으로 한국 현실을 알아야 하니까 영자 신문 하나는 꼭 봐야 해. 그래야 한국에 대한 상식도 생기고, 한국 이해에도 큰 도움이 되니까. 그리고 또 하나의 무시 못할 수확은 우리의 절대 수입원인 네이티브 스피킹 아르바이트 때 화젯거리를 풍부하게 하는 결정적 역할을 해준다 그런 말씀이야", 그는 포도주잔을 시원스럽게 비웠다.

"아, 그것 중요한 정보네. 그런 생각 하지도 못했는데."

스미스가 반색을 했다.

"그러니까 스승님이 필요한 것 아니냐. 어때, 저녁값 아깝지 않지?"

"그럼, 그럼. 오늘 같은 정보를 계속 주면 열 번 사도 안 아까워. 근데 영자 신문은 몇 가지나 돼?"

"여러 가지가 있는데, 많이 알려진 것으론 대여섯 가지."

"어떤 게 좋아?"

"응, 다 비슷비슷하니까 신문 이름이나 편집 모양새 같은 것을 두루 비교해 보고 네 맘에 젤 드는 것으로 고르면 돼."

"혹시 텔레비전은 뭐 없어?"

"아 참, 그것도 있지. 한국방송의 KBS월드가 있고, 아리랑TV의 tv뉴스가 있어. 신문·방송, 양쪽 다 참고하면 아주 도움이 커."

"응, 알았어. 근데 말야, 생득언어가 그렇게 다른 한국 사람들이 영어 공부를 좋아하긴 해?"

"아, 그 말 하자면 길어져. 오늘은 여기까지만 하자. 너 피곤하잖아."

"아니, 난 괜찮아. 얘기들이 너무 희한하고 재미있어서 피곤한 줄을 모르겠어. 어서 얘기해."

스미스는 불콰해진 얼굴에 환한 웃음을 담으며 눈치 없이 굴었다.

"넌 내일 아무 일도 없지만 난 오전 9시부터 줄기차게 아르바이트를 해야 하거든?"

"아니, 너 아직까지도 일 다 정리하지 않았어?"

"왜 그걸 벌써 정리해. 떠나기 전, 마지막 날까지 해야지. 한 시간에 10만 원, 그런 수입이 어디 그리 흔하냐?"

"야, 지독하게 버는구나. 나 또 한 수 배웠다. 정신이 바짝 든다 야."

"내가 집 떠나 한국에 와서 외롭게 고생하고 지내면서 절실히 깨달은 게 한 가지 있지. 돈처럼 벌기 어려운 것도 없고, 돈처럼 쓰기 쉬운 것도 없다. 흔히 있는 말이지만 한국에 와서 새삼스럽게 새로워진 거야. 역시 고생해야 철든다는 말은 진리야."

"아, 저 노래!" 스미스의 얼굴에 화들짝 반가움이 넘쳤고, "아, 〈업타운 펑크(Uptown Funk)〉로군", 포먼이 고개로 까딱까딱 박자를 맞추었다.

"한국에 저런 노래가 다 나오네?" 스미스가 자못 신기해했고, "그게 무슨 소리야? 한국이 IT 산업 선진국인 거 몰라? 뉴욕에서 최신곡이 뜨면 사나흘 후에 이곳 서울에서 울려 퍼지는 나라야. 이게 한국이라니까", 포먼이 콧소리로 노래를 흥얼거리며 커피잔을 들었다.

"브루노 마스 목소리를 한국에서 들으니까 더 기막히군. 저 목소리에는 이상야릇한 혼 같은 게 서려 있어. 이상해, 왜 톱 팝가수들은 다 유색인종들일까?"

스미스가 노래에 젖어드는 그윽한 표정으로 말했다.

"그게 우리 백인들이 따라갈 수 없는 유색인종 특유의 생 득언어 아니겠어?"

"아, 맞아. 인간의 힘으로는 어쩔 수 없는 DNA 같은 거."

스미스도 커피잔을 기울였다.

다음 날 오전 9시에 포먼은 항상 만나는 장소인 커피숍으로 갔다. 출근하는 사람들이 한바탕 휩쓸고 간 커피숍에는 커피향이 가득할 뿐 손님은 드문드문했다. 홀을 한 바퀴 휘둘 러본 포먼은 자동적으로 시계를 보았다. 오늘의 대화 상대인 유서인이 안 보였던 것이다.

포먼은 이상하다고 생각하며 구석 쪽에 자리를 잡았다. 언 제나 먼저 와 있었던 유서인이었다.

오늘의 화젯거리는 무엇으로 하나 생각하며 포먼은 핸드폰 을 꺼냈다. 떠난다는 얘기를 오늘은 해야 할 것인지 어쩔 것 인지 아직도 결정을 못하고 있었다. 회화 공부에 차질이 없도 록 하려면 오늘쯤은 말을 해줘야 다음 선생을 구하는 데 지 장이 없을 거였다. 그런데 왜 떠나는 것인지……, 그럴듯한 그 이유가 아직 떠오르지 않는 것이었다. 유서인에게는 도저히 사실대로 말해서는 안 되는 처지였다.

포면은 다시 시계를 보았다. 5분이 지나 있었다. 이렇게 늦을 리가 없는데……, 무언가 느낌이 좋지 않았다. 포면은 전화를 걸었다. 신호는 가는데 전화를 받지 않았다. 전화를 끊었다. 저쪽 출입문으로 눈길을 보냈다. 유서인의 모습은 없었다. 다시 시계를 보고, 또 전화를 걸었다. 역시 받지 않았다. 일부러 받지 않는 거라는 느낌이 잡혔다. 전화를 끊었다.

잠시 후 문자 도착 신호가 울렸다.

떠난다는 말 들었어요. 잘 가세요. 더블데이트는 미국식인가요, 짐승식인가요?

포면은 호되게 따귀를 얻어맞은 기분이었다. 그리고 동시에 심한 불쾌감을 느꼈다. 자신은 유서인, 그 여자를 불손하게 유혹한 일도 없었고, 달콤한 말로 꾄 일도 없었고, 더구나 완력으로 강압한 일도 없었다. 그것은 서로의 눈빛이 나눈 동의였고, 서로의 마음이 통한 화합이었고, 서로의 영육이 혼합된 황홀이었다. 그런데 이제 와서 어떻게 그런 모욕적인 말을 할 수 있단 말인가.

그렇다. 더블데이트라는 사실을 뒤늦게 알게 되어 불쾌할 수는 있다. 그런 것을 용납할 수 없다면 그럼 사전에 확인을 요구했어야 했다. 자신은 그런 게 싫으니 솔직히 밝히라고 했다면 썩 기분 좋은 일은 아니지만 결코 속이지 않았을 것이다. 그런데 그녀는 그런 내색은 털끝만큼도 하지 않았었다. 그녀는 그 황홀마저도 비용 들이지 않는 네이티브 스피킹 실습인 것처럼 열성적이지 않았던가.

어찌 생각하면 그녀는 어쩌면 일부러 그런 확인을 피했을지도 몰랐다. 그녀 자신이 밥을 먹지 않아 느끼는 시장기처럼, 물을 마시지 않아 느끼는 목마름처럼 그렇게 지극히 자연스럽게 젊은 남녀는 만나자마자 눈빛을 나누었고, 누가 먼저랄 것 없이 손을 마주 잡았고, 그래서 그렇게 되었던 것 아닌가. 자기와 그렇게 한 것처럼 다른 여성들하고도 그럴 수 있다는 것을 얼마든지 유추할 수 있는 일이었다. 그것을 확인하게 되면 자신과는 관계가 끝나게 되기 때문에 그녀는 그 사실 확인을 일부러 외면했을 수 있었다. 그래 놓고 뒤늦게 그런 모독적인 언사를 한다는 것은 심히 불쾌한 일이었다.

영어를 하는 남자에게 젊은 여자들이 얼마나 저돌적으로 덤벼드는지는 최근의 텔레비전 뉴스가 실감 나게 보여주고 있었다. 뉴스 화면에 등장하는 그 남자는 한눈에 보아도 평균 수준 이하의 생김인 중동 남자였다. 그는 자신이 일본을 거쳐 한국까지 와서 얼마나 많은 젊은 여자들을 유혹하고 차지할 수 있었는지 SNS에 올려 자랑을 하다가 뉴스의 표적이 된 것이었다.

그는 자신이 영어를 구사하며 눈 맞추고 꼬드긴 여자들의 모습을 핸드폰으로 다 찍고, 얼굴만 살짝살짝 가려 SNS에 올린 것이었다. 그 의상이 다르고, 몸집이 다르기 때문에 다른 설명이 없이도 다 다른 여자들인 것이 확실했다.

그뿐만 아니라 그는 자신이 두세 명씩의 여자들에게 영어로 말을 거는 모습을 찍어 보여주고 있었다. 그는 자신의 얼굴이 정면으로 나오게 사진을 찍게 했으므로 여자들의 모습은 자연히 뒷모습만 보였다.

그는 제스처를 화려하게 쓰면서 무슨 말인가를 열심히 하고 있었고, 여자들은 쾌활하고도 헤프게 까르르 까르르 웃어대기에 바빴다. 그런 화면이 지나간 다음 그는 정면을 보고 능글맞고도 당당하게 말했다.

"일본 여자들이고 한국 여자들이고 영어 하는 남자를 너무나 좋아했다. 한국 여자는 일본 여자보다 조금 어려웠지만, 그러나 다 쉬웠다."

그가 단기간에 꼬드긴 여자는 두 나라 각각 30여 명씩이었다.

그는 누가 보아도 중동 남자였다. 검은 곱슬머리에, 눈도 검었고, 얼굴은 회갈색이었다. 백인에, 푸른 눈에, 금발이 아니었는데도 영어를 한다는 그 한 가지 사실 때문에 두 나라 젊은 여성들은 헤프게 웃어대며 중동 사나이에게 승리감을 만끽하게 해준 것이었다.

그 중동 사나이에 비하면 백인에, 푸른 눈에, 금발인 자신은 얼마나 윤리적이고 교육적으로 행동한 것인가. 5년 동안에 그 사나이의 육분의 일 정도밖에 안 되니 말이다.

세상을 살다 보면 이해하지 못할 것이 한두 가지가 아니지만, 특히 일본 사람들과 한국 사람들이 왜 그다지도 미국과 영어를 환장하도록 좋아하는 것인지 그 이유를 알 수가 없었다.

"패전한 일본 지식인들 중에 일본이 미국의 한 주로 편입되어야 한다고 주장하는 사람들이 더러 있었다. 또한 한국에서도 6·25전쟁이 끝나가면서 일본에서 했던 것과 똑같은 주장이 일어나기도 했다. 만약 그때 미국 정부가 그들의 주장을 그대로 받아들였다면……? 지금 미국의 파워는 어떻게 되어 있을 것인가? 전 세계의 판도는 어떻게 되었을 것인가? 그리고 다른 여러 관점과 견해를 기술하라."

고등학교 때 역사 선생이 낸 논술 과제였다. 그때 뭐라고 쓰긴 썼는데 별 기억이 없고, 평점은 C였을 뿐이다.

그때 한 가지 뚜렷했던 기억은, 그런 주장을 하는 놈들이

다 미친놈들이라고 생각했던 것이다. 논술도 그런 기조로 썼을 테니 C학점이 아니었을 것인가. 그때 일본과 한국이 미국의 영토가 되면 태평양 전체가 남김없이 미국의 차지가 되고, 그렇게 되면 미국의 영토가 거의 세계의 절반을 차지하게 돼 미국은 영원한 지구의 지배자가 된다는 폭넓은 식견은 없었다. 그저 코 납작하고 얼굴색 누렇게 못생긴 동양인들이 갑자기 미국인 행세를 하고 드는 것이 징그럽게 싫었던 것이다. 그 생각은 지금도 변함이 없었다.

동양에는 수없이 많은 나라들이 있는데 그중에서 특히 일본과 한국은 못생긴 중동 사나이마저 여색의 황홀에 쉽게 빠지게 해줄 만큼 미국과 영어에 환호하는 이유가 무엇인지, 풀기 쉽지 않은 수수께끼였다. 그뿐만 아니라 두 나라는 미국에 대해 절대적 신뢰를 보내고 있었다. 물론 미국이 두 나라와 상호방위조약을 맺고 있는 것은 사실이었다. 그건 전쟁이 일어나면 서로 돕는다는 뜻이니까 그저 우방이라고 하면 충분할 거였다. 그런데 그 두 나라는 우방에다 더 힘을 넣어 '동맹'이라고 썼고, 그것도 모자람을 느끼는지 '혈맹'이라고까지 강조하고 나섰다. 그러나 미국은 그런 과장에 시종일관 무반응이었을 뿐 제지하지도 동조하지도 않았다. 그 일방적이고 자발적인 친한 척이 미국에 손해될 것이 없었기 때문이다.

그러나 그것은 허망하고 허무한 그들의 짝사랑일 뿐이었다. 미국의 내심은 전혀 달랐다. 미국이 진정으로 우방이라고 생각하고 믿고 있는 나라는 따로 있었다. 영국, 캐나다, 호주, 뉴질랜드, 네 나라가 그들이었다. 그 네 나라의 공통점이 하나 있었다. 그 증표가 그들의 국기에 잘 나타나 있었다.

안쓰럽게도 일본 사람들과 한국 사람들은 그 사실을 모르고 있었다. 어쩌면 그 사실을 가르쳐준다고 해도 그들은 애써 외면할 수도 있었다. 그게 짝사랑하는 자들의 심리니까.

포먼은 10시에 맞춰 그 옆의 빵집으로 자리를 옮겼다. 먼저와 있던 남자 대학생이 포먼을 보자 일어나 인사를 했다.

"미리 말하는데, 나 며칠 있다가 미국으로 떠나게 될 거예요. 미스터 리는 네이티브 스피커를 딴 사람을 구하도록 하세요."

"예? 아니, 왜요?"

남학생은 무척 놀라는 표정을 지었다.

"집안에 급한 일이 생겼어요."

"그게 무슨 일인데요?"

남학생은 지체 없이 물었다.

포먼은 그만 짜증이 났다. 교육 효과가 전혀 나타나지 않았기 때문이다. 그동안 이런 경우에는 그거 참 안됐다는 염려와

위로만 표시할 뿐 구체적으로 따져 묻는 것은 결례가 되니 삼가야 한다고 가르쳤던 것이다. 이 교육 효과 없음이 곧 한국식의 발동이었다.

"그럴 일이 좀 생겼어요." 포먼은 냉정한 어조로 말하고는, "자아, 오늘은 무슨 얘기를 할까요? 재미있는 화젯거리가 있으면 말해 봐요", 그는 부드럽게 표정을 바꾸며 말했다.

"선생님, 여기다 선생님 미국 주소를 좀 써주시겠어요. 제가 미국 유학 가면 찾아뵈려구요."

남학생이 수첩을 꺼내 포먼 앞으로 조심스럽게 밀어놓았다.

포먼은 순간적으로 당황했다. 이런 건 참 원하지 않는 번거로움이었다. 자칫 잘못했다가는 짜증이 그대로 노출될 수 있어서 그는 애써 감정을 다스렸다.

"이번에 일어난 사고로 집을 이사하게 될 거예요. 그러니까 미스터 리의 주소를 적어주시오. 그럼 내가 먼저 연락하겠소."

포먼은 재빠르게 둘러댔다.

"아 네, 그게 좋겠군요."

남학생은 기쁜 기색으로 수첩을 얼른 가져갔다.

포먼은 그런 식으로 두 명을 더 치르고 오후 1시에 스미스를 만났다.

"아유, 지루해서 혼났다. 내일부턴 나도 좀 끼워주면 어떻겠니? 실습도 할 겸 해서 말이야."

스미스가 만나자마자 말했다.

"글쎄, 그건 좀 곤란해. 그게 엄연히 수업인데 갑자기 타인이 끼어들면 싫어할 사람이 있을 수 있거든."

포먼은 좀 당황스러웠지만 그런 기색 싹 감추고 이렇게 능쳤다. 왜냐하면 스미스와 합석해 이런저런 얘기를 하다 보면 자신과 남온유의 문제가 불쑥 튀어나올 수 있었던 것이다. 그 어쭙잖은 일을 한 사람이라도 더 알게 되는 것이 싫었다.

"아, 그래. 그럴 수 있겠다. 점심은 뭘 먹을래? 오늘도 어제처럼 비프스테이크?"

스미스는 아무런 눈치를 채지 못하고 바로 수긍했다.

"빚내가지고 온 놈한테 연달아 그렇게 바가지를 씌울 수는 없지. 내가 어제 말한 세계 최고의 한국 음식이 뭐지?"

"응……? 그게 그러니까……, 그게……."

스미스는 생각해 내려고 끙끙거리다가 어깨를 들썩하는 제스처로 포기 선언을 했다.

"그래, 남의 나라 말 한 번 듣고 외우면 아인슈타인보다 나은 천재게? 앞으론 중요한 것들은 그때그때 수첩에 적어가며 기억하도록 해야 해. 그래야만 한국을 빨리 이해할 수 있고,

한국 생활에도 빨리 적응할 수 있으니까. 그 음식 이름은 비, 빔, 밥, 비빔밥이야. 어디 발음해 봐, 비빔밥!"

"비비이임……, 파압!"

"틀렸어. 나도 처음엔 그랬는데, 한국 사람들이 웃지 않게 발음할 수 있을 때까지 수백 번을 연습했어. 다른 나라의 언어란 그런 거야. 하나의 외국어를 습득하려면 1만 시간을 투자해야 된다는 말이 있잖아. 가자, 비빔밥 먹으러."

포먼은 스미스를 단골 한식당으로 데려갔다.

"이 비빔밥의 맛을 좌우하는 것은 이 고추장이야. 이것을 적당히 양을 조절해 넣고 잘 비벼야 제맛이 나. 그런데 이게 우리의 토마토 케첩처럼 빨갛게 생겼지만 맛은 전혀 딴판이야. 상상할 수 없을 정도로 매워. 혀에 불이 붙는 것 같고, 목이 콱 막히고, 눈물이 쑥 빠지도록 매워. 이 고추장을 우리 영어로 하자면 코리안 핫 소스야."

말에 따라 현란하게 바뀌는 포먼의 제스처를 따라 스미스의 얼굴은 이미 공포에 질려 있었다.

"아니, 혀에 불이 붙고, 목이 콱 막히고, 눈물이 쑥 빠지도록 매운 그것을 왜 먹는 거야?"

스미스는 목소리까지 떨리고 있었다.

"너무 그렇게 겁먹지 말아. 다 사람이 먹고 사는 음식이야.

이 매운 걸 왜 먹냐면 말야, 첫째 매운맛이 침샘을 자극해 입맛을 돋우는 동시에 소화를 촉진시키고, 둘째 각종 비타민의 보고이고, 셋째 각종 암을 예방하는 항암제고, 넷째 각종 야채와 육류를 뒤섞어 맛의 조화를 이루어내. 이 매운맛과 친해지는 데 외국 사람들은 평균 1년이 걸려. 나는 눈물을 머금고 열심히 먹어 2개월 정도 단축했지만 말야. 자아, 나를 따라서 해. 넌 처음이니까 고추장을 나의 삼분의 일만 넣어. 한국 사람들과 빨리 친해지는 첫 번째 비결이 한국 음식 잘 먹는 것과 젓가락질 잘하는 거야."

"뭐라고? 뭘 잘하는 거라고?"

스미스는 처음 듣는 말인 젓가락질을 놓쳐버린 것이다.

"잘 봐! 젓, 가, 락, 질!"

포면은 한 음절씩 또박또박 발음하며 기세 좋게 젓가락을 들어 호박전 하나를 집어 들었다. 그러나 호박전이 곧 떨어질 듯 젓가락 끝에 매달려 있는 그 젓가락질은 어설프기 짝이 없었다.

"자아, 너도 해봐."

포면이 스미스에게 턱짓했다.

스미스는 젓가락을 집어 들었지만 젓가락질이 될 리가 없었다. 젓가락 잡는 법부터 틀렸으니 젓가락은 두 개의 쇠막대에 지나지 않았다.

"그것도 1년 연습 필요!"

포먼이 마치 군대 훈련 교관처럼 말했다.

"머가 이렇게 복잡하고 어렵냐."

스미스가 입맛을 다시며 고개를 저었다.

"한국이 황금 어장이라니까 그저 누워서 돈 벌 줄 알았니? 명심해라, 돈이란 소중한 만큼 쉽게 벌어지는 게 아니다."

"알았어. 근데 한국 사람과 빨리 친해지는 두 번째 비결은 뭐야?"

"옳지, 빨리 배우고 싶어 하는 그 의욕이 아주 좋아." 포먼이 엄지손가락을 세워 보이고는, "한국 사람들은 예의 잘 갖추는 것을 아주 좋아해. 지위가 높거나 나이가 많을수록. 그 예의의 대표적인 것이 인사야. 한국말로 절. 우리 서양 사람들은 악수를 하면 그만인데, 한국 사람들은 악수도 하고 절도 하는데, 절을 더 중요시해. 절은 허리를 굽히는 건데, 서양 사람들이 잘하지 못하는 동작이야. 그건 텔레비전 뉴스에 자주 나오니까 배우면 돼. 예를 들어서 네가 원장을 만날 때 악수하기 전에 절부터 먼저 하면 너는 백 점짜리로 딱 인정받게 돼. 명심해" 했다.

"너는 참 아는 것도 많다."

"흥, 겨우 이것 가지고?"

포먼을 따라 스미스도 열심히 비빔밥을 비볐다. 그리고 첫 숟가락을 떠 넣었다. 서너 번 우물거리던 스미스가 캑캑거리며 밥을 뱉어냈다. 그러나 포먼은 거들떠보지도 않고 고개를 떨군 채 밥 먹기에 열심이었다. 스미스는 어쩔 수 없이 밥을 또 떠 넣었다. 우물거리다가 억지로 삼키고는 부랴부랴 물컵을 집어 들었다. 그래도 포먼은 아무 반응이 없었다. 스미스는 또 밥을 떠 넣었다. 이번에는 혀를 내밀며 후후거렸고, 그다음에는 눈물을 훔쳤고, 다시 물을 마시고, 정신이 없었다. 그래도 눈길 한 번 주지 않던 포먼은 밥그릇을 깨끗하게 비우고서야 고개를 들었다.

"맛이 어땠어?"

포먼이 스미스의 밥그릇을 힐끔 보며 물었다.

"넌 한국 사람 다 됐구나. 이걸 식사 때마다 먹어야 한다면 난 차라리 미국으로 돌아가야겠다."

스미스는 혀를 후후거리고 고개를 절레절레 내저었다.

"그래도 삼분의 일은 먹었잖아. 그 정도면 성적 양호한 거야. 오늘 첫 실습, 합격! 가자, 커피 마시러."

포먼의 평점에 구겨져 있던 스미스의 얼굴이 펴졌다.

"선생님, 제가 어제 물었던 말 있잖아요. 생득언어가 그렇게 다른 한국 사람들이 영어 공부를 좋아하긴 하느냐고요."

커피잔을 든 스미스가 학생 흉내를 내며 물었다.

"좋아요, 아주 모범 학생이군요." 포먼도 선생 흉내를 내며 윙크를 보내고는, "내가 보기엔 그게 보통 심각한 문제가 아니야. 왜냐하면 영어를 배우는 학생들 전체에서 영어 공부가 좋거나 재미있다는 학생들은 25퍼센트뿐이야", 그는 쓰디쓴 웃음을 입에 물었다.

"그럼 나머지 75퍼센트는?"

"모두 울렁증 환자!"

"울렁증 환자?"

"응, 영어가 지긋지긋하게 싫어서 영어 공부만 하려고 하면 가슴이 울렁울렁거리는 증상이 생기는 거야. 일종의 정신 질환인 거지."

"그런 애들은 공부 효과가 없잖아. 75퍼센트면 절대다수인데, 그들은 무슨 딴 방법으로 교육을 시키나?"

"아니, 딴 방법 없어!"

포먼은 쫙 편 손으로 칼질하듯 허공을 쳤다.

"아니 그럼?"

"무조건 밀어붙여."

"무조건? 그게 무슨 소리야?"

"그 쉬운 말을 몰라? 무조건 이유 없이 다 똑같이 가르쳐댄다구."

"강압적으로? 강제로?"

"그래, 강제로."

"그게 말이 돼?"

"그게 말이 되는 게 한국이야."

"아이고 맙소사. 그 75퍼센트 학생들은 영어 시간이 얼마나 지옥 같을까."

스미스가 두 손으로 머리를 감싸 잡았다.

"그래서 어떤 저명인사가 그 처방을 제시한 적이 있었어. 학생 전체에 대한 과도한 영어 교육으로 시간적 낭비, 금전적 낭비가 너무나 크다. 이것은 국가적인 큰 손실이다. 학생들 75퍼센트가 울렁증을 앓고 있는 현실에서 영어 교육을 강압하고, 대학 입시에서 영어의 비중이 너무 큰 것은 학생들 절대다수를 불행한 지옥살이를 시키는 어리석음이다. 국제어가 된 영어를 잘해야 한다는 사실에 전적으로 동의한다. 그렇다고 우리 국민 전체가 영어를 잘할 필요는 없다. 또 전체가 잘할 수도 없는 일이다. 그러므로 국가적 차원에서 영어가 필요한 수를 구체적으로 계산해 내고, 영어를 좋아하는 25퍼센트 중에서 그 수만큼 뽑아 국가의 돈으로 중·고등학교 때부터 미국으로 유학을 보내라. 그들이 영어를 능통하게 잘해서 귀국하게 되면 기업을 비롯해서 영어가 필요한 곳에 그 인력을 공급해 주는 것이다. 그리고 그들에게 투자된 교육비는 연차적으로 돌려받아 새 학생들에게 재투자한다. 또한 울렁증을 앓는 75퍼센트에게는 영어 수업 시간을 지금의 삼분의 일로 줄여 영어를 교양 수준에서 습득하게 하면 된다. 그렇게 되면 영어 지옥도 없어지고, 사교육비도 없어지고, 인생 낭비도 없어진다. 뭐 대충 이런 내용이었지."

포먼은 혀로 입술을 축이며 커피잔을 들었다.

"아아, 그거 기막힌 아이디어네. 그래서 어떻게 됐어?"

"묵살!"

"묵살? 그런 좋은 아이디어를 왜 묵살해? 그게 말이 돼?"

"그게 채택됐으면 너하고 난 지금 여기 있을 수 있겠어?"

"……!"

놀라움과 깨달음이 뒤섞인 스미스의 표정은 복잡했다. 포먼은 스미스의 그런 반응을 재미있다는 듯 물끄러미 바라보고 있었다.

"야 스미스, 그따위 것 가지고 그렇게 놀랄 것 없어. 더 놀라운 게 얼마든지 있는데 뭘."

포먼은 양쪽 입꼬리에 묻은 커피액을 혀끝으로 핥으며 상대방의 궁금증을 자극하는 투로 말했다.

"뭐? 도대체 한국은 어떻게 된 나라인 거야?"

스미스는 이야기를 독촉하는 것처럼 탁자 앞으로 바짝 다가앉았다.

"야 스미스, 우리가 고등학교에 다닐 때 가장 중요하게 생각했고, 공부 시간이 가장 많았던 게 무슨 과목이었냐?"

"그야 더 말할 것 없이 영어였지 뭐야."

"그런데 한국은 아니야."

"뭐라구? 그럼 뭐야?"

"맞혀봐."

"혹시……, 영어인 거야?"

"역시 똑똑한 내 제자라니까."

포먼이 엄지를 세우며 키들키들 웃었다. 그 묘한 느낌의 웃음이, 자기네 국어보다 영어를 더 중시하는 한국 사람들이 우습다는 것인지, 아니면 똑똑한 자기 제자의 기특함에 보내는 웃음인지 구분하기가 모호했다.

"이 사람들 영 이상한 거 아니야?"

어이없어하는 표정의 스미스가 관자놀이께의 공간에다가 손가락으로 동그라미를 빠르게 그려대고 있었다.

"그런 결례되는 소리 하지 말아. 자기들은 글로벌 시대를 주도하는 1등 세계인이 되겠다는 거대한 꿈을 가지고 하는 일인데."

포먼이 자못 엄숙한 표정을 지어 보이며 무게 실린 목소리로 말했다.

"이런 나라가 세계에 또 있을까?"

"글쎄……, 아마 없을걸."

"아 정말 이해할 수 없는 이상한 나라야. 그럼 어떻게 영어를 가장 중요한 과목으로 치는 거지?"

"그거 아주 간단해. 자기네 국어나 역사 시간을 줄여서 영어 시간을 늘리는 거야."

"아니, 아니……, 그, 그게……, 사실, 사실인 거야?"

스미스는 말을 더듬을 만큼 놀라고 있었다.

"이게 한국이라는 나라야."

결론 맺듯이 말하는 포먼의 입가에 또 의미 모호한 웃음이 스치고 지나갔다.

"아니 그럼, 국어 선생들이나 역사 선생들은 가만히 있어?"

"물론 항의하지."

"그런데?"

"묵살!"

"다른 지식층들은?"

"물론 항의하고 반대하지."

"그런데?"

"묵살!"

"그럼 매스컴들은?"

"물론 반대하고 비판하지."

"그런데?"

"묵살!"

"아휴, 한국이 민주주의국가 맞아?"

"그렇대. 국민들이 투표해."

"그럼 국민들은 뭐 해?"

"정신없이 바쁘지. 정부의 시책을 따라서 무한 경쟁을 하느라고."

"항의나 반대는 안 하고?"

"언제나 순종만 하지 그런 건 안 해."

"알았어, 알았어. 이제 정답 찾았어."

스미스가 어깨를 축 늘어뜨리며 긴 한숨을 쉬었다.

"벌써 한숨을 쉬면 어떡해? 아직 얘기 다 안 끝났는데."

포먼이 비아냥대듯이 말했다.

"아니, 더 심한 얘기가 또 있어?"

스미스가 또 놀란 눈을 했다.

"있지. 아이들이 영어 유치원에 들어가기 전에 혓바닥 수술만 하는 게 아니야. 태아 영어 교실도 열리고 있어."

"태아 영어 교실? 그건 또 뭔데?"

"산부인과 병원마다 임신부들을 위해서 태아 영어 교실 프로그램 영상을 돌리는 거야."

"영상을 돌려? 그게 대체 무슨 소리야?"

"이번엔 왜 이렇게 둔한 제자로 변했어? 태아가 배 속에서부터 영어를 들으면서 태어나면 영어를 원어민처럼 잘할 수 있게 된다는 프로그램이라구."

"아이구 맙소사! 그러니까 생득언어를 만들어내겠다 그거야?"

"아하, 맞았어. 선생님을 한발 앞서 나가는 감각이고 판단이야. 역시 똑똑한 내 제자라니까."

"야, 넌 그런 것들을 어떻게 다 아는 거야? 꼭 연구라도 한 것처럼."

"그런 정보는 언제나 학원에 넘쳐나. 너도 앞으로 실컷 듣게 돼."

"근데 한국 사람들은 왜 그렇게 영어에 미치는 거냐. 미국에서 생각했던 것보다 훨씬 심해."

"그거 얼마나 고마운 일이냐."

"고마워……?"

"너, 언어가 인간을 지배한다는 말 고등학교 때 배웠지? 또, 언어는 인간의 영혼을 경작한다는 말도. 지금 한국 사람들은 자발적으로 우리 미국의 문화식민지가 되려 하고 있어. 우린 얼마나 고마운 일이야? 벌써 그 현상들이 도처에서 나타나고 있다고. 그 많은 아파트들의 이름이 거의가 다 영어고, 그 많은 상점들의 간판도 날마다 영어가 늘어나고 있고, 서울을 비롯한 대도시들의 브랜드도 거의 다 영어고, 심지어 텔레비전 프로그램 이름이나 한글 신문들의 지면 타이틀까지도 영어투성이야. 이런 식으로 한 20년쯤 가면 한국은 어떻게 되겠어? 자기네 글 천대하고 우리 영어 떠받드는 문화식민지로 변할 것은 틀림없는 사실이지. 너와 나 같은 사람은 위대한 공헌자가 되는 거고."

"글쎄, 뭐가 뭔지 잘 모르겠어."

"자아, 나는 마지막 수업 들어간다. 너는 아무 데서나 푹 쉬고 있어."

포먼이 무겁게 몸을 일으켰다.

"잘해. 한국은 안전한 황금 어장이니까."

"그래, 잘 가. 너무나 고마워."

이틀이 지나 포먼과 스미스는 이별의 악수를 했다.

포먼은 출국장 문이 닫히는 사이로 손을 들어 스미스에게 마지막 작별 인사를 보냈다. 그리고 천천히 검색대로 걸음을 옮기며 속으로 뇌고 있었다.

'한 달쯤 쉬고 다시 올 거야. 서울을 피해 부산으로. 부산도 보수는 마찬가지니까. 이 황금 어장을 이대로 단념하기는 너무 아깝지.'

푸르게 자라게 하라

학생이라는 죄로

학교라는 교도소에서

교실이라는 감옥에 갇혀

출석부라는 죄수 명단에 올라

교복이라는 죄수복을 입고

공부라는 벌을 받고

졸업이라는 석방을 기다린다.

이소정은 바삐 옮기고 있던 걸음을 멈추었다. 왼쪽 놀이터에서 여러 명이 부르는 노랫소리에 붙들린 것이었다. 이소정은 얼른 사철나무 뒤로 몸을 숨겼다. 인도와 놀이터 사이에 어른 키 높이의 사철나무들이 줄지어 서 생목 울타리를 이루고 있었던 것이다.

이소정은 울타리로 살금살금 다가서 나뭇잎들 사이로 놀이터를 살폈다. 여자애들 넷이 팔딱팔딱 줄넘기를 하며 그 끔찍스러운 노래를 합창하고 있었다. 줄넘기하고는 전혀 어울리지 않는 그 노래를 부르고 있는 천연덕스러운 모습이라니…… 이소정은 가슴이 섬뜩해지는 한기로 몸을 움츠렸다.

그 아이들은 초등학교 4, 5학년쯤으로 보였다. 자신이 4학년을 가르치고 있으니 그 눈어림은 거의 틀림없을 거였다. 누가 지었는지 모를 그 괴상망측한 노래는 몇 년 전부터 아이들 사이에서 유행되어 온 것이었다.

예로부터 세태를 풍자하는 얘기나 노래는 으레껏 그 출처가 모호하고 안개 속에 가려져 있게 마련이었다. 그런데 그 내용은 세태의 핵심을 찌르는 날카로움으로 세상 사람들이 통쾌함을 느끼게 하는 생명력을 갖고 있었다. 지금 애들이 부르는 노래도 소름 끼치게 끔찍스럽긴 했지만 그런 만큼 아이들이 고통당하고 있는 현실을 극명하게 드러내고 있었던 것이다. 그러니 자기들의 괴로움과 고통스러움을 어디에 하소연

할 길 없는 아이들이 그 노래를 불러대는 것은 어쩌면 당연하고도 자연스러운 일일 수 있었다.

이소정은 반복되고 있는 그 노래를 들으며 어찌할까를 망설이고 있었다. 그냥 지나치자니 해야 할 일 안 하고 피하는 것처럼 께름칙했고, 알은체하고 나서자니 간섭받기 싫어하는 요즘 아이들의 생리가 신경 쓰이고는 했다. 그녀는 이럴까 저럴까 몇 번 줄다리기를 하다가 결국 산울타리를 따라 출입구를 찾아갔다.

"어머나, 줄넘기 참 잘하는구나. 재미있어?"

이소정은 상냥하게 웃으며 아이들에게로 다가갔다.

"재미있어서 하는 것 아니에요."

한 아이가 동작을 뚝 멈추며 내쏘는 듯한 어투로 말했다. 목소리만큼 그 얼굴에도 거부감이 드러나 있었다.

"그럼 재미없는 놀이를 왜 해?"

이소정은 더 다정한 웃음을 지으며 거리를 좁혔다.

"이건 놀이가 아니라 시합이에요, 시합!"

다른 아이가 머리칼을 귀 뒤로 획 넘기며 '아이고 이 답답한 아줌마야' 하는 투로 말했다.

"아니, 시합이라니? 줄넘기 시합도 있어?"

이소정은 어리둥절한 눈으로 아이들을 둘러보았다.

"네, 학원에서 낼 경연 대회 나가요. 아줌마는 어디 사세요?"

다른 아이가 '이 아줌마 촌티 내는 것 좀 봐' 하는 투로 물었다.

"그럼 줄넘기도 학원에서 배우는 거니? 경연 대회도 열리고?"

이소정은 잘사는 아파트촌은 다르다고 생각하며 아이가 지적한 촌티를 더 드러냈다.

"그럼요, 수영이나 태권도 같은 거를 돈 내고 학원에서 배우는 거나 마찬가지죠. 줄넘기도 얼마나 좋은 전신운동이라구요. 체형을 똑바로 잡아주고, 다이어트에 특효고, 스트레스 해소에 최고예요."

또 다른 아이가 학원에서 하는 말을 그대로 옮겨놓으며 맘껏 난 척을 했다.

"그렇지, 줄넘기 참 좋은 운동이지. 근데 경연 대회는 뭐지?"

이소정은 애완견 운동회를 연다는 것처럼 그게 전혀 감이 잡히지 않았던 것이다.

"경연 대회 모르세요? 미술 경연 대회, 피아노 경연 대회, 음악 경연 대회 같은 것 있잖아요. 서로 시합해서 상 타는 것 말예요. 아줌마, 어디 사세요?"

그 아이는 또 촌티 그만 내라는 듯 똑같은 말을 물었다.

"상 타는 게 좋아?"

"당근이죠. 상은 뭐든지 다 좋죠. 아줌마는 학생 때 상 한 번도 못 타봤나 부죠? 그 째지는 기분을 모르게. 이 아줌마 되게 웃긴다, 그치?"

그 아이가 웃음을 터뜨리자 다른 세 아이들도 까르르 웃어 댔다.

"난 말이다, 여길 지나다가 너희들이 부르는 그 괴상망측한 노래를 듣고 들어온 거야. 이런 몸에 좋은 운동을 하면서 그런 나쁜 노래를 부르면 전혀 안 어울리고, 영 이상하잖아?"

이소정은 천천히 고개를 돌리며 한 아이, 한 아이와 눈길을 맞추며 말했다.

"아줌마, 그 노래가 왜 나쁜 노래예요?"

한 아이가 당돌할 만큼 이소정을 똑바로 쏘아보며 말했다.

"네에, 그 노래는 우리들 신세를 한탄하는 노랜데 뭐가 나빠요?"

다른 아이가 따지고 들듯 정색을 했다.

"그래? 너희들 정말 그 노래가 나쁜 노래가 아니라고 생각해? 그럼 너희들은 그 노래를 엄마 아빠 앞에서도 부르고, 학교에서 담임선생님이나 교장 선생님 앞에서도 부르냐?"

이소정은 자신도 모르게 교실에 서 있는 것처럼 선생 티를 있는 힘껏 내고 있었다.

"아줌마……, 저어 아줌마는 그냥 아줌마가 아니죠?" 한 아이가 안색이 변하며 주저주저했고, "네에……, 선생님……, 선생님이 맞으시죠?" 다른 아이가 줄넘기 줄을 한 손에 자꾸 말아 감으며 목소리가 떨렸다.

"내가 선생이든 아니든 그게 중요한 게 아니다. 너희들 겨우 4, 5학년 정도밖에 안 된 것 같은데, 벌써부터 그런 노래를 부르며 공부를 지겨워한다면 중학교, 고등학교, 대학교까지, 그 졸업이라는 석방까지 어떻게 견딜래? 너희들 몇 학년이니?"

"5학년……."

두어 아이가 기어들어가는 소리를 냈다.

"우리는 그런 노래라도 안 부르면 숨 막혀 죽을 거예요." 한 아이가 불쑥 불퉁스럽게 말했고, "네에, 우리는 과외, 과외, 과외, 너무 지겹고 힘들어요. 우린 그런 노래라도 불러야 스트레스가 해소돼요", 다른 아이의 항변이었다.

"그래, 너희들이 공부에 너무 시달리고 힘드는 것 다 안다. 그래도 그런 좋지 않은 노래를 길을 오가는 사람들이 다 듣도록 그렇게 합창을 해대면 좀 문제가 있지 않을까? 아무도 없는 산속이나 들판에서 맘껏 불러대면 몰라도."

이소정은 아이들을 어루만지듯 하는 눈길을 보내면서 살갑게 웃음 지었다. 그녀의 부드러운 모습은 다정하기 그지없는 교사의 모습이었다.

"네에, 알았습니다."

한 아이가 고개를 꾸벅했고, 다른 아이들도 따라서 고개를 숙였다.

"그래, 고맙구나. 꼭 상 타도록 연습 열심히 해라."

이소정은 다정하게 손인사를 남기며 돌아섰다. 선생인 것을 알아본 것이며, 충고에 금세 사과를 하는 것이며, 그녀는 그 아이들에게 한없는 애정을 느꼈다. 그리고 새삼스럽게 선생이라는 직업이 보람스럽기도 했다. 아이들은 바른말을 금세금세 알아듣는 순수함을 지니고 있었고, 아이들과 그런 교감을 이루며 마음이 합일되는 것을 느낄 때 교육자라는 희열은 아름다운 꽃이 피어나는 것처럼 황홀하고 충만했다.

초등학교에서 주는 상들은 많았다. 전통적으로 주어지는 우등상, 개근상 등을 비롯해서 새로 생긴 모범상, 봉사상, 착한 어린이상, 글짓기상, 독후감상, 달리기상, 그 외에도 여러 가지가 많았다. 그리고 학교 밖에서 실시되는 각종 경시대회의 상까지 합하면 그 수를 헤아리기가 어려울 지경이었다. 어쨌거나 학생들을 격려하고 칭찬하기 위해서 상을 많이 주는 것은 좋은 일이었다. 교육이란 올바른 도덕적 인간을 만들고, 개성과 능력을 개발해 내고, 삶에 자신감과 힘을 불어넣어주는 것이라면 여러 가지 상은 그 중요한 일을 해나가는 데 보조 역할을 충실히 하는 거였다. 그런데 줄넘기 경연 대회가 있고, 그에 따른 줄넘기상까지 있다는 건 오늘 처음 안 일이었다. 고모가 사는 부자 동네 사람들은 돈에만 끝없이 배고픈 게 아니라 상에도 배고픈 모양이었다.

고모네 아파트는 출입구 현관이며 엘리베이터부터 부티가 주르륵 흘렀다. 현관은 천연 대리석으로 치장되어 있었고, 무광택 스테인리스 판에 고전적 무늬가 찍힌 엘리베이터의 사면 벽에는 지저분한 부착물 하나 붙지 않고 부티를 드러내고 있었다.

이소정은 빠르게 바뀌는 엘리베이터 층수 자판을 바라본 채로 또 살짝 배가 아픈 것 같은 느낌을 느끼고 있었다. 고모 집에 올 때마다 늘 느끼는 증상이었다. 번들거리는 고급 외제 차들의 마크를 볼 때마다 느끼는 거부감 비슷한 것이었다. 부자에 대한 거부감을 갖지 않으려고 애썼지만 그건 뜻대로 되지 않았다. 식초 냄새만 맡고도 어금니에서 신 침이 지르르 흐르는 것처럼 부자들에 대한 거부감은 거의 치유 불가능한

반작용인 것 같았다. 그러나 그건 단순 감정의 산물이 아니었다. 부당한 부의 축적에 대한 불신감이 그 뿌리였다. 대학교 때, 30년 군부독재를 타도한 운동권의 물결은 노동 현장으로 파도쳐가고 있었다. 그 물결에 실릴 것이냐 말 것이냐를 따질 계제가 아니었다. 교직의 길을 가려 하는 자에게 인간의 존엄과 가치를 기본으로 하는 노동의 문제는 피해 갈 수 없고, 피해서는 안 되는 필수 코스였다.

그때 투시한 부의 부당한 축적은 부자에 대한 불신감의 깊은 뿌리가 되었다. 그리고 그 후 긴 세월이 흘러가는 동안에 세상에 널리 알려진 대기업 부자들이 체면도 양심도 위신도 다 팽개치고 치사하고 유치하고 천박하게 돈을 벌어들이는 사례들이 끊임없이 노출되어 사회적 비난의 대상이 되는 것을 목격해 오면서 그 불신감과 거부감은 점점 더 깊어지기만 했던 것이다.

물론 그런 인식의 길에 동반하고 있는 사람이 있었다. 이종사촌 오빠 강교민이었다. 오빠는 수시로 사회적 사건이나 문젯거리들에 대해 질문을 할 때마다 그때그때 판단과 인식의 힘을 심어주고는 했다.

"비정규직 문제, 그건 재벌 통제와 함께 이 나라의 운명을 좌우할 2대 문젯거리야. 비정규직이 해마다 늘어나 이제 정규직과 거의 같은 수로, 전체 노동시장의 절반을 차지하기에 이르렀어. 이건 절대로 말이 안 되는 거대한 사회적 사건이야. 자아 봐라, 똑같은 일을 하고도 월급을 절반이나 그 이하로 받는 불공평한 사태가 비정규직이라는 것 아니냐. 그런 말이 안 되는 제도가 언제부터 생긴 것이냐! 1997년 김영삼 정권 때 6·25 이후 최대 국난이라고 불린 IMF 사태가 몰아닥친 때부터 아니냐. 나라가 망하게 된 그 사태 앞에서 긴급 처방으로 등장한 것이 비정규직이야. 나라를 구하고, 모두가 살아나야 했으니까 노동자도 합의하고, 국민도 동의한 것이었어. 그건 어디까지나 한시적이고, 급한 사태가 수습되면 원점으로 환원한다는 대전제가 되어 있었으니까. 그때 전 국민의 마음 속에는, 6·25로 완전히 초토화되어 버린 절망 속에서도 경제 건설을 이루어냈는데 그까짓 것, 허리끈 졸라매고 조금만 참으면 된다는 결의와 일체감이 있었던 거야. '통치의 실수는 처벌받지 않는다'는 해괴한 말을 남기고 청와대에서 물러난 김영삼은 무슨 바쁜 볼일 있다고 일본을 가려다가 공항에서 온몸에 달걀 폭탄을 뒤집어쓰고 되돌아서는 국민적 분노를 샀고, 대통령 당선자 김대중은 대통령 취임을 하기도 전에 IMF 사태를 수습한다고 국제적 투기꾼으로 알려진 조지 소로스를 만나느라고 요란했어. 그런 어지러운 상황 속에서 중소기업들 부도는 줄을 잇고, 실업자들은 산사태 나듯이 쏟아지면서 전에 들도 보도 못한 노숙자들이 속출하기 시작했어. 그런 숨 막히는 상황 속에서 국제통화기금 IMF는 우리를 구해준다고 돈을 빌려주면서 이자를 국제 금리보다 세 배나 더 많은 6.85퍼센트를 내라고 강요했고, 끝내 관철시켰어. 그 당시 미국 은행들의 이자나 국제 금리도 2퍼센트 정도인 상황이었어. 그러니까 IMF는 빈사 상태에 빠진 환자의 혈관에다 대바늘을 꽂고 인정사정없이 피를 뽑아 가는 국제적 흡혈귀였던 거야. 그건 국제적으로 전무후무한 살인적 고리대금업이었어. 그때 IMF를 장악하고 있던 것이 미국과 일본의 자본이었지. 우리나라와 군사적 우방이라고 하는 두 나라가 돈 앞에서 한 짓이 그래. 그래 놓고 15년이 지난 후에 IMF 전 총재 칸이 우리나라에 와서 '지난 한국의 사태 때 IMF의 고금리 정책은 너무 가혹했다'고 인정했어. 뻔뻔스럽고 낯 두꺼운 행태지. 어쨌든 그때 그런 위기 상황 속에서 우리 국민들은 중산층에서 하층민으로 전락하며 몸부림쳤어. 그래서 김대중 정권은 2년 반 만에 'IMF 졸업'을 선언했어. 그러면 그 선언과 함께 즉시 원점으로 되돌려야 할 게 뭐야. 비정규직 폐지와 동시에 정규직 환원이지. 그런데 그 본질적이고 핵심적인 문제는 외면하고 김대중 정권은 '지나친 내핍이 경제 회복을 더디게 한다. IMF 사태는 완전히 극복했으니 이번 추석에는 모두 선물을 많이 주고받자'는 식으로 정치 선전을 하기에만 바빴지. 그 과장된 정치쇼의 무책임 속에서 그 정권은 끝나고 노무현 정권이 시작되었어. 노무현 대통령은 '대통령 차량의 과잉 경호로 일반 시민들에게 불편을 끼쳐서는 안 되니까 대통령 차도 일반 신호를 지키는 게 좋다' 이런 내용의 발언을 할 정도로 그는 민주주의의 처녀성을 지키고자 했던 사람이었어. 그래서 마음먹고 시작한 것이 비정규직의 정규직 환원 추진이었지. 그런데 대통령이 되는 과정에서도 경제 세력들과 보수 언론의 전면적 방해에 부딪혔던 그는 그때보다 더 강한 적들을 만나게 되었지. 비정규직의 정규직 환원은 바로 대기업 집단인 재벌들의 재산을 축나게 하는 것이었고, 재벌 회사들의 광고로 언론 권좌를 누리고 있는 보수 언론들은 순식간에 똘똘 뭉쳐 한 덩어리가 됐어. 자본주의국가에서 그 두 세력의 일치단결은 대통령의 권한을 압도하는 거야. 대통령은 그 저항에 맞서 최선을 다했지만 결국 절충안을 내놓을 수밖에 없었지. '비정규직으로 2년 이상 근무하면 정규직화한다'는 것이었어. 그랬더니 어떤 사태가 벌어졌을까? 기업들마다 잽싸게 한 짓이 1년 10개월, 11개월 된 비정규직들을 몰아내기 시작한 거야. 그리고 2년이 못 되게 재계약을 하는 사태가 벌어졌어. 이런 기발한 꼼수를 짜내는 게 누군지 알아? 속칭 일류 대학 상대와 법대를 나오신 분들이야. 그런 악랄한 술수 앞에서 속수무책인 채 노무현 정권은 끝나고, 이명박 정권이 들어섰지. 이명박은 애초에 비정규직 같은 것에는 관심도 없고, 재벌 기업에서 입신출세한 인물답게 대뜸 '기업 감세'를 들고 나왔어. 대기업들에게 감세를 해주면 그 돈을 재투자해서 일자리가 늘어나게 되고, 그 일자리 창출로 청년 실업이 해결되는 동시에 경제 활성화가 이루어진다는 아주 그럴듯한 명분이었지. 그런데 어떻게 됐지? 대기업들은 감세받아 누워서 벌어들인 그 돈을 재투자하지 않고 계속 차곡차곡 쌓아두면서 더욱더 부자가 되어갔고, 그 신종 정경유착 속에서 이명박 정권은 끝났어. 그 대기업 감세란 세계 그 어느 나라에서도 한 일이 없는, 국제 조세 기류에도 정반대로 역행하는 국제적 망신이었던 거야. 그런데 정권이 새로 바뀌었지만 비정규직 문제와 기업 감세는 이명박 정권 때 그대로 답습하며 오늘에 이르렀어. 그러면서 비정규직은 계속 늘어 노동자들의 절반에 육박했고, 기업들이 감세로 축적해 재투자하지 않고 쌓아둔 돈은 몇 개월 전에 벌써 700조였어. 그 귀 아프게 들어온 말 부익부 빈익빈이 가속화되고 있는 이 시대는 국가적 위기를 향해 치달아가고 있는 위기 상황이야. 국민 전체의 안정된 삶을 위해서, 국가 전체의 평온한 경영을 위해서 더 이상 대기업을 과잉보호하는 경제정책은 없어져야 해. 그런 구시대적 발상을 과감히 청산하고 국민의 이름으로, 법의 이름으로 기업과 재벌 들을 철저하게 통제하고 감시해야 돼. 우리 모두가 원하고 되기 바라는 선진국들 수준으로 엄정하게 세금을 물리면서 말야. 그러면 비정규직들은 자연스럽게 정규직으로 환원되고, 그렇게 되면 IMF 사태로 무너진 중산층이 다시 복원되면서 경제는 생기 넘치게 활성화의 길로 달려가게 되어 있어."

오빠는 단순한 국어 선생이 아니었다. 역사와 사회의식이 투철했고, 언제나 세상사에 대한 복합적 통찰력을 가지고 있었다. 자신의 의식도 그런 오빠의 영향력 속에서 형성되어 오고 있음을 이소정은 늘 행복으로 여기고 있었다.

"고모님, 생신 축하드려요."

"하이고, 우리 착한 소정이가 왔구나. 학교 생활도 바쁜데 뭐하러 왔어."

고모는 그 말이 인사말일 뿐이라는 것을 입증하듯이 조카의 두 손을 감싸 잡고 눈이 다 감기도록 자지러지게 웃었다.

"고모님께서는 다 갖추고 계셔서 따로 선물할 게 없어 그냥 제 마음만 표시했어요. 건강하셔서 오래오래 장수하시라고."

이소정은 핸드백에서 꺼낸 두 개의 사각봉투를 두 손에 받쳐서 공손하게 고모에게 올렸다.

"그래 고맙다. 난 우리 소정이가 정성을 다해 쓴 생일 축하 카드를 받는 게 가장 기쁜 선물이란다."

고모는 행복 넘치게 웃으며 하얀 봉투를 먼저 열었다. 그리고 카드를 펼쳐 무슨 값진 보석을 감정하는 듯한 세심하고 치밀한 눈길을 카드에 모았다.

"아아, 어쩜 이리도 글씨도 곱고 내용도 해마다 새롭고 감동적이냐. 시시한 고모의 똑같은 생일을 놓고 이렇게 새롭고 가슴 뭉클하게 쓰자니 우리 소정이가 얼마나 힘들꼬. 소정아, 고맙고, 미안하다."

고모가 꽃 같은 웃음을 피워내며 다시 조카의 손을 잡았다.

"죄송합니다, 선물이 볼품이 없어서. 그냥 제 마음만 담았습니다."

이소정이 빨간 봉투에 눈길을 보내며 다소곳하게 말했다.

"어디 보자. 우리 이쁜 소정이 마음이 얼마나 이쁜지 어디 보자."

고모가 빨간 봉투를 열었다. 그 속에서 손바닥 반만 한 빨간 포장물이 나왔다. 비단의 그 빨간 보자기를 펼치자 또 빨간 마름모꼴이 나왔다. 그 마름모꼴 중앙에 목숨 수(壽) 자가 금실로 수놓아져 있었고, 그 양쪽으로는 금실의 쌍용이 '壽' 자를 떠받치듯 감싸듯 하고 있었다.

"이건 백 년 장수를 기원하는 거고, 빨간색은 모든 액운을 물리치는 거래요. 작년 겨울방학에 중국에 여행 갔다가 사 온 거예요."

이소정이 나긋나긋하게 설명했다.

"그래 딱 보고 그런 뜻인 줄 알았다. 이보다 더 좋은 생일 선물이 어딨니. 작년에 벌써 이 고모를 생각하고 이렇게도 뜻이 깊은 선물을 준비해 놓다니. 내가 백 살까지 이걸 간직하마. 고맙다, 소정아."

고모는 넘치게 흡족해하며 조카의 등을 포근하게 토닥거렸다.

"근데 소정아, 요새 초등학생들 미국에 조기 유학 보내는 것 어떠니?"

고모가 조심스럽게 화제를 돌렸다.

이소정은 고모네 손자 손녀의 문제라고 직감했다.

"글쎄요……, 그게 4, 5년 전까지는 너무 과하다 싶게 서로 경쟁하듯이 보내더니만, 그 후로 급격하게 열기가 식고 있어요."

조카들 문제냐고 묻고 싶었지만 우선 객관적 상황을 제대로 파악하는 것이 중요할 것 같아 일부러 피했다.

"왜 그러는 거지? 기러기 가족, 기러기 아빠가 여러 가지 문제들이 생겨서 그러는 건가?"

"네에, 그것도 한 가지 이유가 되는 것 같고요. 그보다 더 중요한 것이 교육 효과 문제인 것 같아요."

"교육 효과?"

"네, 미국에 일찍 보낸 가장 큰 이유 중에 하나가 영어 하나만큼은 완벽하게 해낼 수 있다, 그렇게 되면 우리나라 대기업에 쉽게 자리 잡을 수 있다, 그런 계산이었어요. 그런데 그동안에 우리 국내에 원어민 교사들이 엄청나게 들어오고, 그들을 상대하다 보니 국내 학생들의 회화 실력이 급신장하게 됐어요. 그리고 다양한 영어 회화 교재와 기구 들이 나와 많은 도움을 줬고요. 그러니까 꼭 미국에 가지 않고도 별 차이 없는 효과를 거두게 된 거지요. 그렇게 되다 보니 대기업들도 굳이 조기 유학파를 필요로 하지 않게 상황이 변해갔어요. 특히 조기 유학자들은 미국 생활에 너무 젖어 있어서 한국 사회에 적응하기 어려운 여러 가지 문제들이 많이 생겨났구요. 그리고 또 한 가지 큰 문제는 공부의 성공 확률이 아주 저조했다는 사실이에요. 열에 일곱, 여덟은 실패였으니까요."

이소정은 말을 해나가면서 점점 선생의 면모를 드러내고

있었다.

"옳거니, 그런 켯속이 있었구나. 헌데 그런 것도 모르고 그저 미국으로 가야 한다고 나대니 원……."

고모는 안색이 싹 변하며 몹시 세차게 혀를 챘다.

"고모님, 혹시 정훈이하고 서라 문제인가요?"

이소정은 이쯤에서 알은체를 하는 게 어른에 대한 예의라고 생각했다. 그래야 어른이 하고 싶은 말을 쉽게 털어놓을 수 있는 것이었다.

"그래, 그거야. 정훈이고 서라고 별생각이 없는데 지 에미가 글쎄 미국으로 가는 방법밖에 없다고 저리 야단이니 원……."

고모는 기다렸다는 듯 짙은 한숨과 함께 속내를 털어놓았다.

'미국으로 가는 방법밖에 없다…….' 이소정은 이 말의 의미가 무엇인지 직감했다. 그 직감은 교사로서의 직업적 감각만이 발동된 것이 아니었다. 전부터 그 남매의 공부가 신통찮다는 말을 들은 것과 연결되어 작동된 직감이었다. 그래서 이소정은 다음 말 받기가 여간 불편한 것이 아니었다. 자칫 잘못하면 고모의 불행이나 상처를 건드리는 것이 될 위험 때문이었다. 하필 생일날의 화제로서는 못내 고약스러웠다.

"그게……, 그 방법밖에 없다면……, 그럼 애들만 보내려는 건가요, 엄마나 또는 아빠까지 동행하려는 건가요."

발소리 내지 않고 살금살금 걸어야 할 때처럼 이소정은 조심스럽게 말했다.

"글쎄 그게 말이다……, 이럴 수도 없고, 저럴 수도 없는 게 그 문제 아니냐. 애들만 보내자니 너무 어리고, 에미를 딸려 보내자니 기러기 가족들이 겪는 숱한 탈이 문제고, 그렇다고 아빠까지 함께 보내자니 사업 이어받아야 할 게 문제고. 차 암……, 어찌 애들이 그렇게……, 어째 지 에미를 닮아 그 모양인지, 원."

빠르게 혀 차는 소리에 고모의 속상함과 짜증과 며느리에 대한 불만이 그대로 묻어나고 있었다.

"아직 애들이 어리니까 시간 여유가 좀 있어요. 한 2년쯤 공부시켜 보시면서 생각해 보는 게 좋을 것 같은데요."

2년 후에 '도피성 조기 유학'을 가지 않아도 될 만큼 두 아이가 공부를 잘하게 될 가망이 없다는 것을 잘 알면서도 이소정은 이렇게 말할 수밖에 없었다. 그 유보만이 지금 자신이 고모한테 할 수 있는 유일한 위로였다.

"참, 자식 농사 인력으로 못한다더니 애들이 어찌 그리 공부에 담을 쌓는 것인지. 낯짝만 반반하면 뭘해. 내가 그렇게 말했건만……. 멍청한……."

고모는 이제 할 말은 다 털어놓은 셈이었다. 여기선 아무리 뒷바라지하고 비싼 사교육을 시켜도 '인(IN) 서울' 대학을 갈 수 없으니까 대학 진학이 쉬운 미국으로 일찌감치 날아가 대학 졸업장을 받아 오는 것이 '도피성 조기 유학'이었다.

고모는 세상에 부러울 사람이 없게 부자였다. 그런데 두 손자 손녀가 도피성 조기 유학을 가야 할 만큼 공부를 못해 며느리도 미워하고, 아들도 원망하고 있었다. 그건 부자의 불행이었다. 그건 불치의 병에 걸린 것만큼 큰 불행이었다.

"조상 묏자리를 잘못 썼나, 어쨌나. 내 팔자 참 기구하다."

그 말에 어울리도록 고모의 한숨은 짙고도 깊었다.

"고모님, 보낼 때 보내더라도 너무 그렇게 속상해하지 마세요. 노년 건강에 가장 나쁜 게 스트레스라고 하잖아요. 지금 그렇게 속상해하시는 게 스트레스 중에 가장 나쁜 스트레스예요."

이소정은 시계를 들여다보았다.

"그래, 너희 고모부도 똑같은 말 하며 어차피 안 될 것 속상해하지 말라고 하는데, 다 알면서도 사람 맘이 어디 그러냐. 바쁜 사람이 너무 오래 있었다. 어서 가거라."

"네에, 그럼……."

'다시 생신을 축하드린다'는 말을 못하고 이소정은 몸을 일으켰다.

둘 다 서울대학교를 나온 부부인데 두 아이가 약속이나 한 것처럼 똑같이 공부를 못했다. 부부는 애태우며 노력을 했지만 애들은 차례로 지방 유학을 떠났다. "역시 하느님은 공평하시다니까." "그 사람들 결혼할 때 아인슈타인 뺨 치는 천재들이 태어날 거라고 잔뜩 기대했었는데, 거참 아깝다." "고것 참 요상하네. 얼굴은 꼭 하나씩 빼쏘았던데." 사람들이 뒤에서 질긴 오징어 질경질경 씹듯이 곱씹은 말들이었다.

부자들의 거드름을 닮은 엘리베이터를 타고 내려오며 이소정은 그 부부와 고모가 겹쳐지는 것을 보고 있었다.

이소정은 이튿날 출근해서 한솔비가 또 결석인 것을 알았다. 아무런 연락 없이 연달아 이틀 결석이면 체크해야 했다. 이소정은 교무수첩에서 한솔비의 전화번호를 찾아냈다. 핸드폰 발신음이 대여섯 번 울려서야 전화를 받았다.

"여, 보, 세, 요……."

한 음씩 끊어지는 떨리는 음성이었지만, 한솔비가 분명했다.

"한솔비! 솔비야, 선생님이야. 너, 집에 무슨 일 있니? 어디 아파?"

이소정은 불길함을 한달음에 쏟아냈다.

"선생니이임……, 우리 집 큰일 났어요."

한솔비의 말은 그대로 울음이었다.

"아니 왜, 무슨 일인데?"

이소정은 허둥거리며 핸드폰을 바꿔 들었다.

"저어……, 오빠가……, 오빠가요……."

한솔비는 울음에 막혀 더 말을 못했다.

"솔비야, 울지 말고 말을 해. 오빠가 왜, 무슨 사고 당했어?"

이소정의 목소리는 더 다급해지고 더 커졌다.

"네에……, 선생님. 오빠가……, 오빠가……, 가출했어요."

이소정은 휴우……, 소리가 나도록 숨을 토해냈다. 한솔비
의 '오빠가……, 오빠가……'를 따라 '죽었어요' 하는 말이 자
신의 의식을 가득 채우고 있었던 것이다. 죽음에 비해 가출
은 한결 나았지만, 그래도 그건 예사 문제가 아니었다. 한솔비
의 오빠라고 해봤자 두 살 차이면 초등학교 6학년일 것이고,
더 많이 차이 난다고 해도 중학교 1, 2학년에 불과할 것이다.
그 나이에 가출을 하다니…….

"솔비야, 엄마 계시냐?"

"아니요. 엄마, 오빠 찾으러 다니느라 정신 하나도 없어요."

"어디로?"

"몰라요. 경찰서로……, 어디로……."

"며칠 됐니?"

"이틀이요."

"넌 그럼 집에만 있는 거니?"

"네에……, 엄마가 꼼짝 말고 집에 있으라고……."

"저런……. 그럼 먹긴 뭘 제대로 먹고 있는 거니?"

"……선생님……, 저 배고파요……."

"알았어, 선생님 수업 끝나는 대로 바로 갈 테니까 가까운 아무 가게나 가서 먹고 싶은 거 먹어. 선생님이 바로 갚을 테니까. 창피한 것 아니니까 사정 얘기 다 하고. 알겠어?"

"네에……, 근데 선생님……, 선생님께 꼭 보여드릴 게 있어요."

"뭐, 보여줄 것……?"

"네, 오빠가 가출한 이유요. 저한테 살짝 주면서 엄마한테는 절대 보이지 말라고 했거든요."

"그래, 알았어. 이따가 보자. 당장 나가서 뭘 꼭 먹고."

"네에, 선생님."

이소정은 수업에 집중할 수가 없었다. 왕따, 학교 폭력, 가출은 학교의 3대 문젯거리로 꼽혔다. 그러나 초등학교에서는 왕따가 가장 많이 일어나는 골칫거리였다. 학교 폭력은 고학년 사내애들 사이에서 가끔 말썽이었지만, 가출은 중학교 이상의 사건이었다. 그런데 간접적으로나마 가출 문제와 마주

하게 된 것이었다.

가출을 하면 그 엄마의 마음이 어떨까……? 상상이 되지 않았다. '엄마, 오빠 찾으러 다니느라 정신 하나도 없어요.' 한 솔비의 이 말이 정확한 표현일 것이다. 아들이, 어린 아들이 가출을 해버렸으니 엄마가 무슨 정신이 있을 것인가. 어디로 간 줄도 모르고……, 숨기로 작정하고 집을 나가버린 자식을 이 넓고 넓은 서울, 1천만이 넘는 사람들이 뒤얽혀 와글거리는 이 혼란스러운 서울에서 어떻게 찾을 수 있을 것인가. 엄마는 허둥지둥 아는 집들부터 뒤지고 다닐 것이다. 그건 엄마의 급한 마음일 뿐이고, 가출을 작정한 아이가 그렇게 단순할 리 없었다. 그 일에 속수무책이 된 엄마는 집 가까운 파출소와 경찰서를 찾아갈 것이다. 그러나 그건 가출 신고일 뿐 경찰들이 팔 걷고 나서는 일이 아니었다. 경찰들 앞에는 수없이 많은 사건들이 쌓여 있고, 가출은 범죄가 아니니 수사 대상도 아니었다.

이소정은 또 다른 한솔비의 말을 생각하고 있었다. '……엄마한테는 절대 보이지 말라고 했거든요.' 그런데 그 비밀을 선생한테는 보여주겠다는 것이었다. 그 말에서 가출의 원인 제공자는 엄마라는 것을 유추하기는 어렵지 않았다. 아들을 가출하게 만든 엄마……, 가출에 이르도록 심해진 엄마와 아들 사이의 갈등……. 그 갈등의 원인이 무엇일지는 너무 뻔했다. 공부……, 그놈의 공부 때문일 것은 보나 마나였다.

여동생에게 남겨놓고 간 가출의 이유가 무엇일까……? 그것을 보면 그 아이를 찾을 수 있는 단서라도 담겨 있을까……?

이런 생각들이 머릿속에서 얽히고설키니 시간만 잔뜩 지루하고 수업이 제대로 될 리가 없었다. 이소정은 수업마다 시간을 떠미느라고 애를 먹고 있었다. 교직 생활 이후 첫 경험이었다. 장학사가 참관하는 수업 때도 숨을 쉴 수 없을 정도로 긴장을 했을 뿐 시간이 그렇게 지루한 줄은 몰랐던 것이다.

이소정은 한솔비네 아파트로 들어가기 전에 빵과 우유, 닭튀김을 샀다. 외상으로 뭘 먹으라고 했지만 여자애 입장에서 창피스럽고 부끄러워 하기 어려운 일일 수도 있었던 것이다.

"뭘 좀 먹었니?"

이소정은 한솔비를 보자마자 물었다.

"……."

한솔비는 보일 듯 말 듯 고개를 저었다. 먹는 게 얼마나 부실했었는지 그 얼굴이 핏기 없이 핼쑥했다.

"아니 왜, 그때가 언제라고. 몇 시간 동안 얼마나 배가 고팠니그래."

이소정은 한솔비를 와락 끌어안았다.

"선생니이임……."

한솔비도 선생님의 허리를 꼬옥 끌어안으며 울음을 터뜨렸다.

"그래 솔비야, 울지 마. 배고픈데 어서 이거 먹자. 엄마가 너무 몸 달고 정신없어서 우리 솔비 먹을 것도 제대로 못 챙겨 주시는구나. 딱하지."

이소정은 한솔비의 눈물을 닦아주며 식탁으로 데려갔다.

"배가 고플수록 천천히 꼭꼭 씹어 먹어야 해. 배고프다고 급히 먹으면 꼭 체해. 자아, 우유부터 한 모금 마시고."

이소정은 선생이 아니라 다정한 엄마 노릇을 시작했다.

"선생님, 이것……."

한솔비가 반으로 접은 종이를 조심스럽게 내밀었다.

"이거 어떻게 할까. 엄마한테는 보이지 말라고 했다지?"

이소정은 바로 펴 보고 싶은 걸 참으며 한솔비를 쳐다보았다.

"괜찮아요, 선생님. 엄마는 밤늦게 들어오거든요."

한솔비가 빵을 우물거리며 말했다.

"알았다. 난 이거 읽을 테니까 넌 꼭꼭 씹어 먹어."

이소정은 닭튀김 상자를 한솔비 앞으로 바짝 밀어주고 종이를 펼쳤다.

학원가기 싫은 날*

이순영

학원에 가고 싶지 않을 땐
이렇게

엄마를 씹어 먹어
삶아 먹고 구워 먹어
눈깔을 파먹어
이빨을 다 뽑아 버려
머리채를 쥐어뜯어
살코기로 만들어 떠먹어
눈물을 흘리면 핥아 먹어
심장은 맨 마지막에 먹어

가장 고통스럽게

  여기까지가 활자체로 찍힌 시였다. 그 아래 서투른 손글씨
가 짤막하게 쓰여 있었다.

솔비야, 내가 이렇게 될까 봐 무서워 가출하는 거야.

이소정은 그 손글씨를 읽고 또 읽고 그리고 한 자, 한 자 짚어가며 다시 읽었다. 그 시도 끔찍스러웠지만, 손글씨 또한 그에 못지않게 끔찍했다.

이소정은 그 시를 이미 잘 알고 있었다. 작년 초에 모든 매스컴이 또 그 특유의 선정성을 발동시켜 한바탕 요란하게 여론몰이를 하며 매도했던 시였기 때문이다. 그 시를 쓴 이순영은 초등학교 3학년이었다.

이 시는 아무런 설명이 필요 없이 그 누구나 한 번 읽으면 그 내용을 단박에 파악할 수 있는 시다. '아아, 이렇게 학원 다니기가 지긋지긋하구나.' '엄마들이 얼마나 심하게 몰아대면 이렇게까지 썼을까.' '정말 애들을 이 지경이 되게 만들어서는 안 되겠구나.' 시를 읽고 나면 금방 이런 느낌이 들고, 그것이 가장 자연스럽고 정상적인 반응일 것이다. 그만큼 그 시는 아무런 꾸밈이나 가식이 없이 동심의 순수함과 솔직함으로 쓰여진 것이었다.

그런데 모든 매스컴은 미리 약속이나 한 것처럼 정반대의 반응을 나타냈다. 먼저 시와 삽화에 대한 혐오감을 있는 힘껏 표출하며 비판을 시작했고, 그다음에 그런 책을 발행한 출판사의 신중성 없음과 도덕성 결여를 거론함과 동시에 그 따위 자극적이고 저질의 글을 가지고 돈을 벌려고 하는 천박한 상업주의를 맹렬히 공격했다. 그리고 끝으로 억지 공부에 항의한 열 살짜리 어린이를 인정사정없이 패륜아로, 사이코패스로 매도해 댔다.

그 무시무시한 매스컴의 공격에 혼비백산한 출판사는 '이것을 보고 시대의 슬픈 자화상을 발견하고 어른들의 잘못된 교육에 대해 반성할 수 있는 계기가 될 수 있기를 바랐다'는 한마디를 겨우 하고는 3일 만에 백기를 들었다. '유통 중인 시집 전량을 회수하고 재고 도서도 전량 폐기하겠다'고 결정한 것이다.*

그런데 희한한 현상이 벌어졌다. 그렇게 시끌벅적하게 떠들어대던 매스컴들이 출판사의 그런 조처로 일시에 조용해진 것이었다. 왜냐하면 그들의 임무 수행을 완료했기 때문이었다. 기존 사회는 언제나 자기들의 기득권과 권위를 지키기 위해서 기존 가치를 절대 신봉하는 동시에 그 어떤 도전 세력도 용납하지 않는 배타주의를 고수했다. 따라서 자기들의 세계를 조금이라도 흠집 내거나 흔들려고 하는 대상이 나타나면 그 선봉장인 매스컴이 나서서 가차 없이 총칼을 휘둘러댔다. 그 일제 공격의 목적은 기존 가치를 수호하기 위하여 새로 터진 사건을 무조건 은폐하고 묵살하여 덮어버리는 것이었다.

매스컴의 그 무자비한 은폐와 묵살 작전은 언제나 성공적이었다. 어쩌다가 그렇지 않은 매스컴 한두 개가 정의롭게 나선다고 해도 절대다수의 힘에 밀려 아무 효과도 나타내지 못했다.

기존 사회가 그렇게 횡포를 일삼으면서도 절대 권력 위에 건재할 수 있는 것은 무엇 때문일까. 매스컴들을 선봉장으로 두었기 때문만이 아니었다. 이 세상 사람들 절대다수가 자기도 기존 사회의 특권층에 들고자 하는 욕망과 환상에 사로잡혀 살인적인 경쟁에만 정신이 팔려 있었던 것이다. 출세주의, 물신주의, 이기주의에 중독되어 있는 그 속물 집단들은 바른 것도, 그른 것도, 독도, 악도, 구분하지 못하는 집단 망각증과 집단 불감증에 단단히 병들어 있었다.

그러니 매스컴의 횡포는 계속되고, 사회적 문제는 도저히 해결될 기미가 보이지 않았다. 그 소녀의 시는 전국화되어 있는 과잉 교육, 억지 공부, 사교육 광풍에 시달리고 시달리다 못해 '나 이러다 죽게 생겼어요' 하는 절박한 하소연이었다. 그런 끔찍한(?) 시가 나타났으면 매스컴이 해야 할 일은 무엇인가. 꽃다워야 할 소녀의 마음에서 왜 이런 시가 나왔나. 무엇이 잘못되었는가. 어떻게 해야 할 것인가. 이렇게 단계적 접

근을 해야 한다. 그리고 공부하는 자식을 둔 모든 부모들은 내 자식도 그런 시를 가슴에 품고 산다는 깨달음으로 함께 마음을 합쳐 그 뿌리를 파내는 문제 해결에 나서야 한다.

그런데 매스컴은 그 어린 소녀를 무자비하게 '패륜아', '사이코패스'로 모는 언론 살인을 감행했고, 공부하는 자식을 둔 부모들은 '내 자식만 안 그러면 돼' 하는 이기주의로 그 소녀를 암매장하는 데 가담했다.

이소정의 의식 속에서는 5, 6년 전에 일어났던 그 중학생 사건이 생생하게 떠오르고 있었다. 그때도 모든 매스컴은 그 학생을 '패륜아', '천하에 둘도 없는 불효자식'이라고 매도했다. 그렇게 열렬한 효도 굿판을 벌인 매스컴들은 할 일 다 했다는 듯 이내 조용해지며 중학생이 일가족 네 명을 태워 죽인 참극을 깨끗하게 은폐, 묵살시켜 버렸다. 그리고 언론을 따라 흥분하고 거품을 물던 세상 사람들도 며칠이 못 가 그 사건을 말끔하게 잊어버렸다. '내 자식은 그런 못된 놈이 아니니까' 하고 위안하며.

그 중학교 2학년 학생은 평소에 춤추기를 즐겼고, 특히 사진 찍기에 매료되어 있었다. 그는 사진예술가가 되는 것이 꿈이었다. 그래서 예술고등학교에 진학하고 싶었다. 그러나 아버지가 무조건 반대하고 나섰다. 아버지는 판검사가 되라고 우격다짐을 했고, 의견이 대립되자 아버지는 아들의 뺨을 때렸고, 수시로 공부를 닦달하며 골프채로 아무 데나 마구 찔러 댔다. 그렇게 자꾸 궁지에 몰리던 소년은 마침내 주유소에서 휘발유 한 통을 샀다. 그리고 이틀이 지나 집 안에 휘발유를 뿌리고 라이터를 켰다. 그 불로 할머니, 아버지, 어머니, 여동생이 죽고 말았다.

"엄마와 여동생을 구하려고 들어가려 했지만 이미 불길이 너무 거세어 어찌할 수가 없었어요. 아빠만 없으면 우리 집에 평화가 올 거라고 생각했어요."

그 중학생이 경찰 조사에서 진술한 말이었다.

이소정은 그 큰 사건을 주시하고 있었다. 부모의 강압과 폭행이 네 생명을 앗아가게 만든 그 비틀린 교육 문제의 해결을 위해 이번에는 무슨 근본적인 대책이 논의되고, 추진되겠지 하는 기대를 잔뜩 가지고.

그러나 그 기대는 허망한 물거품이 되고 말았다. 그때 근본 대책을 세우고 추진해 나갔더라면 그 소녀가 그런 시를 쓰지 않아도 되었을 것이고, 한솔비 오빠가 가출하는 일도 생기지 않았을 것 아닌가…….

이소정은 한솔비 오빠의 손글씨에서 눈을 떼지 못하고 있었다.

솔비야, 내가 이렇게 될까 봐 무서워 가출하는 거야.

집에 불 지른 그 중학생이 아빠에 대해 살의를 가지고 있었
던 것처럼 한솔비의 오빠는 엄마에 대해 분명한 살의를 가지
고 있었음을 나이 어린 여동생에게 고백하고 있었다.

'엄마에게 무슨 짓을 해서는 안 되니까 내가 집을 나갈 수
밖에 없다.'

그 손글씨가 담고 있는 속말이었다.

'아, 아, 중2밖에 안 된 어린 소년이 그런 마음으로 가출을
결심할 때까지 얼마나 외로웠을까……'

이소정은 가슴이 먹먹하게 막히며 눈물이 핑 돌았다. 목이
아프도록 눈물을 삼켰다. 배가 고파 정신없이 먹고 있는 어린
제자에게 눈물을 보일 수는 없었던 것이다.

'도대체 교육자란 무엇을 하는 존재인가……'

이런 사건이 생길 때마다 되씹는 그 자조를 이소정은 또 속
입술과 함께 깨물었다.

"솔비야, 엄마하고 오빠하고 사이가 많이 안 좋았던 모양
이지?"

이소정은 솔비 오빠의 편지를 다시 반으로 접으며 물었다.

"네에, 엄마는 저한테보다 오빠한테 훨씬 더 심하게 굴었

어요."

한솔비는 빵도 닭튀김도 거의 다 먹어치운 상태였다.

"중학생과 초등학생의 차이라서 그랬겠지."

"아니에요. 남자와 여자 차이라서 그랬어요."

"남자와 여자……?"

이소정은 무슨 소린가 싶어 한솔비를 의아하게 쳐다보았다.

"네, 엄마는 하루도 빼지 않고 오빠한테 남자 스트레스를 줬어요. 넌 남자니까 더 열심히 공부해야 해, 남자는 힘이 있어야 돼, 권력 말이야, 권력을 잡으면 저절로 잘살게 돼. 그러려면 당연히 공부를 잘해야지. 이런 식으로 틈만 나면 오빠를 다그쳤어요."

"권력……?"

"네, 엄마는 오빠가 아빠처럼 돼야 한다면서 마구 몰아댔어요. 아빠처럼 서울대학교 나와서 행정 고시 패스해서 고급 공무원이 돼야 한다는 것이었어요."

"아, 그랬었구나! 근데 오빠는 그걸 싫어했던 건가?"

"네, 오빠는 그 말을 지긋지긋하게 싫어했어요."

"왜에에……?"

"오빠는 딴 꿈을 가슴에 품고 있었으니까요."

"딴 꿈? 그게 뭘까?"

"……." 한솔비는 어딘가에 엄마의 눈길이라도 있는 것처럼 빠르게 여기저기를 살피고는, "저어 있잖아요, 오빠는 글쎄 만화가가 되고 싶어 했어요" 하고는 불현듯 오빠 생각이 나는지 아랫입술을 깨물며 울먹였다.

"……만화가……." 이소정은 낮게 중얼거리고는, "엄마가 그걸 알고 계셨어?" 하며 물잔을 집어 들었다.

"공부, 공부, 노래를 하며 엄마가 갈수록 심하게 몰아대자 그 스트레스를 견디지 못한 오빠가 몇 달 전에 그 비밀을 터뜨려버렸어요."

"어머나! 그래서?"

"난리가 났죠 뭐. 엄마가 펄펄 뛰면서, 사내자식이 뭐 할 게 없어서 그 시시한 만화가가 되겠다는 것이냐, 평생 남들 앞에 기 한번 못 펴고 지지리 궁상으로 가난에 찌들어 비실비실 살다가 뒈지고 싶냐, 아빠처럼 떵떵거리는 권력 갖고 부자로 편케 잘살라고 그렇게 입이 닳도록 말했더니 그 정반대로 뭐 만화쟁이, 그딴 건 죽어도 안 돼, 죽어도 안 된다구, 정 그딴 걸 하고 싶으면 이 에미를 죽이고 해! 엄마가 이렇게 마구 소리 질러대는데, 꼭 미친 것 같았어요."

"그러셨겠지. 근데 오빠 만화를 잘 그렸어? 네가 본 적이 있어?"

"네에, 오빠는 어쩌다가 엄마가 집을 오래 비우게 되면 저를 불러 오빠가 그린 만화를 슬쩍 보여주곤 했어요. 끝내줬어요, 오빤 진짜 짱이었어요. 뭐든 칙칙 그리면 아주 폼 나는 그림이 되고는 했어요. 오빠가 불쌍해요, 그런 솜씨를 가졌는데 엄마가 그렇게 방해를 해대니."

한솔비는 눈물이 글썽해지며 한숨을 푹 쉬었다.

"혹시 넌 말해 보지 않았어? 엄마한테. 오빠가 정말 만화를 잘 그리니 그 길로 가게 하자고."

"어머, 선생님은 우리 엄마를 몰라서 그런 말씀 하시는 거예요. 우리 엄마는 무시무시해요. 권력 센 아빠도 꼼짝을 못하는 독재자고, 우리 집 왕이에요. 저 같은 것 말을 들을 리가 없어요."

한솔비는 입을 삐죽 틀며 고개를 마구 내저었다.

"그래……? 학교에 오셨을 때 내 눈에는 그렇게 안 뵈던데."

"그건 선생님 앞이니까 아주 조심하고 예의 차리니까 그런거죠. 우리 엄마가 오빠와 저를 공부하라고 몰아대는 것을 보시면 선생님도 기절하실 거예요. 그럴 때 엄마는 꼭 호랑이고 사자예요."

"그래, 어디 느네 엄마만 그러시겠니. 자식 잘되기를 바라다 보니까 모든 엄마들이 다 몸이 달아 그렇게 사랑이 넘치는 거지."

이소정은 제자를 위로하고 부모의 체면을 살리느라고 이렇게 말하면서도 한편으로는 소리 나지 않게 한숨을 길게 내쉬고 있었다.

"아니에요, 선생님. 그건 사랑이 아니라 억지고 억압이에요. 엄마들은 강제로 애들을 공부 기계 만들어 자기들 욕심을 채우려고 하는 거예요. 오빠가 가난하게 살든 말든 오빠가 하고 싶은 걸 하게 응원해 줘야 그게 사랑이지, 왜 방해하고 엄마 뜻대로 하려다가 결국 가출하게 만들어요. 엄마가 밉고, 오빠가 불쌍해요."

한솔비가 또 울먹거렸다.

이소정은 대꾸할 마땅한 말을 찾지 못한 채 평소에 느끼지 못했던, 당찬 생각을 가슴에 품고 있는 새로운 한솔비를 물끄러미 바라보고 있었다.

"솔비야, 근데 이 시 말야, 오빠는 어디서 구했을까?"

이소정은 묻지 않으려 했지만 궁금증을 떼치지 못하고 기어이 묻고 말았다.

"네에, 이거 인터넷에 다 떠 있어요."

한솔비가 너무 쉽게 말해 버렸다.

"그래? 그럼 아무나 다 보겠네?"

이소정은 두 가지 생각이 겹치며 약간 놀라지 않을 수 없었다. 인터넷 공간에 떠돌고 있는 것을 모르고 있었던 자신의 교사로서의 무관심이 문제였고, 책은 전부 폐기했는데 시는 살아서 필요한 사람들을 만나고 있는 인터넷 시대의 낯선 변화가 마음을 찔렀다.

"네, 이 시 모르는 애들 거의 없어요."

"애들은 뭐라고 해?"

이소정은 이 질문은 피하고 싶으면서도 피하지 못했다.

"그러니까……, 끔찍해해요. 그러면서도 잘 썼다고 생각해요."

"그렇구나……."

이소정은 들릴 듯 말 듯 말하며 고개를 숙였다. 그 고개 숙임은 '왜 잘 썼다고 생각해?' 하는 물음을 단호하게 뚝 꺾는 동작이었다. 그 물음을 가차 없이 부러뜨려버린 것은 한솔비가 '그야 우리 맘이 다 그러니까요' 하고 대답할까 봐 두려워서였다. 어쨌든 엄마들이 아까운 돈 아까운 줄 모르고 투입한 사교육 열정은 그렇게 실패하고 있었다.

"솔비야, 너도 오빠처럼 특별히 뭘 하고 싶은 게 있니?"

이소정은 은근히 한솔비마저 걱정이 되어 화제를 바꾸었다.

"아니에요, 전 아직까지 뭘 꼭 하고 싶은 게 없어요. 그게 얼마나 다행인지 몰라요. 오빠처럼 가출 안 해도 되니까. 저는 겁이 많아 가출을 못하니까 나이 먹더라도 계속 특별히 하고 싶은 게 안 생겼으면 좋겠어요. 그럼 그냥 엄마가 원하는 대로 따라가면 되니까요."

"……!"

이소정은 다시 한솔비를 물끄러미 바라보았다. 어린아이의 철든 순응주의가 가슴 섬뜩했던 것이다.

"아빠는 어떠시니?"

"아빠요? 이제는 아빠 같아요."

"무슨 소리지……?"

"아빤 밤마다 술 취해 돌아와서 엄마한테 야단이에요. 애한테 어떻게 해서 이 꼴이 됐냐고. 당장 찾아내라고. 그런 아빠 앞에서 엄마는 꼼짝을 못해요. 오랜만에 엄마를 팍 깔아뭉개고 이기는 아빠가 이제 진짜 우리 아빠 같아 기분 좋아요."

"으응, 그렇겠구나." 이소정은 한솔비와 눈을 맞추며 상긋 웃고는, "솔비야, 집에 아무리 불행한 일이 생겼어도 계속 결석을 하는 건 좀 문제겠지? 오빠를 찾는 건 그렇게 쉬운 일이 아니고 장기전이 될 수도 있어. 그러니 더 이상 결석은 안 되지 않겠니?" 했다.

"네에……, 저도 그만 학교에 가고 싶어요. 집에서 혼자 있는 건 너무너무 힘들어요. 근데 엄마가……."

"알았다. 내가 엄마한테 말할 거다."

"아니, 아니에요. 아무한테도 말하지 말랬는데, 저 엄마한
테 무지 혼나요. 안 돼요, 말하지 마세요."

한솔비는 금세 겁 질린 얼굴로 두 손을 마구 저어댔다.

"솔비야, 아무 걱정 마. 선생님이 다 알아서 해. 엄마도 선생
님 말은 잘 들어. 선생님이 잘 해결할 거야."

이소정은 올 때보다 몇 배로 무겁고 어두워진 마음으로 한
솔비의 집을 나섰다. 가출한 그 아이가 어느 거리를 헤매고
있는지……, 어떻게 찾아지기나 할 것인지……, 혼자 떠돌아
다니다가 무슨 흉한 일이나 당하지 않을 것인지……, 아무리
공부가 중하다고는 하지만 어쩌자고 엄마들은 아이들을 그
지경까지 몰아대는 것인지……. 여러 생각들이 얽히고설키고
있었다.

이소정은 언젠가 보았던 여론 조사를 떠올리고 있었다. 학
생들에게 엄마에 대해 물은 것이었다. 그 응답 결과는 끔찍하
고도 참담했다.

최악이라는 게 96퍼센트였고, 그저 그렇다는 게 3퍼센트였
고, 좋은 엄마라는 게 1퍼센트였다.

엄마들은 누구나 자식을 위해 최선을 다한다고 자신만만

하게 말했다. 그리고 자기들이 최선의 엄마라고 확신하고 있었다. 그러나 그들은 그렇게 참담하게 실패하고 있었다. 한솔비의 오빠처럼 살의가 발동하는 것을 막기 위해 가출하게 만들면서.

한솔비는 선생님이 떠난 다음에 골똘한 생각에 빠져 있었다. 곰곰이 생각할수록 그 말을 잘못한 것 같았다. 그 시를 애들이 다 '잘 썼다고 생각한다'고 말한 것이 자꾸 후회가 되었다. 그건 있는 그대로 말한 틀림없는 사실이었지만, 그게 해서는 안 되는 고자질을 한 것만 같고, 선생님을 너무 실망시켜 드린 것도 같고, 자신의 속도 너무 쉽게 내보인 것도 같아 너무 속상했다.

그러나 그 시는 모든 아이들의 마음인 것은 틀림이 없었다. 그렇게 아이들은 날마다 숨 쉴 틈도 없이 온갖 학원에 다니는 것을 너무너무 지겨워했다. 아이들은 누구나 유치원 때부터 이런저런 학원에 다니기 시작했으니 벌써 5, 6년째 다니는 것이었다. 아무리 가난한 아이라 해도 어떻게 해서든 영어와 수학 학원은 꼭 다녔다. 그런 아이들 엄마는 백화점 식품부나 파출부 같은 것을 했다. 아무 학원에도 전혀 안 다니는 아이는 전교에 한 명이 있을까 말까 했는데, 그런 아이는 아무 벌이가 없는 할머니나 할아버지와 살고 있었다.

한솔비는 자신이 그동안 다닌 학원의 종류를 셀 수가 없을 지경이었다. 영어, 수학, 국어는 유치원 들어가기 전부터 시작해서 변함 없이 계속해 왔고, 그 외에 여러 가지가 학기마다, 해마다 바뀌어 하루 평균 여섯 시간 정도를 학원에서 보내야 했기 때문에 집에는 늘 밤 9시가 되어야 돌아올 수 있었다. 피아노, 미술, 수영, 성악, 댄스, 논술 등으로 바뀌고 남자애들은 태권도며 축구도 했다. 어떤 극성스러운 엄마들은 여자애들을 태권도 학원에 밀어 넣기도 했다. 애들이 싫어하면 "누가 올림픽 나가래? 세상이 험하니까 내 몸 하나 지킬 호신술은 익혀놔야 된다니까!" 하고 외쳐댔다.

아이들은 엄마가 무서워 학원에 안 갈 수 없었지만, 친구들과 잠깐씩 놀기 위해서도 학원에 가야 했다. 왜냐하면 아이들이 전부 학원에 가버려 아파트촌에는 놀 아이들이 하나도 없었던 것이다. 그리고 지겨우면서도 학원에 안 갈 수 없는 이유는 그렇게 사교육을 받지 않으면 남들한테 금방 뒤처질 것만 같은 불안감을 떼칠 수 없기 때문이었다. 엄마는 시시때때로 남보다 앞서야 한다는 말을 입에 달고 살았고, 엄마가 기대하는 만큼 성적을 올리기 위해서는 지긋지긋하고 토할 것같이 질리지만 학원에 안 다닐 도리가 없었다.

그러나 초등학교 앞으로 2년, 중학교 3년, 고등학교 3년, 전부 8년을 과외 지옥에서 살 것을 생각하면 너무 까마득하고, 금방 숨이 막혔다. 친구들하고도 그런 이야기를 하다 보면 너무 지겹고 짜증 나고 암담하고 죽을 것만 같아 콜라를 한꺼번에 두 병씩 마시기도 했고, 떡볶이를 2인분이나 먹어치우기도 했다.

그렇게 스트레스 받고 살고 있는데 폭탄을 터뜨리듯 오빠가 가출을 해버린 것이다. 아아, 오빠는 어디서 자고, 무엇을 먹고 있을까. 돈은 좀 챙겨가지고 갔을까. 좀 모아가지고 갔다고 해도 그게 얼마나 될까. 자신에게 미리 살짝 말했더라면 자신의 용돈을 다 털어줬을 텐데. 아니야, 만약 오빠가 자신에게 미리 말했더라면 자신은 어떻게 했을까? 엄마한테 알렸을까, 끝까지 비밀을 지켰을까. 어찌했을지 전혀 알 수가 없었다. 한 가지 분명한 것은 엄청 괴로웠을 것 같았다. 뒤늦게 오빠한테 고마움을 느꼈다. 자신을 그런 괴로움에 빠지게 하지 않아서.

한솔비는 무의식중에 아하암 하품을 하다가 얼른 입을 가렸다. 담임선생님은 여자가 입 딱 벌리고 하품하는 것은 가장 무교양한 짓이라고 질색을 하셨다. 얼굴도 예쁘고 마음도 예쁜 이소정 선생님은 공부도 열심히 가르쳤지만 예의며 교양에 대해서도 공부만큼 신경 써 가르치셨다.

"공부는 무엇을 많이 알기 위해서 하는 것만이 아니다. 바른 사람이 되기 위해서 한다. 바른 사람이란 어떤 사람일까? 딱 한마디로 하자면, 나만 위하는 사람이 아니라 나를 위하는 것처럼 남도 위할 줄 아는 사람을 말한다. 그 남도 위할 줄 아는 사람이 되기 위해서 우리는 예의를 몸에 익혀야 하고 기본 교양을 갖춰야 한다."

이런 것은 학원에서는 전혀 배울 수 없는 것이었다. 그래서 아이들은 이소정 선생님을 더 좋아하기도 했다.

배부르게 먹고 난 한솔비는 몰려드는 식곤증을 이기지 못하고 까무룩 잠에 빠져들었다. 미처 1, 2분도 지나지 않았다.

"으아악! 으으아악!"

한솔비가 느닷없이 비명을 질러대며 상체를 벌떡 일으켰다.

"오빠! 오빠……!"

그녀는 두 손으로 머리를 감싸 잡고 주위를 정신없이 두리번거렸다. 그 눈과 얼굴은 공포에 잔뜩 질려 있었다.

"오빠……, 안 돼, 그래선 안 돼……."

한솔비는 울먹이며 중얼거렸다.

까마득한 저 아래로 시퍼런 물이 흘러가는 큰 강이었다. 오빠가 그 다리 위에서 아래로 뛰어내리고 있었다.

한솔비는 떨지 않으려고 애를 썼지만 몸은 걷잡을 수 없이 부들부들 떨렸다. 오빠는 정말 그렇게 죽을 수도 있었다. 돈 떨어지고, 갈 데는 없고, 집에는 들어가고 싶지 않고……, 그러면 오빠는 그렇게 떠날 수도 있었다.

'엄마, 이게 뭐야, 엄마. 오빠가 만화가 되게 내버려두지 왜 그렇게 심하게 했어. 엄마가 오빠한테 쏘아댄 말들이 얼마나 끔찍스러웠는지 알아? 엄마는 화가 나서 그랬겠지만 그 말들은 너무 무시무시하고 정떨어지는 소리였어. 너 같은 건 내 자식이 아니야! 왜 너 같은 게 태어났는지 모르겠어! 죽어, 차라리 나가 죽어! 엄마가 이렇게 소리쳐댔으니 어떻게 오빠가 가출을 안 할 수 있었겠어. 난 엄마가 한 그 말들을 다 아빠한테 일러바치고 싶어. 그치만 집안이 더 불행해질까 봐 꾹꾹 참고 있는 거야. 만약 오빠한테 무슨 일이 생기면 그땐 아빠한테 죄다 말해 버릴 거야. 엄마가 오빠한테 지은 죄! 엄마도 아빠한테 벌 받아야 하니까.'

엄마를 향해 속으로 이렇게 외치고 있는 한솔비의 눈에서는 눈물이 줄줄 흘러내리고 있었다.

이소정은 여러 번 전화를 걸어 어렵게 통화가 된 한솔비의 엄마에게 냉정하게 말했다.

"솔비 어머님, 좀 냉정을 찾으세요. 솔비 오빠가 가출한 것과 솔비는 전혀 아무 관계도 없는 별개의 문제입니다. 그런데 왜 오빠를 찾기 전에는 솔비를 학교에 안 보내겠다는 겁니까? 솔비 오빠가 가출한 것은 전적으로 솔비 어머님 잘못 때문이었습니다. 또 솔비도 그렇게 만들고 싶으신 건가요?"

"아니 선생님, 무슨 말씀을 그렇게……"

"그러니까 왜 솔비를 학교에 안 보내겠다고 고집부리냐고요. 그건 아동 학대죄이기도 합니다. 이 문젠 어머님하고는 말이 안 되니 아버님한테 연락하겠습니다."

"아니에요, 아니에요, 선생님. 내일부터 당장 솔비 학교에 보내겠어요."

"틀림없습니까!"

"네에, 틀림없습니다. 꼭 보내요."

"네, 기다리고 있겠습니다. 그리고 저도 솔비 오빠 찾는 방법을 좀 알아보겠습니다."

"네에, 네, 감사합니다, 고맙습니다."

솔비 엄마의 어조에서 허리를 마구 굽신거리는 모습이 환히 보였다.

이튿날 한솔비는 깔끔한 모습으로 학교에 왔다. 엄마가 머리까지 신경 써 빗겨준 표가 났다. 정신없는 경황 속에서도 엄마는 담임선생의 존재를 의식하고 있음을 보여주고 있었다.

"솔비야, 이리 와. 마음속으로 오빠 무사히 돌아오게 해주십시오 하고 깊이 기도하면서, 학교 생활은 전처럼 명랑하고 즐겁게 해야 해. 그게 오빠가 바라는 것이니까. 알겠지?"

"네에, 선생님……."

"그래, 착하지. 선생님도 기도할 거니까 함께 힘내자."

이소정은 한솔비를 품에 꼬옥 끌어안았다. 아이의 작은 몸이 포근하고 따스했다. 그녀는 이런 순간에 교직 생활을 하는 의미와 보람을 가슴 가득 느끼곤 했다. 교육이란 인간에 대한 이해와 사랑의 실천이었다. 지식의 일깨움이나 전달은 그다음이었다. 그런데 세태는 언제부터인지 모르게 그 반대로 세찬 바람을 일으키고 있었다. 아니, 그 반대라고 할 수도 없었다. 공부가 강조되고, 경쟁이 신봉되면서 인간에 대한 이해와 사랑은 실종되어 그 자취가 묘연했다.

부모들의 공부 절대주의가 얼마나 심각한 상태인가는 여론조사가 여실하게 보여주고 있었다. 자기 자식이 1등 하기를 바라는 부모가 50퍼센트를 넘고 있었던 것이다. 그 욕심은 그대로 사교육 창궐로 이어지고, 아이들에게 무한 스트레스를 주고 있었다.

아이들이 받는 스트레스의 심각함은 상상을 초월하는 상태였다. 아이들의 95퍼센트가 부모의 기대에 늘 부담을 느낀다고 응답하고 있었다. 성적 때문에 언제나 불안하고, 눈치가 보이고, 그래서 대면하기가 싫다고 했다.

이건 인간관계의 가장 기본인 부모 자식의 사이가 파괴되고 있음을 보여주는 생생한 증거였다. 그런데도 부모들은 출세와 편안한 삶을 위한 무한 경쟁을 향해 질주할 생각뿐이었다.

그 거침없는 질주가 바로 무작정 학원 보내기였다. '남들보다 먼저 하면 이길 수 있다!' 부모들의 이 기대와 믿음을 확실하게 실행해 주는 것이 학원에 있었던 것이다. 그 유명한 '선행 학습'이었다. 그것은 '남들보다 먼저 해서 꼭 승리'하길 바라는 마음을 딱 받아 '남들보다 먼저 가르쳐주는 것'이니 그보다 잘 어울리는 찰떡궁합은 더 있을 수 없었다. 그러나 사교육을 1퍼센트나, 10퍼센트만 받는 것이 아니었다. 서울의 경우 100퍼센트이니 선행 교육은 '선행'이라는 의미를 완전히 상실하고 '완행 교육'이 되고 말았다. 이때부터 학원들만 배불려주는 부모들의 어리석은 탕진과 고맙다는 소리 듣지 못하는 자선을 베풀며 애들만 학대하는 잔혹극이 계속 공연되는 것이었다.

아까운 돈을 맥질한 선행 교육은 아이들도 학원 교육도 함께 망치는 탁월한 효과를 나타냈다. 학원에 다니는 아이들은 누구나 방학 때 다음 학기에 배울 내용을 선행 학습으로 미리 배우게 된다. 그다음에 새 학기가 돌아오면 학교에서 두 번째로 다시 배우게 된다. 그런데 학원을 계속 다니고 있으니까 학습의 반복 효과를 위해서 세 번째로 복습을 하게 된다. 그런 다음에 중간고사나 기말고사가 다가오면 다시 총복습을 실시해 네 번째 반복을 하게 된다.

그렇게 네 번씩이나 되풀이되는 반복 공부는 얼마나 효과가 있을까. 하고 싶어서 하는 능동적 반복이 아니라 억지로 하는 그런 수동적 반복은 효과가 있는 게 아니라 오히려 집중력을 저하시키고 공부를 지겨워하게 하는 역효과를 나타낼 뿐이었다.

이렇게 선행 학습이 이루어지고 있으니 아이들은 당연히 학교 공부를 하나 마나 한 것으로 우습게 여겼다. 그래서 언제나 절반 이상이 수업 시간에 선생 얘기를 듣지 않고 학원 숙제를 하고 있었다. 나머지 절반의 절반은 책상에 엎드려 심야삼경이었다. 그 아이들은 집에서 학원 숙제를 하느라고 잠이 모자라는 것이었다. 학원 숙제는 하루 평균 다섯 시간 정도가 걸리기 때문에 아이들은 잠을 빼앗길 수밖에 없었다. 그러니 집에서 학원 숙제를 한 아이들은 학교에서 자고, 집에서 잔 아이들은 학교에서 학원 숙제를 하게 되는 것이었다.

이런 엄연한 현실 앞에서 교사는 속수무책이었다. 절대다수의 부모들이 사교육을 절대 신뢰하는 한 그들이 자기들 돈

들이고 선택한 길이니 어찌할 도리가 없는 일이었다. 학교는 사교육 복습장이나 숙제장으로 바뀌고, 주기적으로 사교육 효과를 평가해 주는 시험장으로 전락해 있었다.

그러다 보니 선생들 입에서는 "너희들 학원에서 다 배웠지?" 하는 말이 불쑥불쑥 나가고는 했다. 이런 현상에 대해 매스컴에서는 '공교육의 포기'니 '공교육의 와해'니 하며 유식한 말로 장식해 공격하고 비판하기도 했다. 그러나 그건 현장 교사들이 교육을 포기하거나 무책임해서 하는 말이 아니었다. 사교육 광풍이 공교육을 초토화시키는 것을 도저히 막아낼 방법도 없고 힘도 없는 교사들이 토해내는 자조의 한숨이고, 절망적 탄식이었던 것이다.

이소정은 그런 교육 현장에서 자기 존재감을 찾으려고 애썼다. 그건 집안이 어려워 평균적으로 학원을 다니지 못하는 애들에게 신경 쓰는 일이었다. 그런 아이들 몇몇만 충실한 학교 수업이 필요한 대상이었다. 이소정은 그런 애들에게 맞춰 집중적으로 수업을 했다. 수업을 하면서 하나하나 눈길을 맞추고, 콕콕 찍는 손짓으로 마음을 전했다. 그렇게 충실하게 가르쳐줘야만 학원에 많이 다닌 아이들과 수준을 맞출 수 있기 때문이었다.

그리고 또 하나 신경 쓰는 것이 반 아이들 전체를 상대로

'생활 바보' 없애기를 지속했다. 3, 4학년짜리들이 선행 학습으로 5, 6학년 수준의 수학 문제를 척척 풀어내는 실력을 과시했다. 그런 아이들이 젓가락질을 하지 못했고, 손톱을 깎지 못했고, 심지어는 나무젓가락을 제 손으로 쪼개 쓰지 못하는 형편이었다. 그건 그런 아이들의 잘못이 아니었다. 그 엄마들이 어떻게 살고 있는지 생활 태도를 숨김 없이 보여주는 것이었다.

이소정은 그런 아이들을 하나하나 붙들고 다정하게 다독거리며 젓가락질을 가르치고, 손톱 깎기를 가르쳤다.

"왜 젓가락질을 잘해야 하는지 알아? 손재주가 좋아지고, 머리가 좋아지기 때문이야. 우리나라 사람들이 손재주 좋기로 세계적으로 소문나 있잖아. 세계기능올림픽에서 30년 넘게 계속 1등을 해왔으니까. 그게 왜 그러냐면 말야, 우리나라 사람들이 저 옛날 옛적부터 젓가락질을 해왔기 때문이야. 그게 무슨 말인고 하면, 젓가락질을 하면 손가락들을 예민하게 움직여야 되는 건 물론이고 여기, 여기 팔목 위의 근육들이 섬세하게 움직이는 거야. 그 근육들과 손가락들의 예민하고 섬세한 움직임들이 합해져 손재주를 만들어내는 거야. 그리고 왜 머리도 좋아질까? 왜냐면 우리의 손가락에 있는 신경들은 뇌와 직결되어 있어. 손가락이 움직일 때마다 뇌를 자극해 뇌 운동을 활발하게 시키지. 우리가 머리로 생각한 수없이 많은 발명품들을 만들어낸 건 누구였지? 바로 이 손이었잖아. 근데 말이야, 세계에서 젓가락을 쓰는 건 우리 말고 두 나라가 더 있어. 중국과 일본이야. 그런데 왜 우리가 1등일까? 젓가락이 다른 거야. 우리나라 게 제일 가늘고 짧아. 젓가락이 가늘고 짧을수록 젓가락질이 더 어려워. 젓가락질이 어려울수록 팔뚝 근육과 손가락들이 어떻게 되지? 그렇지! 더 예민하고 섬세하게 움직여야 하지. 그래서 우리나라 사람들 손재주가 1등인 거야. 자아, 그러면 선생님하고 함께 해보는 거야!"

이렇게 어르고 흥미를 돋우어가며 젓가락질을 가르치거나 손수 손톱을 깎을 수 있게 했다. 그러면서 이소정은 한편으로는 회의가 일었다. 그런 애들의 엄마들은 도대체 무슨 생각을 하며 아이들을 키우는 것일까…… 일상생활 속에서 반드시 스스로 해결해야 하는 그런 생활 능력은 바보로 만들어놓고 그저 학원 보내는 것에만 열을 올리고 사는 것인가…… 그런 엄마들이 한둘이 아닌 것에 이소정은 대학 교육을 받은 여성들이 무슨 생각을 하고 사는 것인지 마음이 우울해지고는 했다.

그런 '생활 바보'를 바로잡는 또 다른 방법의 하나로 이소정은 날마다 청소 감독을 철저히 했다. 청소 당번 모두가 꾀 부리지 못하게, 청소를 빈틈없이 깨끗이 하도록 처음부터 끝까지 현장을 지켰다. 그건 매일 쓰는 교실의 청결을 위해서만이 아니었다. 그것은 맨 마지막 효과였다. 이소정이 청소를 통해서 아이들에게 익혀주려고 하는 것은 두 가지였다. 첫째 협동의 중요성을 깨닫게 하는 것이었고, 둘째 생활 속에서 자기주변을 손수 깨끗하게 치우며 사는 것을 몸에 배게 하려는 것이었다.

이소정은 자기 주변의 젊은 여성들이 뜻밖에도 청소에 게으르고, 지저분한 것을 창피한 것인 줄을 모르는 경우가 너무 많아 민망하고 당황하고는 했다. 그런데 그런 경향은 나이가 젊을수록 더 심해지고 있었다. 그건 성장기 가정교육, 생활 교육의 부재를 단적으로 드러내는 것이었다. 그건 그 엄마들의 무교양과 무지의 죄였다.

이소정은 그런 문제적 여성들을 대할 때마다 뒤늦게 어머니한테 감사하고는 했다. 어머니는 자신이 초등학교에 들어가기 전부터 설거지며 청소 하는 재미를 느끼게 했다. 싱크대 앞에 낮은 의자를 갖다 놓고 그 위에 자신을 세우고, 어머니는 뒤에 서서 함께 유쾌한 노래를 부르며 설거지를 했다. 그리고 서로 대걸레를 가지고 거실 바닥을 누가 더 빨리 닦나 시합을 하기도 했다.

"여자가 청소를 깨끗하게 하지 않고 집 안을 지저분하게 해 놓고 사는 것은, 나는 마음도 행동거지도 이렇게 지저분합니다 하고 남들에게 내보이는 거야."

어머니가 늘 환기시켰던 말이었다.

그런데 아이들 속에는 그런 어이없는 '생활 바보'만 있는 것이 아니었다. 그에 못지않는 예절 불량의 문제아들도 갈수록 늘어나고 있었다. 학원 가는 것만 닦달하면서 젓가락질 못하는 것에는 전혀 관심을 두지 않았던 것처럼 엄마들은 사람으로서 기본예절을 갖추게 하는 인성 교육도 아예 시키지 않은 것 같은 의심이 들기도 했다.

가장 흔하게 범하는 것이 어른 앞에서의 말버릇이었다. 초등학교 3, 4학년인데도 선생 앞에서 자기를 가르켜 '저는……'이라고 하는 아이는 거의 찾아보기가 어려웠다. 아이들은 당연한 것처럼 거침없이 '나는, 나는'이었다. 그래서 '저는'으로 고쳐주면 무슨 말인지 잘 이해를 하지 못하는 표정이기 일쑤였다.

아이들의 그 버릇없는 말버릇의 뿌리가 엄마들이라는 건쉽게 확인되는 사실이었다. 가끔 대면하게 되는 엄마들은 선생을 상대로 하면서도 거의가 '나는'이었다. 그 말이 듣기 거북하고, 잘못되었다는 것을 깨닫게 하려고 이소정은 일부러 '저는, 저는'에 꽁꽁 힘을 넣어가며 말하고는 했지만 효과는 전혀 없었다. 그러니까 이 땅에서 인성 교육이 파괴되어 버린 것은 하루 이틀의 일이 아니라 그 엄마들의 시대부터였다는 것을 입증해 주고 있었다.

중국에서 인구 억제책을 강하게 실시하여 무조건 아이를 하나씩만 낳게 하는 바람에 그 귀한 자식을 그저 떠받들어 키우다 보니 영 버릇없이 방자해져 붙여진 별명이 '소황제, 소공주'라 했다. 우리나라도 그와 별로 다르지 않은 형편이었다. 집집마다 한둘이다 보니 오냐오냐하며 키우게 되고, 그러다 보니 버릇없는 아이들이 되는 건 너무 자연스러운 일이었다.

그런데 유난히 거칠고 말썽꾼인 애들이 한 반에 한둘씩은 꼭 있었다. 작년에 3학년을 맡자마자 한 여선생이 귀띔했다.

"저 애, 오창석 조심해야 해요. 감당할 수 없는 최고의 말썽꾼이에요. 쟤 때문에 작년 일 년 내내 아주 죽을 뻔했어요."

"얼마나 심해서요?"

"좀 심하게 말하자면 완전 조폭식이에요." 그 여선생은 자기의 말이 좀 심했다고 느꼈는지 어색하게 웃고는, "어쨌든 상상을 초월해요. 수업 중에 제멋대로 돌아다니는 건 예사고, 무슨 말썽을 피워 이리 오라고 하면 뻣뻣이 버티고 서서 한다는 소리가 '싫어요, 할 말 있으면 선생님이 와요' 하지를 않나, 어느 날은 교실 구석에다 오줌을 싸고는, 왜 이런 못된 짓을 하느냐고 나무라자 '이 추운데 변소가 너무 멀잖아요. 집처럼 가까워야 하는데' 하는 거예요. 그리고 어느 날은 작문 숙제를 안 해 왔길래 미리 말한 대로 수행평가 빵점이라고 했더니 글쎄 '씨팔!' 그러면서 돌아서는 거예요. 쟤 땜에 썩은 속 말도 못해요" 했다.

"네, 헤비급은 헤비급 같네요. 엄마는 면담해 봤나요?"

"아니요."

여선생은 빠른 대답에 맞춰 고개까지 내저었다.

"아니, 왜요?"

"모르시겠어요? 그 엄마에 그 자식! 엄마한테 더 당하고 싶지 않았어요."

여선생의 말은 단호했다. 그 단호함은 곧 그 아이를 포기해 버렸음을 의미했다.

이소정은 자신의 전략 전술로 오창석을 순한 양으로 만들 심산이었다. 그래서 첫날 바로 다가섰다.

"창석아, 네가 우리 반 돼서 반갑다."

이소정은 자신이 애용하는 방법대로 아이의 성을 떼어내고 이름만 불렀다. 성을 함께 부르면 사무적 거리감이 있는 것에 반해 이름만 부르면 확 가까워진 친근감이 생기게 마련이었다. 그리고 아이의 눈을 깊이 들여다보며 악수를 청했다.

"아니, 저어……, 저어……."

아이는 쭈뼛거리며 손을 내밀지 못했다. 당황한 그 얼굴이 귀여울 뿐 말썽꾼의 얼굴이 아니었다. '그래, 너도 어린애일 뿐이야.' 이소정은 자신의 작전이 먹혀들고 있음을 느끼고 있었다.

"왜에? 선생님하고 악수하자니까. 너 그동안 선생님하고 악수 안 해봤어?"

"네에……."

아이는 우물쭈물하며 부끄러운 듯 손을 내밀었다.

"아유, 창석이 손은 참 예쁘구나. 아주 복 많이 받고 잘살게 생긴 손이야. 그런데 창석아, 새 학년이 됐으니까 우리 반 환경 미화를 해야 되잖아. 네가 좀 도와줄래?"

"네에……?"

"아니, 왜 놀라?"

"그건 반장이나 그런 애들이 하는 거잖아요."

"아니야, 한 사람이 하는 게 아니고 여러 사람이 하는 거니까 창석이 너도 힘을 합해달라는 거지."

"전 그림도 그릴 줄 모르고……."

"아니야, 할 일은 너무나 많아. 어쩔래, 도와줄 거지?"

"……네에……."

창석이는 부끄러운 듯 밝게 웃었다.

"근데 말야, 창석이는 손이 복스럽게 참 잘생겼는데, 손톱이 너무 긴 게 문제야. 이따가 선생님이 이 손톱을 깨끗하게 잘 깎아줄게. 어때, 좋지?"

"……?"

아이는 어리둥절한 눈으로 선생을 올려다보고만 있었다.

창석이는 그날부터 순한 양이 되었다.

이소정은 말썽꾼이며 문제아라는 아이들을 그런 식으로 대했다. 그런 진심 앞에 아이들은 문제아나 말썽꾼의 탈을 벗고 금방 순박하고 착한 모습으로 화답했다. 학원의 선행 학습으로 수업 수준을 어떻게 조정해야 할지 당황하는 속에서도 아이들과의 그런 정 깊은 교류가 교직 생활의 크나큰 보람이고 행복이었다.

한솔비의 오빠도 자신이 먼저 만날 수 있었더라면 가출을 막을 수 있지 않았을까 하는 안타까움으로 이소정은 마음이 아팠다. 아무리 고심을 해도 그 아이를 찾아낼 방도는 떠오르지 않은 채.

누구의 잘못인가

"얌마, 왜 또 왔어?"

"아저씨, 내 말 좀 들어주세요."

한동유는 눈을 치떠 키 큰 아저씨를 째려보았다.

"네 말? 무슨 말을 들어달라는 거야?"

아저씨가 담배 연기를 훅 내뿜으며 같잖다는 듯 픽 웃음을 흘렸다.

"분명히 말했잖아요. 열 번이고 백 번이고 찾아올 거라구요."

한동유가 야물딱지게 내쏘았다.

"너, 생긴 건 아주 얌전하게 생겨가지고 고집은 영 불통이로구나. 너 같은 꼬맹이는 열 번, 백 번 아니라 천 번, 만 번을 찾아와도 소용이 없어. 중2짜리는 아예 자격 미달이니까."

"아니, 아저씨가 이 선생님이 아니잖아요. 받아주고, 안 받아주고는 이 선생님이 정하실 문제지, 아저씨야말로 자격 미달이잖아요."

"이거, 말 딱 받아치는 것 좀 봐. 요게, 요게 진짜 꼴통이라니까. 야 이 꼬맹아, 말 잘 들어. 여긴 말야 대학을 나오고서도 이 선생님 눈에 딱 들게 그림을 뽑아내지 못하면 못 들어오는 곳이야. 근데 넌 이제 겨우 중2, 니가 제아무리 뛰어난 천재라 해도 그림이라는 게 워낙에 세월을 바칠 만큼 바쳐야 살아 있는 선이 나오고, 남이 흉내 못 내는 그림이 되고 하는 법인데 넌 이제 겨우 열다섯 살, 보나 마나 남의 그림 흉내나 내는, 젖비린내 풀풀 풍기는 한심한 수준일 거야 뻔할 뻔 자지. 그러니 이렇게 사람 괴롭히지 말고 얌전하게 돌아가 엄마 젖이나 많이 먹고 한참 더 커서 오라 그런 말씀이다."

"아저씨는 왜 치사하게 나이를 따지고 그러세요?"

"얌마, 당연히 나이를 따져야지. 네가 만에 하나 기발하게 그림을 잘 그린다고 쳐. 그래도 널 문하생으로 받아줄 수가 없는 거야."

"아니, 왜요?"

한동유는 눈 똑바로 뜨며 대들 듯했다.

"넌 미성년자니까."

"미성년자가 왜요?"

"하, 그놈 참 골치 아프게 구네. 미성년자 채용하면 법에 걸리니까."

"아니, 취직시켜 달라는 게 아니라 문하생으로 들어가는 건데요, 뭘."

"무식한 놈이 난 체하더라고 네놈이 꼭 그 꼴이다. 일단 여기 들어오면 많든 적든 보수를 주게 되고, 보수를 주고받으면 그게 바로 채용이 되는 거야."

"……!"

한동유는 그만 말문이 막혀버렸다. '돈을 안 받으면 될 거 아니냐'는 말이 곧 나가려고 했지만 서둘러 막았다. 라면을 먹든 삼각김밥을 먹든 그 정도의 돈은 있어야 하는 것이었다.

"얌마, 근데 말야 정작 중요한 문제를 안 따져봤다. 너 중2라고 했는데, 학교는 어쩌고 날마다 여길 오는 거냐? 학교는 아예 때려치웠다 그거냐?"

"아이고, 아저씨 참 눈치 되게 빠르네요. 그런 센스로 어떻게 만화를 그리고 있어요?"

한동유는 말로만 야유를 하고 있는 것이 아니었다. 입 언저리에도 비웃음이 끈적하게 내배고 있었다.

"너 지금 무슨 소릴 하는 거야? 학교 진작 때려치웠는데 그 눈치 못 챘다 그거냐?"

키 큰 아저씨가 화난 척 눈을 부라렸다.

"당근이지요. 학교 때려치웠으니까 이 선생님 문하생이 되려는 거지요. 한꺼번에 두 마리 토끼 못 쫓는 것 아니에요?"

"하이고, 너 참 잘났다. 느네 부모님 누군진 모르지만 속깨나 썩게 생겼다. 너 지금 이러고 다니는 것 느네 부모님이 모르시지?"

"……."

한동유는 상대방의 말을 못 들은 척 먼산바라기를 하고 있었다.

"야, 너 내 말 안 들려?" 키 큰 아저씨는 한동유의 어깨를 툭 치고는, "내가 이제 네놈 정체를 알았다. 너, 가출 인생이지?" 하며 한동유의 눈을 깊이 들여다보았다.

"헹, 그 센스가 이제 좀 만화가 같네요." 한동유가 비식 웃으며 어른스럽게 말했고, "얌마, 건방진 소리 말아. 솜털 갈이도 못한 주먹만 한 놈이 가출이나 해대고. 그것도 중2병이냐? 아이고, 요런 문제아!" 하며 아저씨는 한동유의 머리에 군밤을 먹였다.

"아저씨, 아무것도 모르면서 문제라고 하지 마세요. 문제 아라 가출하는 게 아니에요. 가출할 이유가 있으니까 가출하는 거지."

한동유는 불쾌감을 있는 대로 드러내며 아저씨에게 눈을 흘겼다.

"그야 그렇지. 사람은 입 달렸으니까 누구나 제 할 말은 다 있는 법이니까. 어디, 가출 이유를 말씀해 보시지."

아저씨가 새 담배에 불을 붙이며 흥미를 드러냈다.

"말하고 싶지 않아요."

한동유는 싸늘하게 고개를 돌렸다.

"말해 봐. 니 사정이 딱하면 이 아저씨가 도움이 될 수도 있잖아."

"미성년자라 아예 볼 것도 없다면서, 그럼 도와줄 것도 없잖아요."

"하 그놈, 머리 한번 잘 돌아가네. 뭐, 싫으면 말 안 해도 상관없어. 대충 눈치는 챘으니까."

아저씨는 푸우 소리 나게 담배 연기를 뿜어내며 씁쓰름한 웃음을 피워냈다.

"눈치챘다구요? 피이, 아저씨 센스 가지고는……, 글쎄요, 헛방 칠 건데요, 뭘."

어디 맞힐 수 있으면 맞혀보라는 듯 한동유는 얕잡아보는 웃음을 픽 흘렸다.

"그야 만화 그리는 것에 비하면 너무나 간단하지. 엄마는 그저 자나 깨나, 앉으나 서나 공부해라, 공부해라, 공부해라 몰아쳐대고, 근데 공부에는 별 관심이 없고 만화가가 되고 싶은 생각뿐이라 엄마의 그 공부 타령이 점점 지긋지긋하고, 넌 덜머리 나고, 치 떨려 더는 견딜 수 없게 되자 가출을 하시게 된 거지. 안 그래?"

"아니, 어찌 그리 딱 알아맞히세요? 꼭 귀신같이……."

한동유는 휘둥그레진 눈으로 아저씨를 바라본 채 말을 잇지 못했다.

"그게 뻔하잖아. 가출하는 애들이 해마다 늘고 있는데, 그 이유 태반이 공부 때문이라고 소문나 있잖아. 그나저나 널 여기서 안 받아줄 것은 뻔하고, 넌 이제 어떻게 할래?"

아저씨가 걱정스러운 얼굴로 한동유를 유심히 바라보았다.

"모르겠어요……."

한동유는 한숨을 푹 쉬며 고개를 떨구었다.

"얌마, 이 아저씨가 널 보면서 뭘 생각하는지 아니?"

"……."

한동유는 풀 죽은 얼굴로 아저씨를 멀뚱하게 쳐다보고 있었다.

"저 옛날의 이 아저씨 꼴을 보고 있는 것 같으다."

아저씨가 담배 연기를 하늘로 풀풀 날리며 헤식게 웃고 있었다.

"그래요? 아저씨도 저 같은 아이였다구요?"

한동유는 금방 얼굴이 밝아지며 아저씨 쪽으로 약간 다가앉았다.

"만화가가 되고 싶어 미쳐 있었던 건 같지만, 너처럼 가출해 대는 문제아는 아니었지."

"아니요, 아저씨 엄마는 아저씨가 만화가 되는 걸 이해하고, 우리 엄마처럼 엄마가 좋아하는 것 억지로 되라고 몰아대면서 그저 공부하라고 사람 미치게 하지 않았겠지요."

"글쎄, 만화가가 되는 걸 신통찮게 생각하셨지만 엄마가 특별히 바라는 어떤 직업은 없었고, 그때는 지금처럼 과외라는 게 이렇게 극성스럽지 않았고, 또 우리 집안이 과외를 할 만큼 잘살지도 않았지."

"그래서 어떻게 했어요?"

"어떻게 하긴. 공부 적당적당히 하면서 만화 보고, 만화 그리는 재미로 고등학교 보내고, 우물쭈물 대학 마치고 나서 이길로 들어섰지."

"하아, 아저씨가 부러워요."

한동유는 정말 부러운 대상을 바라보는 눈길로 아저씨를 쳐다보았다.

"야, 이 아저씨가 부러우면 이 아저씨가 했던 대로 따라서 해."

"……아저씨대로……, 어떻게요?"

"방금 말했잖아. 적당적당하게 공부하면서 고등학교, 대학 나오고, 그담에 이 길을 본격적으로 시작하라고. 있잖냐, 고등학교, 대학 괜히 다니는 거 아니야. 그 기간 동안에 만화에 대해서 계속 많이 생각하고, 세상 경험도 많이 쌓고, 책도 고루고루 읽어 지식도 넓히고 상상력도 자꾸 키우고, 이 세상 온갖 것 못 그리는 게 없게 매일 연습하고, 그게 다 좋은 만화가가 되기 위한 준비 과정이야. 그 과정이 없이 지금 네가 원하는 것처럼 한 사람의 문하생이 되면 자기만의 개성 있고 독특한 만화가가 되지 못하고 그저 손재주만 좀 있는 그림 기술자로 끝나고 말아. 그건 끔찍한 비극이지. 내 말 이해가 되니?"

"네에, 알겠어요. 근데 저는 엄마 땜에 그런 방법으로 할 수가 없어요."

한동유는 울상이 되며 고개를 저었다.

"근데 말야, 이번에 네가 가출한 것을 계기로 엄마가 달라지지 않을까? 엄마가 너무 충격받아 생각이 확 바뀔지도 모르잖아."

"아니, 아니에요. 아저씨가 우리 엄마를 잘 몰라서 그런 생각 하시는 건데, 우리 엄만 독해요, 무지무지 독해요."

한동유는 더욱 세차게 고개를 저었다.

"아니다, 네가 엄마 맘을 몰라서 그런 소리 하는 거다. 지금 엄마는 널 찾으려고 정신이 하나도 없을 거다. 밥도 제대로 못 먹고, 잠도 제대로 못 자고."

"아니에요, 공부 안 해 꼴 보기 싫은 제가 없어져서 이제 엄마는 속이 시원할 거예요. '차라리 나가 죽어라' 하는 말을 입에 달고 살았으니까요."

"아니야, 네가 엄마의 깊은 속마음을 몰라서 그래. 지금 이 세상에서 널 제일 걱정하는 사람도 엄마고, 널 가장 애타게 찾고 있는 사람도 엄마야."

"글쎄, 아니라니까요. 엄마는 나한테 듣기 좋은 말을 단 한 번도 한 일이 없어요. 언제나 나쁜 말만, 무시하는 말만 하면서 미워하고 보기 싫어했어요. 집 나오면 개고생인 걸 뻔히 알면서도 왜 집을 나왔겠어요."

한동유의 목소리는 점점 커지고 있었다.

"그럼 나하고 한 가지 내기를 할까?"

"내기요……?"

"그래, 내기. 느네 집에서 지금도 너하고 제일 잘 통하는 사람이 누구냐? 하나는 있겠지?"

"네에, 여동생이오."

"가출 후 서로 연락해 봤어?"

"아니요."

"잘됐군. 당장 여동생한테 전화해 봐. 엄마가 어떻게 지내는지."

"지금 학교에서 공부해요."

"아, 그렇지. 그럼 이따가 해봐."

"그걸 알아봐서 뭘하게요?"

"그게 그러니까, 엄마가 널 애타게 찾고 있다면 그게 바로 해결책이니까."

"해결책이요?"

"응, 좋은 해결책!"

"왜요?"

"이번에 혼이 난 엄마에게 네가 무사히 돌아오는 것은 엄마 생각을 바꿀 계기가 되거든."

"하, 하, 아저씨 되게 웃긴다. 우리 엄마는 살모사보다 더 독하다니까요. 절대로 생각 안 바꿔요."

"그래, 너하고 나하고 이렇게 우김질해대고 있으면 뭐하냐. 여동생한테 전화를 걸어서 사실 확인을 하면 될 건데."

"그럼 아저씨는 엄마가 이번에 생각을 바꿀 거라고 생각하는 거예요?"

"응, 틀림없이. 그럼 넌 승리자가 되어 귀가해 아까 이 아저씨가 말한 대로 적당적당히 공부하며 대학까지 졸업한 다음에 만화가의 길을 시작하는 거야."

"아저씨는 생김새 그대로 되게 순진하세요. 우리 엄마는 생각을 바꿨다고 해놓고는 얼마 안 가 그걸 확 뒤집어 처음 생각으로 돌아갈 사람이에요."

"치이, 그게 무슨 대수냐. 그럼 그때 너도 팍 가출해 버리면 간단하잖아."

"……!"

한동유의 눈이 반짝 빛났다.

"근데요 아저씨, 우리 엄마를 꼼짝 못하게 할 또 한 가지 방법이 있어요."

한동유는 목을 늘이며 마른침을 삼켰다.

"그게 뭔데?"

아저씨도 눈이 빛났다.

"그게 뭐냐면 말이에요……, 그게 그러니까……." 한동유는 옹색한 표정을 지으며 망설였고, "얌마, 사람 속 타게 하지 말고 빨리 말해", 아저씨가 한 패인 것처럼 말을 독촉했다.

"그게 뭐냐면요……, 이 선생님이 제 그림을 좀 보시고, 만화가로서 앞날이 촉망된다……, 뭐 그런 내용으로 글을 한 장 써주시면 우리 엄마는 꼼짝 못하게 될 텐데요……."

"아하, 이 선생님이 장래 보증서를 하나 써주시라 그런 말씀이서?"

한동유는 아저씨를 빤히 쳐다보며 고개를 끄덕였다.

"요게, 요게, 쬐끄만 게 아주 맹랑하다니까." 아저씨가 귀여워죽겠다는 듯 한동유의 머리를 콩 쥐어박고는, "얌마, 너 그렇게 그림에 자신이 있으면 이 아저씨 앞에서 지금 당장 그려봐라" 하며 몸을 일으키려 했다.

"그건 싫은데요."

한동유는 곧바로 고개를 저어 보였다.

"싫다고? 왜?"

"아저씨가 이 선생님이 아니잖아요."

"하! 그래서 날 무시한다 그거냐?"

"아니요. 아저씨는 결정할 권한이 없잖아요."

"하, 요게 눈치가 빠하다니까. 얌마, 그래도 이 아저씨가 한

마디 딱 땡겨줄 수가 있잖아."

"아니, 그 반대일 수도 있어요."

"반대? 내가 싫어할 수도 있다?"

한동유는 아저씨를 쳐다본 채 고개를 끄덕였다.

"하 요놈 참 되게 웃기네. 그래, 그건 그럴 수 있다 치고, 너 만화가가 되고 싶다고 해서 너도 이 선생님처럼 폼 나게 출세한다는 보장이 전혀 없다는 건 알기나 하냐?"

"전 어린애가 아니에요. 성공하는 사람보다 실패하는 사람이 더 많다는 것 다 알아요. 그치만 저는 꼭 성공할 거예요."

"아이고, 어련하시겠어요. 가출하셔서 여기까지 찾아오신 분이시니. 여기 찾아오는 사람들이 한둘이 아니지만, 중2짜리는 네가 첨이다. 나 참, 기가 막혀서."

아저씨가 헛웃음을 치고 혀까지 찼다.

"그러니까 이 선생님을 좀 뵙게 해주세요."

한동유는 아저씨의 소매를 잡고 흔들며 사정했다.

"야 너 참 끈질기다. 선생님이 외국 가셔서 안 계신다고 몇 번씩이나 말해야 되냐? 널 따돌리려고 거짓말하는 게 아니라니까."

"외국 어디 가셨는데요?"

"아프리카."

"아프리카요? 그 멀리는 왜 가세요?"

"다음 그릴 것 취재 여행 가셨지."

"담엔 아프리카를 그리세요?"

"그래, 아프리카의 슬픈 얘기."

"그게 뭔데요?"

"너『뿌리』란 소설 알아?"

한동유는 무르춤한 기색으로 고개를 저었다.

"미국의 흑인 작가가, 아프리카 흑인들이 노예로 팔려가고, 미국에서 어떻게 노예살이를 했는지를 쓴 소설이야. 아주 슬프고도 분한 얘기지."

"아, 이 선생님이 그리시면 아주 재미있겠네요. 빨리 보고 싶어요."

"그래, 또 히트 치시겠지. 얘기도 좋은 데다가 선생님이 워낙 잘 그리시니."

"근데 왜 아저씨는 여행을 같이 안 가셨어요?"

"으응, 난 그 작업에는 참여 안 하니까."

"왜요?"

"독립한다."

"독립? 여길 떠나시는 거예요?"

"그래, 꼭 10년 채웠으니까 이젠 여기 떠나 독립을 해야지."

"와아, 축하해요."

"모르겠다. 축하를 받아야 할 일인지 어쩐지."

아저씨가 두 손으로 얼굴을 훔치며 가늘게 한숨을 쉬었다.

"왜요?"

"왜긴. 아무도 알아주지 않는 내 이름 석 자 쓴 깃발 하나 달랑 들고 허허벌판에 나서는 것인데, 얼마나 불안불안하고 조마조마한지 모르겠다. 첫 작품이 히트하기를 바라지도 않지만, 본전치는 쳐야 하는데, 볼 때려버리면 내 인생 도로 아미타불로 다 구겨져버리는 것 아니냐."

"아저씨, 너무 겁먹지 마세요. 지금 새로 인기를 끌기 시작하는 만화가들이 거의가 다 이 선생님 문하생들이잖아요. 아저씨도 꼭 성공하실 거예요."

"얌마, 넌 그런 것까지도 다 알아? 넌 완전히 만화에 미쳐 있구나?"

"히히, 그냥 막 좋으니까요."

한동유는 쑥쓰러워하며 뒷머리를 긁적였다.

"그래, 느네 엄마는 속을 썩일지 몰라도 뭐든 그렇게 좋아서 미칠 수 있는 게 행복한 사람이다. 이 선생님 오시면 네 장래 보증서 쉽게 쓰시도록 나도 좀 거들어줄게."

"아저씨, 고맙습니다, 고맙습니다."

한동유는 벌떡 일어나 꾸벅꾸벅 절을 했다.

"여동생한테 빨리 전화 걸어보고. 이 선생님은 4, 5일 후에 귀국하신다."

"네 아저씨, 다시 연락드릴게요."

한동유는 아저씨한테 또 깊이 인사를 하고는 신바람 나게 돌아섰다.

송병규는 한동유를 기다리다 지쳐 공원 벤치에서 꾸벅꾸벅 졸고 있었다.

"요런 병신 같은 놈아, 너 정말 공부 이것밖에 못해? 제일 비싼 과외 시켜주는데 왜 성적은 안 오르고 마냥 요 모양 요 꼴이냐구. 니도 눈이 있으면 남들 하는 것 좀 봐! 남들은 싼 과외 하면서도 성적이 쑥쑥 올라가잖아. 아유, 니까짓 걸 자식이라고 키워? 차라리 개돼지한테 정성을 바치는 게 낫지, 넌 사람도 아니야, 요런 바보 등신아. 아유 창피해, 저런 게 내 자식이라니. 그따위로 비실비실 공부 못해 담에 커서 뭐가 될래? 아휴, 그따위로 병신같이 굴 거면 다 집어치워. 공부는 지지리 못하는 게 그저 돼지 새끼처럼 처먹기만 해서 살만 뒤룩뒤룩 찐 꼴 하고는. 사람 노릇 제대로 못하려면 진작에 나가 죽어!"

엄마는 이렇게 소리 질러대는 것에 박자라도 맞추듯 골프채를 휘둘러댔다.

"아우, 아우, 엄마, 엄마……. 나 죽어, 나 죽어. 아이쿠쿠 엄마아……."

그 작은 골프공을 명중시키는 엄마의 골프채는 자신의 전신을 난타해 댔다. 나무 몽둥이에 비해 쇠막대기가 살을 파고 드는 아픔은 훨씬 더 강렬했다.

"야 송병규, 병규야! 정신 차려, 정신 차리라구."

한동유는 송병규를 마구 흔들어댔다.

"어? 어? 으음……, 아 또 그 꿈이었구나……."

잠에서 겨우 깨어나며 송병규가 더듬거렸다

"너 또 그놈의 악몽에 시달린 모양이구나?"

한동유는 송병규 옆에 덜퍽 주저앉으며 투덜거렸다.

"글쎄 말이야, 그 징그러운 꿈 절대로 안 꾸려고 하는데 왜 그게 그렇게 마음대로 안 되냐?"

송병규가 하소연하는 눈길로 한동유를 쳐다보았다.

"그야 나도 똑같잖아. 우린 엄마 피해 도망 나왔는데도 정신은 도망 나오지 못하고 그대로 엄마한테 붙들려 있는 모양이야."

한동유는 얼굴을 찌푸리며 쓴 입맛을 다셨다.

"쓰바, 엄마 하나면 좋게? 성적 줄 세우기 하면서 우리처럼 성적 나쁜 애들은 사람 취급을 하지 않았던 담탱이도 생생하게 나타난다니까."

"나도 그래. 담탱이가 엄마보다 좀 덜 나타나는 것뿐이지, 공부 제일, 성적 제일로 치는 거야 양쪽이 다 똑같았는걸 뭐."

"아이고, 집 지옥 학교 지옥 피해서 가출했더니 이게 뭐냐, 개고생만 하고 앞길이 안 보이니. 넌 어떻게 됐어? 문하생."

"미성년자라 아예 자격 미달이래. 근데 거기 아저씨가 한 가지 방법을 가르쳐줬어."

한동유는 엄마의 생각을 바꿔 귀가하는 방법에 대해 자세하게 설명했다.

"그게 너처럼 가고 싶은 길이 확정된 애들에게만 해당되는 거지 나같이 아무 소질도 없고 앞길도 캄캄한 놈들한테는 해당 무야."

송병규의 목소리가 착 가라앉았다.

"야 병규야, 느네 엄마도 널 집에 돌아오게 하려고 맘 바꿔먹을 수도 있잖아? 그럼 일단 들어가는 게 어때? 이 개고생이 너무 심하니까 말야. 그랬다가 엄마가 배신 때려 널 다시 쪼으려고 들면 그때 또 가출하면 되잖아."

"너 속 편하게 그딴 소리 하지 마. 난 말야, 내 진짜 속마음은 말야, 공부로 날 못살게 구는 집도 학교도 다 싫고, 집도 학교도 다 불 싸질러버리고 딱 자살하고 싶어."

"야, 너 그렇게 심하게 생각하지 말아. 너도 머잖아 꼭 하고 싶은 일이 생길 거야. 사람은 누구나 한 가지 소질은 다 지니고 있다고 하잖아."

"새끼, 어른 다 된 것처럼 말하네. 어쨌든 내 걱정 말고 니 일이나 잘 해결 봐."

이렇게 말하면서도 송병규의 얼굴에는 시무룩한 기색이 감추어지지 않고 그대로 드러났다.

한동유는 공원 구석에 먼지를 뒤집어쓰고 쓸모없는 물건 꼴이 되어 있는 공중전화에서 여동생에게 전화를 걸었다.

"솔비니?"

이 한마디에 여동생은 즉각적으로 반응했다.

"어머, 오빠!"

그 목소리에는 놀람과 반가움이 뒤범벅되어 있었다.

"오빠! 밥은 제대로 먹고 있어?"

한솔비는 오빠 말을 들으려 하지도 않고 제 얘기부터 먼저 했다.

"응, 제때 먹어."

"잠은 어디서 자?"

"집에서 자지. 그런 걱정 하지 말고 내 얘기부터 들어."

"오빠, 용돈 다 떨어졌지? 내가 용돈 차곡차곡 모아가며 오빠 전화 오기만 기다리고 있었어. 오빠, 용돈 전해줄 테니 당장 만나자."

"서두르지 말고 내 말 들어. 요새 엄마 어떻게 지내니?"

"엄마? 말도 마. 오빠 나간 그날부터 엄만 정신 다 나가버렸어. 매일 징징 울면서 오빠 찾으려고 마구 돌아다녀."

"어디로?"

"몰라. 서울을 아무 데로나 쏘다니는 것 같애. 엄마가 불쌍해."

"뭐가 불쌍하냐? 자식 잡아먹으려다가 그 죄로 당하는 일인데."

"오빠, 그렇게 말하지 마. 엄마가 완전히 마음을 바꿔먹었어."

"마음을?"

"응, 사람들한테 징징 울면서 이렇게 말해. 개심했어요, 완전히 개심했어요, 쟤가 하고 싶은 것 하도록 내버려두고 절대로 간섭하지 않을 거예요, 이 말을 어떻게 우리 동유한테 좀 전해주세요, 무사히 돌아오기만 하면 더는 아무것도 안 바라요. 이렇게 말하고 다녀."

"그 말 못 믿어."

한동유는 냉정하게 내쏘았다.

"오빠, 그게 무슨 말이야. 엄마는 진짜 개심을 했어. 난 그걸 믿어."

"난 안 믿어. 날 돌아오게 하려고 미끼 던지는 거야. 그래서 돌아가면 다시 마음을 바꿔먹으려는 거야."

"아니야, 오빠. 그런 짓은 아빠 때문에도 절대 못해."

"아빠……?"

"응, 아빠가 이 일로 난리가 났었어. 엄마가 잘못해서 괜한 애 가출하게 만들었다고, 당장 찾아오라고. 얼마나 화를 내고 야단을 치는지 엄마는 꼼짝을 못하고 아빠 앞에서 바들바들 떨고만 있어."

"아니, 아빠가 웬일이니?"

"아빠가 완전히 딴사람이 됐어. 아니, 전에도 엄마한테 꼼짝을 못한 게 아니었나 봐."

"글쎄, 영 믿어지지 않는 일들이 생기고 있구나."

"응, 그렇게 보면 믿어지지 않는 일이 또 하나 있어."

"뭔데?"

"아빠가 오빠를 엄청 사랑한다는 사실이야."

"그건 웃기는 소리다, 진짜."

"아니라니까. 전처럼 한다면 이번 가출에도 무관심해야 맞는 거잖아. 그런데 정반대로 난리가 난 거야. 이게 사랑한다는 증거가 아니고 뭐야?"

"그런가……? 아빠가 날 사랑한다니까 개콘(개그 콘서트) 보는 느낌이다 야."

"오빠, 아빠의 진심을 그렇게 우습게 의심하지 마. 내가 증인이잖아. 그건 진짜라구."

"알았어. 근데 너 나 만나려고 하면서 엄마 데리고 나오려는 건 아니겠지?"

"오빠아아, 날 그렇게 못 믿어? 그렇담 만나지 말아."

"아니야, 아니야. 난 엄마가 너무 싫어서 그래."

"알아, 엄마가 오빠한테는 너무 심하게 했어. 그치만 우리 엄마가 특별히 심한 것도 아니야. 엄마들 거의가 다 비슷비슷하잖아. 엄마는 이번 일로 틀림없이 변할 거야."

"그럼 얼마나 좋겠냐."

"우리 집에 평화가 올 날이 얼마 남지 않았어. 오빠만 들어오면 그날부터 평화 시작이야."

"야야, 너무 앞서가지 마. 괜히 일 망치는 수도 있어."

"알았어. 시간, 장소 정해."

"엄마는 어떻게 속일 건데?"

"그야 초등학교 1학년 산수지. 학원 가는 척하면 간단하잖아."

"아, 그렇다. 그 땡땡이가 가장 안전한 속임수지."

한솔비는 이소정 선생님한테 다급하게 연락했다. 오빠한테서 연락이 오면 함께 만나기로 선생님과 미리 약속해 두었던 것이다. 마음씨 고운 이소정 선생님은 오빠 일을 해결하는 데 어떻게 해서든 도움을 주려고 했고, 엄마도 선생님한테 위로받고 많이 의지하고 있었다.

"선생님, 여기 잠깐 계세요. 제가 먼저 들어가서 선생님 오시게 된 것 설명할게요. 안 그러고 갑자기 나타나면 오빠가 놀랄 수도 있잖아요."

길 건너에서 오빠와 약속한 빵집을 바라보며 한솔비가 말했다.

"그래, 그게 좋겠다. 오빠 맘이 아주 불안한 상태일 테니까."

이소정이 한솔비의 어깨를 다독여주며 어서 길을 건너가라고 눈짓했다.

한솔비는 살금살금 빵집 문을 밀었다. 며칠 보지 못한 오빠가 어떤 모습일지 가슴속에서 마구 방망이질이 시작되고 있었다. 가슴의 두근거림이 어찌나 심한지 가슴이 벌떡벌떡 솟았다가 가라앉았다가 하는 느낌이었다.

'아, 아, 내가 오빠를 이렇게도 사랑하는구나……!'

한솔비는 다시금 자신의 저 깊은 속마음을 느끼고 있었다.

엄마가 그렇고, 아빠가 그런 것처럼 자신도 이번에 비로소 자신이 오빠를 얼마나 사랑하고 있는지, 그리고 오빠가 얼마나 소중한 존재인지 절절히 깨달았던 것이다. 오빠가 가출한 이후 입맛이 떨어져 아무것도 맛있는 게 없었고 잠도 제대로 자지를 못했고, 컴퓨터 게임이고 무엇이고 재미있는 것이 하나도 없었다. 그런데 한 가지, 마음에 자리 잡힌 것이 있었다. 기도였다. 전에 거의 해보지 않았던 기도를 이번에 오빠가 가출한 그날부터 아무 때나 하고 또 하게 된 것이었다. '오빠가 무사하게 해주십시오.' '오빠가 어서 돌아오게 해주십시오.' '오빠가 어디 아프지 않고 건강하게 해주십시오.' 이렇게 빌고 또 빌었다. 믿는 종교가 없으니 누군가를 부를 대상이 없었다. 그래서 그냥 기도만 했다. 그런데도 기도를 하고 나면 마음이 푸근해졌고, 오빠가 무사할 것 같은 생각이 드는 것이었다.

오빠가 없는 집은 텅 빈 집이었고, 쓸쓸한 집이었고, 웃음이 없어진 집이었고, 불행만 가득한 집이었다. 오빠가 없어도 그러니 아빠가 없고, 엄마가 없는 것은 더 말할 것조차 없는 일이었다.

'그럼 내가 없다면⋯⋯.'

자신이 없어도 오빠가 없는 것과 똑같이 집안이 불행해질 것은 분명했다. 그래서 마음속 깊이 깨달았다. 우리 가족들 중에 소중하지 않은 사람은 아무도 없다! 이것은 오빠의 가출이 가르쳐준 소중함이었다.

"오빠!"

한솔비는 저쪽 구석 자리에 쪼그리고 앉아 있는 오빠를 발견하고는 달리듯 내달았다.

"솔비야……."

"오빠아아……."

그들은 손을 맞잡았다.

"오빠, 얼마나 고생하고 있어. 얼굴이 많이 말랐네."

한솔비의 두 눈에서 눈물이 주루룩 흘러내렸다.

"난 괜찮아. 엄마 아빠는……?"

두 눈에 눈물이 그렁그렁한 한동유의 목소리가 떨리고 있었다.

"아무 걱정 하지 마. 모두 오빠보다 나으니까. 오빠, 배고프지? 빵 빨리 시키자."

한솔비가 눈물을 훔치며 부리나케 진열대로 갔다. 그녀는 빵을 종류대로 쟁반에 수북하도록 담았다. 우유까지 챙겨가지고 돈 계산을 했다.

"야, 배가 고프긴 하지만 이것 다 먹으면 배 터져죽겠다."

한동유는 눈이 휘둥그레졌다.

"먹고 남으면 싸가지고 가야지. 탈 나게 많이 먹으면 안 되고." 한솔비가 눈을 흘겼고, "너 그렇게 말하니까 꼭 엄마 같다", 한동유는 씨익 웃으며 말했다.

"오빠, 엄마 보고 싶은 모양이네?"

한솔비가 우유 팩을 따서 오빠한테 내밀며 말했다.

"모르겠어. 이런 것 같기도 하고, 저런 것 같기도 하고……."

침울하게 이렇게 말한 한동유는 우유를 벌컥벌컥 들이켰다.

"오빠, 엄마 미워하지 마. 있잖아, 엄마가 우리 담임선생님한테 약속한 건데, 오빠가 돌아오기만 하면 오빠가 원하는 건 다 들어주겠다고 했어."

"뭐라구? 그런 약속을 왜 느네 담임선생님한테 하냐?"

한동유는 한입 가득 빵을 씹다 말고 의아스럽게 여동생을 쳐다보았다.

"응, 간단히 말하면 우리 선생님이 오빠 일을 아시고 적극적으로 도와주려고 나서셨거든. 얼굴도 예쁘시지만 마음씨도 엄청 고우셔. 그래서 말야, 여기 나하고 함께 오셨어."

"뭐, 뭐라구?"

한동유는 소스라치게 놀라 들고 있던 빵을 놓쳐버렸다.

"오빠, 왜 그렇게 놀라고 그래? 겁내지 말아. 우리 선생님은 진짜로 오빠 편이야. 내가 오빠 편인 것처럼. 날 믿어, 오빠. 내 말을 믿으라구." 한솔비가 가볍게 자기 가슴을 치며 다급하

게 말했고, "난 내 편인 선생을 한 명도 보지 못했어. 선생들
이란 다 공부 잘하는 아새끼들 편만 들고, 공부 못하는 것들
은 아예 사람 취급을 안 하는 악질들이야. 넌 그걸 몰라?" 얼
굴을 잔뜩 찡그린 한동유는 노골적인 적대감을 드러내고 있
었다.

"그래, 오빠 말이 맞아. 선생들은 거의 다 그렇지 뭐. 근데
오빠 말야, 우리 선생님은 진짜로 정반대서. 절대로 애들 차
별을 하지 않아. 왜 우리 반 애들이 다 선생님을 좋아하겠어?
그리고 자기네 반 애도 아닌 오빠 일에 왜 이렇게 나서겠어?
걱정 마, 아무 걱정 마. 틀림없이 오빠 편들어주려고 오신 거
니까."

"너 정말 믿을 수 있어?" 한동유는 여동생을 쏘아보며 다
짐을 놓았고, "그렇다니까. 내가 왜 오빠한테 손해 날 일을 하
겠어", 한솔비는 자기 눈앞에다 주먹을 꼭 쥐어 보이고는, "그
럼 모셔 올까?" 하며 상냥하게 웃었고, "알았어", 한동유는
무뚝뚝하게 대꾸했다.

"그래, 네가 동유로구나. 며칠 사이에 고생한 표가 나네. 이
런 고생 일찍 해보면 그만큼 빨리 철드는 거니까. 이런 경험
을 '인생 연습'이라고 이름 붙이면 괜찮겠지? 그래, 내가 여기
나온 건 다른 게 아니고 동유 네 엄마 마음을 전하기 위해서

야. 네 엄마하고 나하고 단단히 약속을 한 게 있어. 그게 뭐냐면 말야, 네가 집에 들어오면 엄마가 엄마 생각 깨끗이 버리고 네 뜻대로 네 진로를 정하게 하겠다는 거야. 그러니까 동유 너는 집으로 들어가기만 하면 모든 문제는 깨끗하게 해결되는 거야. 네 생각은 어때?"

"……."

한동유의 날카로운 눈빛은 아주 센 전지 불빛처럼 이소정 선생의 눈으로 내뻗치고 있었다. 그 눈빛은 '그거 틀림없이 정말이에요?' 하는 말을 담고 있었다.

"네, 알겠어요. 근데 며칠만 더 여유를 주세요."

한참 만에 한동유는 무겁게 말했다.

"왜에? 무슨 일 있어?"

다정한 웃음과 함께 이소정 선생이 살갑게 물었다.

"예, 아주 중요한 일을 한 가지 할 게 있어요."

"내가 좀 알면 안 될까? 선생은 학생의 고민을 다 알도록 노력해야 하고, 학생이 털어놓은 모든 고민이나 문제 들은 영원히 비밀에 붙인다. 그러니까 안심해도 돼."

"죄송해요. 선생님을 못 믿어서가 아니라 제가 말하고 싶지 않아요."

"아, 그러니? 그럼 말 안 해도 돼. 그게 오래 걸리니?"

"아니에요. 앞으로 5일 정도요."

"그래 그럼, 그렇게 하자."

이소정은 속으로는 못내 마땅찮았지만, 겉으로는 관대한 척 대해주었다. 중·고등학생의 가출은 자살 다음가는 적극적 반항이고 저항이었다. 그러니까 그런 아이들을 대하는 것도 부드럽고 침착해야 했다.

"애 동유야, 선생님도 초등학교 중학교 때 만화를 엄청 좋아했단다. 그땐 요즘처럼 긴 만화가 별로 없어서 아주 불만이었지. 중학교 1학년 겨울방학 때는 만화방 만화를 거의 다 보느라고 방학 내내 만화방에서 살다시피 했어. 엄마한테 혼도 많이 났는데, 만화방에 발을 끊을 수가 없었어. 완전 중독이 된 거지. 그런데 이상한 일이 벌어졌어. 학년이 바뀌자 꼭 거짓말처럼 만화가 싫어지기 시작한 거야. 그 원인을 지금까지도 모르겠는데, 동유야, 그게 왜 그런 건지 너는 좀 알겠니?"

이소정은 한동유를 감싸 안듯 하는 포근하고 정다운 웃음을 지어냈다.

"그림은 어떠세요?"

한동유도 부드럽게 웃으며 물었다.

"그림? 나는 음악은 아주 좋아했지만 그림은 별로였어. 소질이 없었거든."

"예, 그게 정답인 것 같네요. 소질이 있으면 자꾸자꾸 더 좋아지거든요."

"맞아, 그럴 거야. 그럼 동유 넌 소질을 엄청나게 타고난 거네? 만화가에다 일생을 걸려고 하니 말야."

"글쎄요, 잘 모르겠어요."

한동유는 얼굴이 붉어지며 부끄러운 듯 웃었다.

"좋아, 그게 무슨 일이든 자기가 하고 싶은 걸 하는 게 가장 행복하고 값지게 사는 거야. 만화도 이제 세상 인식이 옛날하고는 완전히 달라졌어. 어느 지자체에서는 세계만화전시회도 하고 만화박물관도 짓고 그랬지, 아마?"

"네에, 경기도 부천이요. 거기서 해마다 세계만화전시회도 개최하고, 한국만화박물관도 근사하게 지었어요."

"어머나, 너 그런 것까지 다 알고 있구나? 됐어, 됐어. 그 길로 가. 재능 타고났으면 그 길 따라가면 성공은 오게 되는 거니까."

이소정은 화사한 꽃처럼 밝게 웃으며 손뼉 치는 손짓으로 소리 안 나는 박수를 마구 보내고 있었다.

"선생님, 저는 오빠가 정식으로 그린 만화책을 빨리 보고 싶어요. 오빠는 못 그리는 것이 없이 진짜 잘 그리거든요."

한솔비가 한시름 놓았다는 듯 편안한 얼굴로 자랑스럽게

말했다.

"선생님도 똑같은 마음이란다. 동유가 자신이 원하는 대로 만화가의 길로 가게 된 것을 축하해서 꼭 주고 싶은 선물이 하나 있어. 받을래?"

이소정이 한동유를 말끄러미 바라보았다.

"……아직 확정된 게 아닌데……." 한동유는 면구스러운 듯 말했고, "오빠아, 빨랑 고맙다고 말씀드려. 딴 사람도 아니고 선생님 선물이잖아", 한솔비가 눈짓 손짓 다 하며 몸 달아 했다.

이소정은 핸드백에서 수첩과 볼펜을 꺼냈다. 그리고 수첩 한 장을 몇 번이고 손톱 끝으로 눌러 접고는, 정성스럽게 그 것을 뜯어냈다. 종이는 마치 칼질이라도 한 것처럼 말끔하게 뜯겼다.

이소정은 앉음새를 바르게 고치고는 그 종이에 무언가를 쓰기 시작했다. 한동유와 한솔비는 서로 눈짓을 교환하며 얌전하게 앉아 있었다.

"자아, 이게 무슨 선물이 될지 모르겠구나. 그러면서도 선생님은 이것을 네가 평생 간직하기를 바라면서 선물로 주고 싶구나."

이소정은 진지한 얼굴로 이 말을 하며 한동유에게 종이를 내밀었다.

한동유와 한솔비의 눈길이 작은 종이 위에 쏠려 있었다.

노력을 이기는 재능은 없다.
노력 없는 재능은 열매를 맺지 못하는 꽃과 같다.

"솔비야, 무슨 뜻인지 알겠어?"

이소정은 한동유를 피해 한솔비에게 물었다.

"네, 아무리 재능이 있다 해도 꾸준히 노력하지 않으면 성공하지 못한다!"

한솔비는 마치 책을 읽는 것처럼 또박또박 명료하게 말했다.

"아이고, 우리 솔비 똑똑해라. 오빠가 그렇게 할 것 같아?"

이소정이 흡족하게 웃으며 물었고, "네에, 오빠는 무지무지 열심히 할 거예요. 이 고생을 해서 따낸 길이잖아요", 한솔비는 제 일이 해결된 것처럼 신명이 났다.

"선생님, 감사합니다."

한동유가 이소정에게 고개를 깊이 숙여 인사했다.

"오빠, 이거 비닐 코팅해서 오빠 책상 앞에 딱 걸어놔." 한솔비가 오빠의 팔짱을 끼며 한층 더 신났고, "알았어, 그거 아주 좋은 생각이야", 한동유가 낮게 중얼거리며 고개를 연방 끄덕였다.

"자아, 그럼 그만들 갈까? 동유야, 네가 연락을 빨리 할수록 좋다는 것 알지?"

이소정이 몸을 일으키며 말했다.

"네에, 오래 안 걸릴 거예요."

한동유는 꾸벅 인사를 했다.

이소정은 집으로 가며 몸이 날아갈 것 같은 홀가분함을 느끼고 있었다. 한동유의 일이 이렇게 수월하게 풀릴 줄은 몰랐던 것이다. 가출 문제가 이렇게 쉽게 풀리는 것은 드문 일이었다.

한 해에 발생하는 학생 가출은 경찰청에 신고된 것만 2만여 건이었다. 그러니까 신고 안 된 것까지 합하면 그 수가 얼마가 될지 상상하기가 어려웠다.

가출의 대부분 원인은 성적 때문에 벌어진 엄마와의 갈등이었다. 그런데 그 많은 가출 사건이 얼마나 잘 해결되는지는 그 공식 통계가 없었다. 다만 두 가지 사실만 확인할 수 있을 뿐이었다. 가출자가 고등학생보다 중학생이 더 많다는 사실이었다. 그리고 또 하나는 상층 가정이 11.4퍼센트, 중간층이 9퍼센트, 하층이 12.3퍼센트를 차지하고 있었다.

가출의 가장 많은 비중을 차지하는 공부와 성적에 대한 갈

등은 하루도 빠짐없이 엄마들이 듣기 싫은 소리를 해대며 감정이 쌓일 대로 쌓이다가 마침내 가출로 폭발하는 것이었다.

학생들이 나열하는 '듣기 싫은 말'은 이런 것들이었다.

빨리 공부해, 공부는 언제 할 거냐!

겨우 이것밖에 못해? 멍청하게.

××는 잘하는데 넌 왜 이 모양이냐.

넌 안 돼, 넌 못해.

너 커서 뭐가 될래?

그럴 거면 왜 태어났니?

니가 뭘 알아!

아유, 창피해.

지금 어디서 뭘 하고 있어?

도대체 넌 잘하는 게 뭐니?

돼지 새끼처럼 살만 쪄가지고.

아니, 그것밖에 못해?

아휴, 꼴 보기 싫어. 남들 하는 것 좀 봐!

너도 사람이냐!

그따위로 할 거면 다 집어치워!

아유 병신, 차라리 나가 죽어.

그런 말들에 진저리 치며 학생들은 '듣고 싶어 하는 말들을 이렇게 꼽았다.

오늘도 많이 힘들었지?

수고했어.

잘했어.

열심히 하는구나.

괜찮아, 괜찮아.

사랑해.

푹 쉬어.

그 정도면 충분해.

자, 용돈 받아.

좀 놀아라.

우리 맛있는 거 먹자.

네 맘대로 해.

그래, 잘했어. 아주 잘했어.

그래, 그렇지. 네가 맞아.

아니, 괜찮아. 얼마든지 그럴 수 있어.

아니야, 걱정 마. 아빠도 네 나이 때 그런 실수 숱하게 했어.

실수는 누구나 다 하는 거야. 그건 좋은 경험이야.

학생들은 '듣기 싫은 말'은 매일같이 들어야 하고, '듣기 좋은 말'은 거의 들을 수 없으니 부모가 싫어지고, 점점 사이가

136

멀어지고, 담을 쌓기에 이르는 것이다.

그 결과는 참으로 끔찍스러울 정도였다. 고민이 생겼을 때 누구와 상담하느냐는 질문에 학생들 40.2퍼센트는 '친구'라고 응답했다. 그리고 아버지가 0.9퍼센트였다. 그런데 60퍼센트의 아버지들은 아이들이 자신을 대화 상대나 상담 상대로 생각한다고 믿고 있었다. 그러면 엄마는 얼마였을까? 엄마는 아예 없었다. 아이들을 위해서 자신들이 전적으로 희생하고 있다는 말을 입에 달고 사는 엄마들은 그렇게 자식들에게 버림받은 존재였다. 그러니까 아이들은 엄마를 간섭자, 방해자, 강압자로 외면해 버리고 있었다.

이소정은 엄마들을 만날 때마다 그런 사실들을 상기시키며 칭찬하고, 격려하고, 대화하면서 엄마의 욕심이 아이들에게 부담이 되게 하지 말라고 거듭거듭 말했다. 그러나 그 말을 받아들이는 엄마들은 거의 없는 것 같았다. 엄마들은 어쩌면 그렇게도 체제 순응주의고, 제도 추종주의에 충실한 것인지 이해할 도리가 없었다. 조선 500년 동안의 남성 중심 사회를 철저하게 유지, 강화시켜 온 것이 여자들이었듯이.

그러나 엄마만 버림받은 존재가 아니었다. 아이들은 선생도 가차 없이 버려 상담 대상으로 0.1퍼센트도 나오지 않게 해버렸다. 그 결과 앞에서 이소정은 교육자로서 허무함과 비애를 함께 느꼈다.

"어떻게 됐어?"

송병규는 한동유를 만나자마자 물었다.

"응, 엄마가 맘 바꿨으니 들어오라고."

한동유는 일부러 시큰둥하게 대꾸했다. 송병규를 속상하게 만들어서는 안 되기 때문이었다. 함께 가출했다가 혼자만 집으로 되돌아간다는 건 왠지 미안쩍고 개운치 않은 일이었던 것이다.

"믿을 수 있어?"

고개를 떨구고 있던 송병규가 한참 만에 물었다.

"그래서 내가 며칠 기다리라고 했어. 엄마가 꼼짝 못하게 할 것을 준비해야 하니까."

"그게…… 뭔데?"

"응, 있잖냐, 그 만화가 이 선생님한테 내 능력을 인정받아 선생님이 써주시는 장래 보증서를 엄마 앞에 팍 내놓는 거야! 어떻겠니?"

"호! 그거 완전 말 되네. 그리되면 느네 엄마도 쪽을 못 쓰겠지. 이 선생님이야 만화계의 왕인데." 송병규가 빈 코를 들이마시고는, "근데 너 보증서 받아낼 자신 있어?" 믿을 수 없다는 듯 물었다.

"몰라, 지금부터 가슴 두근두근하고 마음 조마조마한 게 미치겠다. 그치만 어쩌냐, 엄마 지옥에서 벗어나려면 이를 악물고 잘할 결심을 해야지."

"걱정 마, 넌 잘할 거야. 그림 하나는 기똥차게 잘 그리잖아. 네가 이 선생님 만화 주인공들 척척 그려 보이면 그분도 까무러치게 놀랄 거야. 그리고 보증서도 화끈하게 써주실 거고. 난 네 실력을 믿어."

"고마워, 병규야. 너한테 미안하고." 한동유는 송병규의 손을 잡고는, "오늘 저녁은 내가 한턱 크게 쏠게. 여동생이 용돈 주고 갔거든. 빨리 영수 형한테 가자" 하며 얼굴이 밝아졌다.

"가만있어. 영수 형 만나면 태식이 형도 따라붙게 되는데……."

그래도 돈이 괜찮겠느냐고 송병규가 눈으로 묻고 있었다.

"응 괜찮아. 태식이 형도 우리한테 잘해주는데 의리 지켜야지."

"새끼, 그렇게 말하니까 너 아주 괜찮은 남자처럼 보인다. 가자, 형들이 좋아하겠다."

그들은 발을 맞춰 신바람 나게 걸었다. 돈이 발휘하는 힘이었다. 오늘 아침에도 편의점에서 라면 두 개를 사 넷이서 절반씩 나눠 먹었던 것이다. 끼니때는 어김없이 돌아오고, 돈은 한정되어 있고……. 한 끼가 지날 때마다 돈이 쑥쑥 줄어드는 것, 그것이 가출의 가장 큰 고통이었다.

김영수와 유태식은 공원 한쪽에서 여전히 낡은 오토바이로 운전 연습을 하고 있었다. 음식 배달원으로 취직해서 고정 수입을 얻기 위해서였다. 김영수는 송병규네 동네의 형으로, 벌써 작년 중3 때 가출해 1년을 넘긴 경력자였고, 유태식은 가출 생활을 하면서 사귄 친구였다.

"이거? 당연히 쌔볐지(훔쳤지). 이건 우리가 오히려 주인 도와준 거야. 이거 폐차시키려면 돈 내야 하는데, 우리가 그 비용 안 들게 해줬잖아."

김영수가 담배를 빡빡 빨며 태연하게 한 말이었다.

"경찰한테 잡히면 어쩌려고?"

송병규가 겁내며 말했다.

"경찰? 그거 웃기는 거다. 겨울이면 소년원에 들어가는 게 하루 세끼를 꼬박꼬박 챙겨 먹을 수 있어서 닥치는 대로 쌔비고 다니는데도 안 잡혀지더라고. 경찰 아저씨들이 편케 놀고 잡수시는 덕이지."

김영수는 가출 1년 경력을 그런 식으로 과시했다.

그는 부모가 이혼하고 엄마와 함께 살았는데, 2년쯤 지나자 엄마한테 새 남자가 생기게 되었다. 그 남자는 자기를 아버지라고 부르라고 강압했고, 말을 듣지 않자 주먹질을 시작했다. 위협적인 손찌검이 아니라 본격적인 폭행이었다. 더 어이없는 것은 엄마였다. '새아빠도 아빤데 왜 아빠라고 안 부르느냐'며 그 남자 편을 들고 나섰다. 그래서 또 때리지 못하게 팔뚝을 살점이 떨어져나갈 만큼 물어뜯고는 가출해 버린 것이었다.

그리고 그의 친구 유태식은 한동유와 송병규처럼 공부 닦달에 시달리다 못해 가출한 경우였다.

송병규는 한동유의 여동생이 찾아온 이야기를 간단히 설명했다.

"그래서 얘가 오늘 저녁에 크게 한턱 쏘겠대."

"그럼 이별 잔치 하자 그거냐?"

김영수가 좀 떨떠름한 얼굴로 물었다.

"아직 그건 아니고……, 그동안 잘 봐줘서 고맙고, 돈도 생기고 해서……."

한동유는 김영수의 눈치를 보며 우물쭈물했다.

"좋다, 좋아. 돈 생겨서 한턱 쏘겠다면 먹어야지. 요새 우리 쫄쫄 배곯았잖아. 그래, 영양 보충 좀 하자."

유태식이 분위기를 잡으며 차지게 입맛까지 다셨다.

"그래, 배 속한테 미안하긴 하지. 크게 쏜다고?"

김영수가 송병규에게 물었다.

"응, 그런데."

송병규가 어서 대답하라는 듯 한동유를 쳐다보았다.

"돈이 좀 여유가 있으니까 뭐 맛있는 것으로 아무거나……."

한동유는 김영수에게 결정권을 넘긴다는 뜻으로 말했다.

"형, 삼계탕이 어떨까? 여름 보신 최고잖아."

송병규가 말했다.

"응, 삼계탕도 좋긴 한데……, 돼지 족발에 쐬주 한잔 크으, 어때?"

유태식이 소주가 목을 타고 넘어가기라도 하는 듯 과장되게 진저리를 쳤다.

"족발도 좋은데, 그게 좀 비싸고, 식사가 아니고 술안주라서 말야. 값싸고, 푸짐하고, 기름기 지글지글해 영양 보충도 되고, 술안주에 밥반찬도 될 수 있으니까……, 삼겹살!"

김영수가 말했다.

"그거 좋다, 돼지 삼겹살!" 유태식이 제 이마를 찰싹 쳤고, "우리 영수 형, 대애박!" 하며 송병규가 박수를 쳤다.

김영수는 뒷골목의 단골 삼겹살 식당으로 앞장섰다. 어떻게 돈이 좀 생기면 이따금 찾아오는 집이었다. 고기를 많이 주기도 했지만 주인 할머니가 살갑게 대해주기 때문이었다.
자신이 가출하게 된 사연을 알고는 그렇게 마음 아파하며 다
독여주고는 했다.

"할머니, 안녕하셨어요? 저 왔어요."

김영수가 식당으로 들어서며 인사했다.

"아니, 영수 아니냐. 어서 오너라. 본 지 꽤 됐구나."

할머니가 반색을 하며 김영수의 손을 감싸 잡았다.

"얘가 크게 한턱 쏜다고 해서요."

김영수가 한동유를 가리켰고, 한동유는 할머니에게 꾸벅
절을 했다.

"얘네 둘이는 아주 어린데, 얘들도 가출 인생들이냐?"

할머니가 얼굴을 찌푸리며 김영수에게 물었다.

"예, 근데 얘는 일이 잘 풀려서 며칠 있다가 집으로 되돌아
갈 거예요."

김영수가 한동유에 대해 설명했다.

"일이 잘 풀려?"

"예, 얘네 엄마가 마음을 바꿔먹기로 했대요."

"마음을? 무슨 마음을?"

"엄마 욕심 버리고 얘가 하고 싶어 하는 일 하게 하기로요."

"그럼 그렇지. 그게 인생사 순리인 법이지. 요새 배웠다는

젊은 엄마들 아주 큰 탈이야. 자기들 욕심 내세워 자식들 볶아대고, 쥐어짜고. 무식하고 못 배운 이 늙은이들이 젊었던 시절에는 그런 억지 가지고 자식들 키우지 않았어. 다 즈네들 좋아하는 대로 공부하라 하고 엄마들이야 뒤에서 그저 뒷바라지 잘해주려고만 했지."

흰머리 성성한 할머니는 젊은 엄마들이 앞에 있기라도 한 것처럼 정색을 하고 옳은 말을 했다.

"예, 할머니 말씀이 다 옳아요."

김영수는 손가락으로 V 자를 그려 보이며 구석 자리로 걸음을 옮겼다.

그들이 자리를 잡자 한 아주머니가 메뉴판을 가지고 왔다.

"아줌마, 여기 삼겹살 4인분, 쐬주 하나."

김영수가 메뉴판을 받지도 않고 말했다.

"소주……?"

아주머니의 말끝이 활처럼 휘어져 올라갔다. 거기에는 '쬐그만 것들이 말이 돼?' 하는 뜻이 담겨 있었다.

"얘네 둘이는 한 방울도 안 마실 것이고, 나하고 얘는 딱 석 잔씩, 주인 할머니한테 진작에 허락받은 거니까 염려 붙들어 매셔. 그리고 아줌마가 온 지 얼마 안 돼서 잘 모르는 것 같으니까 여러 말 말고 저 주인 할머니한테 가서 여쭤봐요."

김영수가 짜증스럽게 말하며 할머니 쪽을 턱짓했다.

"세상 망조 들라고 쬐그만 것들이 못하는 짓이 없어."

눈을 흘기며 돌아선 아주머니는 구시렁거리고 있었다.

삼겹살이 지글지글 기름을 튀기며 익어가기 시작했다. 김영수가 유태식의 잔에다 소주를 따랐다. 유태식도 김영수의 잔에다 소주를 따랐다. 투명한 소주의 무채색이 싸늘함을 자아냈다.

"야, 니들 둘이는 물잔을 들고 건배해."

김영수의 말에 한동유와 송병규는 얼른 물잔을 들었다.

"한동유의 빠른 귀가를 위하여!" 김영수가 선창했고, "위하여", 세 사람이 합창했다.

"그나저나 한동유가 빠른 귀가자 기록 세우게 생겼다. 일이 이렇게 잘 풀린 경우도 드물 것이고. 어쨌든 잘된 일이다. 축하한다."

김영수가 자못 무게감 있게 인사를 갖추었다.

"히히, 형이 그렇게 폼 잡으니까 아주 멋지고 근사해 보이네."

송병규가 목을 웅크리며 신기하고 희한하다는 듯 웃었다.

"그래, 부지런히 이 형님 따라 배워라. 이 형님도 가출해서 철 팍팍 들고, 구라 빤찌도 늘고 그런다."

김영수가 점잔을 빼면서 가성으로 말했다.

"형, 난 지금부터 걱정이야."

송병규가 한입 가득 삼겹살을 우물거리며 말했다.

"뭐가?"

김영수도 삼겹살을 입으로 몰아넣으며 말을 해서 말이 뭉개져 나왔다.

"동유가 떠나버리면 나 혼자 어떻게 살지……."

"새끼, 어린애 같은 소리 하고 자빠졌네. 여긴 목숨 내놓은 전쟁터야. 날마다 죽느냐 사느냐 하는 판인데 그딴 소리가 어떻게 나와? 당분간 우리 따라다니고, 빨리 니 또래 구해서 짝을 맞춰. 그래야 삥을 뜯든, 쌔비든, 날치기를 하든, 들치기를 하든 할 수 있으니까. 혼자서는 존나 되는 게 없다."

"응, 나도 구하겠지만, 형도 좀 신경 써줘. 동유처럼 쓸 만한 놈으로."

"알았어. 동유가 만화를 그리는 데 쓸 만한지는 모르겠지만 이 전쟁터에서 사는 데는 별로야. 주먹이 있냐, 깡이 있냐, 배짱이 있냐, 덩치가 있냐. 어차피 동유는 잘 떠나는 거고, 넌 이제 동유 같은 애 구하면 망해. 이 판에서는 착한 놈보다 독하고 강한 놈이 최고야. 우린 지금 장난하는 것도, 연습하는 것도 아니니까. 알아듣지?"

김영수는 가출 생활 선배답게 거침없이 쏟아놓았다.

　"근데 난 돈을 적게 받더라도 취직을 하고 싶은데, 어떻게 형이 좀 알아봐줄 데가 없어?"

　"아새끼, 또 저 소리. 중2는 너무 어려서 아무 데서도 안 받아준다니까. 굶어 죽지 않고 살아남으려면 한 가지 방법뿐이라고 했잖아. 빨리 2인조 짜서 돌격대로 나서는 것."

　"그러다간 결국 소년원에 떼 들어갈 건데……."

　"아이구 요런 찐찌버거. 소년원에 떼 들어가는 게 그렇게 무서웠음 가출을 하지 말았어야지. 그게 아니면 몇 년 치 먹고 살 돈을 땡겨가지고 나오든지. 너, 소년원에 고딩들보다 중딩들이 훨씬 더 많은 이유가 뭔지 알아? 가출이 중딩들이 더 많으시지, 알바고 취직이고 할 데는 없지, 그러니 돌격대로 나섰다가 쇠고랑 신세 되는 거야. 그치만 그딴 건 아무 문제도 아니야. 소년원 밥 먹고 나오면 별이 하나씩 늘고, 경험도 그만큼 많아지니까."

　느물느물 웃으며 이런 말을 하고 있는 김영수는 꽤나 불량스럽고 그런 경험도 많은 것 같았다.

　"아아, 어쩌지. 난 알바 같은 건 쉽게 되는 줄 알고 가출한 건데. 삥 뜯고 째비고 하는 건……, 그건 차암……."

　송병규는 답답해죽겠다는 듯 얼굴을 두 번, 세 번 훔쳐댔다.

"그럼 별수 없잖냐. 마지막 남은 방법을 택할 수밖에."

김영수가 소주가 반쯤 남은 잔을 홀딱 뒤집어 술을 넘기고는 과장되게 크아아 소리를 내질렀다.

"마지막 방법?"

송병규가 상체를 구부리며 귀를 세웠다.

"너의 사랑하는 어머님 품으로 돌아가는 것!" 김영수가 연극 대사를 뽑듯이 말했고, "혀어엉, 사람 좀 놀리지 말아. 나 한강에 뛰어들었으면 들었지 다시는 그 지옥으로는 안 들어가", 송병규가 부르르 떠는 것처럼 말했다.

"야, 너 그 뉴스 못 봤어? 한강 다리에 유리막 설치하고, 경찰들 더 배치한다는 것. 한강에선 재수 없으면 실패야. 옥상 있잖아, 15층 이상 아파트 옥상, 거기가 백발백중이다."

유태식이 입이 심심하다는 듯 뚱하니 말하며 끼어들었다.

"그래, 그 지옥에 다시 들어가기 싫으면 니 목숨 니가 살릴 길을 찾으라 그거야. 나도 더는 뭐 어떻게 해줄 방법이 없으니까. 봐라, 요새는 늦여름, 초가을, 계절치고는 최고의 계절이라 잠자리에는 돈 안 들고, 신경 안 써도 되지. 근데 서너 달만 지나봐라. 그 끔찍스러운 겨울이 닥쳐온다. 돈은 없지, 배는 고프지, 날씨는 영하 10도지, 잠자리는 없지, 옷은 얇지, 너 이런 겨울을 한바탕 겪어봐야 정신 팽 돌아 무슨 짓이고 닥치는 대로 하게 돼. 말로는 안 되는 거니까 너 비실비실하면서 하루하루 까먹고 있다가 그 지독한 겨울맛을 한번 봐봐. 정신이 번쩍 들 테니까."

"아니지, 정신 들기 전에 어느 길바닥에서 얼어 죽을 수도 있지. 그 길이 더 빠를걸 아마."

유태식이 또 거들고 나섰다.

'아 저 쓰발놈은 삼겹살 공짜로 얻어 처먹으면서 고작 한다는 짓이 누구 약 올리기로 작정을 했나. 재수 없는 새끼.'

송병규는 유태식을 향해 화풀이를 하고 있었다.

'아, 아, 그런 겨울을 겪게 되었으면 어찌 됐을 것인가. 그리고 굶어 죽지 않으려고 삥 뜯기를 하고 째버야 하다니. 송병규와 가출하기로 했을 때 가출 생활이 이렇게 힘들 줄은 몰랐던 것이다. 편의점이고 커피집이고 식당 같은 데 알바가 쉽게 될 줄 알았던 것이 큰 잘못이었다. 중학생은 완전 어린애 취급이었다. 아, 아, 그런 겨울이 닥치기 전에 엄마가 생각을 바꾸었다니 얼마나 다행인가. 엄마는 역시 나를 사랑하는 거야. 내가 무사히 돌아오게 하기 위해서 엄마 마음을 바꾸다니……. 엄마, 고마워요. 엄마, 감사해요. 저도 엄마를 사랑해요. 많이……, 많이…….'

송병규와 김영수가 주고받는 말을 듣다 보니 한동유는 저절로 이런 생각에 빠져들었다. 엄마에게 고마움과 감사함을 느끼다 보니 '사랑한다'는 말도 저절로 나왔고, 그 전에 한 번도 해보지 않았던 그 말이 가슴 뭉클하게 하며 눈물이 솟았고, '많이 많이 사랑한다'는 말도 저절로 솟고 있었다.

그들은 오랜만에 밥을 배불리 먹고 공원으로 돌아왔다. 공원의 벤치는 그들의 잠자리였다. 공원은 찜질방이나 사우나 같은 데처럼 밤 10시 이후 출입 금지 같은 제한이 없었다. 그들에게 늦봄에서부터 초가을까지 그보다 더 좋은 잠자리는 없었다. 신문지로 얼굴만 가리면 이슬을 피해 편안한 잠을 잘 수 있었다.

"혀어엉……."

송병규가 김영수를 불렀다.

"왜?"

"혀어엉……."

"얌마, 불렀으면 말을 해."

김영수가 담배 연기를 내뿜으며 쏘아댔다.

"있잖아……, 형은……, 형은 언제까지 이런 생활을 할 건데?"

"뭐라구? 존나 새끼, 그걸 내가 어떻게 알아? 근데, 기분 팍 잡치게 그딴 건 왜 묻고 지랄이냐?"

"화내지 마. 동유가 다시 학교로 돌아갈 것을 생각하니까 내 신세가 한심한 게, 나도 학교로 돌아가고 싶은 생각이 너무 간절해지는 거야."

"새끼, 사람 기분 잡치게 하고 자빠졌네. 너만 학교로 돌아가고 싶은 게 아니야. 속으로는 다 돌아가고 싶은 거지."

유태식이 퉁명스럽게 내질렀다.

"맞는 말인데, 가고 싶기만 하면 뭐하냐? 이젠 다 글러버린 일인데. 징글징글하면서도 그리운 게 학교이긴 하지."

김영수가 담배 연기와 함께 긴 한숨을 내쉬었다.

한동유는 날마다 만화 작업실을 찾아갔다.

"어허, 또 왔네. 힘들게 뭐하러 날마다 와? 선생님 오실 날 맞춰서 오면 됐지."

키다리 아저씨가 안타까워했다.

"아니에요, 힘 안 들어요. 그냥 오고 싶어 오는 거예요."

한동유는 마음 그대로를 말했다. 그 작업실을 향해 가는 것처럼 즐겁고 행복한 일은 없었던 것이다.

"넌 참 희한한 녀석이다. 어린 게 어찌 그리 한마음이냐. 뭐가 되긴 될 놈이다."

아저씨는 귀여워죽겠다는 듯 한동유의 머리를 쓰다듬었다.

"선생님은 예정대로 오시나요?"

한동유는 빨리 집에 들어가고 싶은 마음에 혹시 늦어지는 것은 아닐까 걱정이 되었던 것이다.

"아무 연락 없으니 예정대로 오시는 거겠지."

"그럼 언제 만나 뵐 수 있을까요?"

"오시는 그날로 뵙고 싶은 거지?"

"……."

한동유는 아저씨를 올려다보며 배시시 웃기만 했다.

"선생님이 너무 피곤하신데 그건 도저히 안 되는 일이고, 내가 아무리 노력한다 해도 일주일은 지나야 될 거다."

"아휴 아저씨, 일주일씩이나, 어떻게 사흘로 좀 줄여주세요."

한동유는 급한 김에 아저씨의 옷깃을 붙잡았다.

"사흘? 그건 말도 안 되는 소리다. 너도 좀 생각해 봐라. 아프리카 그 멀리까지 여행하신 데다가, 아프리카가 우리나라하고는 환경이 영 딴판이잖니. 일 년 내내 무덥지, 음식 안 맞지, 모기며 해충 같은 것 많지, 그냥 놀고 즐기는 여행이 아니라 작품을 해내기 위한 취재 여행이니 계속 긴장하며 신경은 곤두서지, 그 피곤이 얼마나 심한지 아무도 모르는 거야. 그리고 취재해 온 많은 자료들을 그 현장의 느낌이 생생히 살아 있을 때 분류하고, 정리하고, 메모해야 하니까 어쩌면 일주일이 더 걸릴지도 모를 일이다."

"아저씨, 엄마가 기다리기도 하고, 학교도 너무 오래 결석하게 되거든요. 어떻게 좀 빨리 뵙게 해주세요, 네?"

"얌마, 넌 너 급한 것밖에 안 생각해? 선생님은 다급하고 중요한 일 산더미로 쌓였지, 몸은 피곤하시고 한데 너같이 아무 필요도 없는 꼬맹이를 뭐하러 급하게 만나시려고 하겠니. 내 역할은 너 같은 사람들을 될 수 있는 대로 따돌리고 막는 것이지 연결하고 뵙게 해주고 하는 게 아니라는 것 너 몰라?"

아저씨가 짓궂게 웃으며 느리게 고개를 가로저었다.

"예에……, 알아요……."

한동유는 아저씨의 말을 듣고 보니 그만 할 말이 없어지고 말았다. '만화계의 왕'으로 불리는 이 선생님 앞에 중2인 자신은 정말 아무것도 아닌, 티끌 같은 존재일 뿐이었다. 사자 앞에 생쥐, 코끼리 앞에 개미 같은 존재라 할 것인가……. 한동유는 이 선생님 앞에서 자신은 한갓 귀찮은 존재일 뿐이라는 것을 새삼스럽게 깨달았다. 그렇게 깨닫자 자신도 기어코 이 선생님 같은 거대한 인물이 되고야 말겠다는 욕망이 가슴 뜨겁게 끓어오르고 있었다. 돈 좋아하고, 출세 좋아하고, 권력 좋아하는 엄마와 엄마 같은 어른들에게만 만화가가 하찮고 우습게 보일 뿐이었다. 이 선생님 같은 만화가는 아이들만이 아니라 어른들도 보아야 하는 좋은 만화들을 수없이 많이 그려냈고, 베스트셀러도 많이 써왔고, 독자들도 엄청나게 많았다. 그러니 이 선생님은 돈도, 명예도, 권력도 다 가지신 분이었다. 그런데 엄마는 그것을 몰랐다. 엄마는 대학을 나왔다면서도 왜 그런 것을 모르는 것인지 답답할 뿐이었다.

"아저씨, 이 선생님 뵙게 될 때까지 계속 기다리겠어요."

한동유는 낮았지만 한 마디 한 마디에 힘을 넣어가며 또렷하게 말했다.

"얘, 결석 너무 오래 하면 안 되니까 그럼 우선 집에 들어가서 학교부터 다니고 있어. 그럼 이 아저씨가 최대한 힘써서 하루라도 앞당겨 연락할 테니까."

"아니요, 선생님 보증서 안 받아가지고는 집에 안 들어가요."

목소리 낮은 한동유의 말은 무거웠다.

"하! 그놈 참 예사가 아니라니까. 알았어, 기다려."

아저씨가 또 귀여워죽겠다는 듯 귀를 살짝 꼬집어 비틀었다.

한동유는 날마다 작업실로 갔다. 키다리 아저씨에게 인사하고는 가까운 놀이터로 가서 자리 잡았다. 우람한 느티나무 그늘 아래 정육면체의 돌의자들이 띄엄띄엄 놓여 있었다. 한동유는 작업실이 가장 잘 보이는 돌의자를 차지하고 앉아 그림을 그렸다. 땅바닥이 종이였고, 막대기가 연필이었고, 신발이 지우개였다. 종이와 연필과 지우개를 살까 말까 수없이 망설이다가 그만두었다. 세끼 라면 먹기도 어렵게 용돈이 줄어 드는데, 그리고 나서는 버릴 것들에 아까운 돈을 들일 수가 없었던 것이다. 그때 퍼뜩 생각난 것이 이 선생님의 만화 한 가지였다. 저 옛날에 억울한 모함을 당해 완전히 몰락해 버린 어느 양반집 아들이 종이며 붓 같은 것을 살 돈이 없어 나뭇 가지로 붓 삼고, 땅바닥을 종이 삼아 공부를 하고 또 해서 과 거 급제하고, 마침내 아버지의 누명을 벗기고 원수를 갚았다 는 이야기였다.

한동유는 그림을 그리고 지우고 또 그리고 지우고, 하루 종 일 수없이 많은 그림을 그리고 지웠다. 이 선생님 앞에서 그려 야 할 그림 시험 공부였다. 평소에 엄마 몰래 그리고 또 그렸 던 그림들이 끝없이 땅바닥에 나났다간 사라지고 있었다.

"얌마, 드디어 선생님이 허락하셨다. 내일 오전 11시!"

마침내 키다리 아저씨가 외쳐댔다. 이 선생님이 도착하고 5일 만이었다.

"아니, 벌써요!"

한동유는 벌어진 입을 다물지 못했다. 열흘도 더 걸릴지 모 른다고 생각하고 있었던 것이다.

"얌마, 선생님이 너한테 감동하셔서 이렇게 빨라진 거야."

"예에……?"

한동유는 무슨 말인지 알아들을 수가 없었다.

"네가 매일 나무 아래서 그림 그리고 있는 것을 선생님께서 먼발치로 지켜보신 거야. 그래서 감동 잡수셨다 그거다."

키다리 아저씨는 자기 일이 잘되기라도 한 것처럼 좋아했다.

"고마워요, 아저씨. 정말 고마워요. 다 아저씨가 도와주신 덕이에요."

한동유는 꾸벅꾸벅 몇 번이고 인사를 했다.

"아니다. 너의 지독한 성의가 선생님의 마음을 움직인 거야. 동유야, 너 알지? 내일 긴장하지 말고, 땅바닥에 그릴 때의 그 기분 그대로 그리면 되는 거야. 선생님 전혀 생각하지 말고. 알겠지!"

키다리 아저씨가 '얌마'가 아니고 처음으로 '동유야' 하고 이름을 불러주었다. 그 순간 한동유는 울컥 울음이 솟구쳤다.

"네에……, 가가……."

울음으로 목이 막혀 한동유는 '감사합니다'를 하지 못하고 눈물이 주루룩 흘러내렸다.

"울긴……, 어쨌든 잘됐다. 넬 잘해라."

키다리 아저씨도 목이 메어 한동유의 머리를 쓰다듬었다.

"음, 네가 한동유냐? 그래, 눈에 총기가 있구나. 저쪽 책상으로 가서 그리고 싶은 것 맘대로 열 장쯤 그려봐."

이 선생님이 한동유를 유심히 쳐다보며 말했다.

키다리 아저씨가 한동유를 구석의 빈 책상으로 데려갔다. 다른 대여섯 개의 책상에서는 이 선생님의 문하생들이 작업에 열중하고 있었다.

"알지? 긴장하지 말고. 저 가운데 큰 책상에서 그리게 하지 않고 이 책상으로 보내는 건 널 크게 봐주신 거야. 편히 그리라고. 그러니까 맘 놓고 실력 발휘하라고. 알지?"

키다리 아저씨가 빠르게 속삭이고는 돌아섰다.

책상에는 여러 가지 그림 도구들과 A3 켄트지가 두툼하게 쌓여 있었다. 한동유는 가슴이 터지도록 숨을 들이켰다. 그리고 굵은 연필을 움켜잡았다. 손이 부르르 떨렸다.

이 선생님이 '만화계의 왕'인 것은, 그분은 한 가지 제목의 만화를 내놓을 때마다 그림이 달라진다는 이유 때문이었다. 같은 사람의 만화라고는 믿을 수 없을 정도로 전혀 딴 그림으로. 그 능력의 무한함이 독자들을 매료시키고, 사로잡는 힘이었다.

한동유는 그 다양한 선의 캐릭터들을 연습해 왔던 것이다. 그 실력을 남김없이 보여야 할 순간이 와 있는 것이었다.

'가자, 한동유!'

한동유는 전신이 떨리도록 외쳐대며 연필을 켄트지에 댔다.

켄트지 오른쪽 귀퉁이에 ⑩ 자를 썼을 때 한동유의 온몸은 땀으로 흠뻑 젖어 있었다. 그는 왼쪽 소매 끝으로 연방 얼굴의 땀을 훔쳐내며 열 장의 그림 그리기를 다 마쳤다.

"아니, 벌써 다 그렸어? 아직 한 시간도 다 안 됐는데."

키다리 아저씨가 깜짝 놀랐다.

"허, 이거 걸물 하나 만났네." 그림을 한 장씩 넘겨 본 이 선생님이 비로소 껄껄 웃더니, "그래, 네가 원하는 장래 보증서를 당장 써주지. 집에 돌아가면 엄마 아빠한테 죄송합니다 하고 사과드리고, 또 가출해서 속 썩여드리면 안 돼. 엄마가 다 너 잘되기를 바라 그러신 거니까. 그동안 배곯아서 그런지 몸이 너무 말랐구나. 집에 돌아가면 잘 먹도록 해라. 건강하지 않으면 좋은 만화도 그릴 수 없으니까", 그분은 엄하게 말하고 책상으로 돌아앉았다.

풀꽃 같은 존재들

코스모스가 피면서 여름이 가고, 들국화가 피면서 가을이 왔다. 코스모스가 지면서 가을이 깊었고, 들국화가 지면서 낙엽이 떨어지기 시작했다. 그 시간의 흐름을 따라 교정의 무성했던 느티나무 잎들도 가을빛을 머금다가, 황금빛으로 물들다가, 이제 서늘한 바람결을 타고 잎들이 분분히 낙엽 지고 있었다.

깔깔하면서 청결한 느낌의 느티나무 단풍이 바람결을 타고 흩날리며 떨어지는 모습은 가을 정취의 절정이었다. 슬픔이기도 하고, 사무침이기도 하고, 서러움이기도 하고, 고적함이기도 하고, 그리움이기도 하고, 허무이기도 하고, 텅 빈 공허이기도 한 그 감정. 그건 깊은 사색의 길이고, 자아 발견의 여로이기도 했다.

강교민은 창가에 뒷짐을 지고 서서 그 낙엽 흩날리는 정경을 하염없이 바라보고 있었다. 선생이 만들어내는 침묵에 학생들도 조용히 창밖 멀리로 시선을 보내고 있었다. 가을 국어 시간다운 고요가 교실에 가득했다.

"우리는 한평생 보름달을 몇 번이나 볼까? 우리는 한평생 저 낙엽 지는 길을 몇 번이나 걸어볼 수 있을까? 오늘은 뒤에 나오는 시 공부를 앞당겨서 한다. 모두 아무것도 갖지 말고 저 운동장으로 나간다."

강교민은 나직하게 말하고는 앞장섰다. 학생들이 그 뒤를 따르기 시작했다.

"자아, 벤치 모자라니까 아무 데나, 낙엽 위에 그대로 앉아. 꼭 벤치에 앉으려고 하는 인간은 가장 운치 없는 위인이다."

낙엽 지는 느티나무 아래서 강교민이 웃음 어린 얼굴로 학생들에게 말했다.

벤치 자리를 다투던 네댓 명이 재빠르게 흩어졌다.

"여기 있는 시들을 돌아가면서 한 편씩 낭송한다. 시는 읊는 것이다. 소리 내어 몇 번씩 읽으면서 그 의미가 마음에 젖어들고, 읊을수록 그 의미가 더욱 깊게 마음에 아로새겨지고, 문득문득 무의식 중에 읊조리게 되는 시, 그리고 평생 마음에 간직하게 되는 시, 그런 시가 좋은 시고, 명시다. 여기 있는 시들은 그런 시라고 생각해 선생님이 고른 것이다. 그러나 여러분의 마음에 안 드는 것도 있을 수 있다. 그런 것은 그냥 제쳐놓으면 된다. 선택은 어디까지나 여러분 자유니까. 시 낭송은 무슨 법칙이나 요령이 있는 것이 아니다. 자기의 느낌, 자기의 감정, 자기의 기분대로 읽으면 된다. 그런데 자꾸 읽다 보면 시인의 감성과 일치하는 어느 순간을 만나게 된다. 그게 시 감상의 절정이라고 할 수 있는데, 그때의 기쁨이 곧 문학의 감동인 것이다. 그리고 시 낭송을 잘하는 사람들의 낭송을 듣다 보면 새롭게 감동하는 때가 적지 않다. 그건 그 낭송자의 감정이 시인의 감정과 합일되었다는 것을 의미한다. 여러분들 중에서도 그런 낭송자가 얼마든지 나올 수 있다. 그건 낭송자만이 누릴 수 있는 행복한 특권이다. 자아, 그럼 선생님이 먼저 한 편을 낭송하도록 하겠다. 공부에 시달리고, 앞길이 불안하고, 희망보다는 절망 쪽으로 기울어지기 쉬운 청소년 시절의 여러분들에게 꼭 어울리는, 위로와 위안이 될 수 있는 시다."

흔들리며 피는 꽃*

도종환

흔들리지 않고 피는 꽃이 어디 있으랴
이 세상 그 어떤 아름다운 꽃들도
다 흔들리면서 피었나니
흔들리면서 줄기를 곧게 세웠나니
흔들리지 않고 가는 사랑이 어디 있으랴

젖지 않고 피는 꽃이 어디 있으랴
이 세상 그 어떤 빛나는 꽃들도
다 젖으며 젖으며 피었나니
바람과 비에 젖으며 꽃잎 따뜻하게 피웠나니
젖지 않고 가는 삶이 어디 있으랴

낙엽은 서늘한 바람결을 타고 쉴 새 없이 흩어져 날리고, 그 고운 잎들의 현란한 난무 사이사이로 시는 흐르고, 예리한 감수성이 번뜩이는 열여덟 청춘들은 시심에 흠뻑 젖어들고 있었다.

강교민은 A4 용지 묶음을 맨 앞의 학생에게 건넸다. 그 학생이 한용운의 「님의 침묵」을 읽기 시작했다. 그다음 학생이 조지훈의 「승무」를 이어 읽어나갔다. 여름 내내 무성한 잎들로 크고 큰 원형의 그늘을 드리워 쉼터를 만들어주었던 느티나무는 이제 꽃 못지않은 아름다운 낙엽들을 한없이 뿌려주며 깊은 사색의 마당을 꾸며주고 있었다.

그다음 학생이 소월의 「진달래꽃」을 이별의 슬픈 감정이 넘쳐나도록 열렬하게 낭송해 나가고 있었다.

강교민은 살얼음 걷듯 느티나무 원줄기 쪽으로 살금살금 발길을 옮기고 있었다. 한 아이가 편한 소파에 몸을 부린 듯 느티나무에 기대 잠이 들어 있었던 것이다. 공부 시간에 심야삼경으로 잠이 드는 아이들은 숱하게 많았다. 그러나 그 아이들을 한마디로 '문제아'로 취급하는 것은 학생들 실태를 모르는 무지의 소치였다. 그 아이들은 대개 세 부류였다. 매일 새벽까지 학원 숙제에 열성을 부리며 학교 공부를 무시해 버리는 학원족, 학원이고 학교고 공부라고는 아예 포기해 버린 인포인족, 집안이 가난해 대학 진학을 포기해 버리고 직업전선에 나선 알바족. 지금 잠이 들어 있는 아이가 그 어느 부류에 속하든 간에 이런 시간에 자는 건 좀 아쉽고 아까웠다. 평생의 기억으로 남겨주기 위해 마련한 시간이었기 때문이다.

강교민은 허리를 약간 숙이며 학생의 이름표에 눈길을 모았다.

김창배⋯⋯. 기억에 있는 이름, 눈에 익은 얼굴이었다. 담임 반이 아니면서도 알고 있는 이유는 시간마다 줄기차게 자는 아이였기 때문이다.

아이를 깨울 생각으로 왔던 강교민은 그 생각을 접고 그냥 돌아섰다. 사막을 헤매는 사람에게 당장 필요한 것은 한 잔의 물이었지 어떤 고매한 철학자의 고상한 한마디 말씀일 리 없었다. 지금 그 아이에게 필요한 것은 꿀잠이었지 야릇한 시 한 줄일 리 없었다.

"저희 집은 형편없이 가난해요. 아빠는 병들어 누웠고, 엄마는 도망갔고, 할머니가 줍는 파지로는 세끼도 먹을 수가 없어요. 제가 알바 안 뛰면 다 굶어 죽어요."

그래서 날마다 편의점에서 밤샘 알바를 한다는 거였다. 손님도 손님이지만 언제 들이닥칠지 모를 흉기 든 도둑놈들 때문에 몽둥이를 옆에 놓고 한숨도 잘 수 없다고 했다. 그렇게 꼬박 밤샘을 하고 학교에 오니 책상이 침대가 될 수밖에 없었다.

그 아이의 그런 치열한 생존 앞에 지금 자신이 하고 있는 짓은 얼마나 생뚱한 허영인가. 그러나 이 어이없는 사치가 또 다른 사람들에게는 오랜 추억으로 남아 삶의 자양이 되기도 할 것이다. 아이를 깨우지 않는 것으로 그에게 필요한 자양을 얻게 해야 한다. 그게 교육자의 바른 모습이 아닐까……. 이렇게 생각하며 강교민은 조용히 발길을 돌렸다.

김창배를 제외한 서른네 명이 시를 한 편씩 낭송하고 나자 몇 분이 남았다. 강교민은 수업 마무리에 나섰다.

"사진은 그리움을 담는다. 노래도 그리움을 담는다. 그래서 노래는 귀에 익은 노래가 더욱 좋아지게 되는 법이다. 그와 같이 시도 그리움을 담는다. 오늘 여러분이 낭송한 시편들은 여러분 각자의 감성과 감정에 따라 제각기 다른 추억으로 여러분의 마음속에 간직될 것이다. 그리고 앞으로 살아가면서 가끔씩, 문득문득 시구들이 떠오를 것이다. 우리가 살아가면서 무심코 이런저런 노랫가락을 흥얼거리는 것처럼 마음에 드는 좋은 시구들도 읊조리게 된다. 그처럼 마음을 고요하고 아늑하게 해주는 천상의 소리는 없다. 그런 때의 자기 위안을 위해서 오늘 낭송한 시 정도는 다 외워두면 좋지 않을까 싶다. 공부도 바쁜데 그럴 시간이 어디 있느냐고? 엄마들이 하는 말에 중독되면 서글퍼진다. 다는 아니어도 좋다. 열 편 정도만 마음에 담아두고 있다가, 이담에 꼭 마음에 드는 여자가 생기면 도시를 벗어난 어느 교외의 데이트 길에서, 꼭 오늘처럼 낙엽 지는 가을날 시 한 편을 읊으면 어떻게 될까?"

"크아, 뿅 가지요!" 누군가가 솟구치는 감정을 그대로 터뜨렸고, 모두 와아……, 웃음을 터뜨렸다.

그 바람에 김창배가 놀라 몸을 벌떡 일으켰다. 그 모습을 보고 아이들은 또 흐아아……, 웃음을 터뜨렸다.

수업 끝을 알리는 종이 울렸다.

"우리 창배, 많이 피곤한 모양이지?"

강교민은 김창배의 머리를 쓰다듬었다.

"예에……, 선생님 죄송합니다. 안 졸려고 기를 썼는데도 아무 소용이 없었습니다. 편의점에서 조는 것 CCTV에 찍히면 한 번에 벌금 10만 원씩 까거든요."

그래서 한숨도 눈을 붙일 수가 없다는 김창배의 말이었다.

"괜찮아. 그렇게 고달픈데 어떻게 낮에 잠을 안 자고 배기겠니. 어떻게, 돈은 제대로 받고 있니?"

"네, 아침마다 받아서 퇴근해요."

"다행이다. 임금 제대로 못 받아 말썽이 끊이지 않고 있는데."

"우리 쥔아저씨는 그래도 마음이 좀 좋은 편이에요. 자기도 어려서 고생고생하면서 살았다고 '폐기(유통기한이 지나서 버리는 식품)'로 저녁을 때우게 해주기도 하고 그래요."

"폐기 그것 조심해야지 잘못 먹었다간 큰 탈 난다."

"괜찮아요. 고급으로 먹고사는 잘사는 애들이나 탈 나지, 우리처럼 가난해서 아무거나 닥치는 대로 먹고 사는 찌질이들에게는 탈도 도망가나 봐요. 어차피 배 속이 지저분하고 쓰레기통이라 좀 기간 지나고 상하고 어쩌고 한 것들이 들어와도 맥을 못 써요."

김창배는 아무렇지도 않게 이런 말을 했다.

강교민은 가슴이 찡 울렸다. 김창배는 자신의 아들 호준이와 동갑이고 같은 고2였다. 그런데 그런 쓰라린 말을 예사로 하고 있었다. 가난이 비천을 습관화하게 했고, 가난이 체념을 일상화시켰고, 가난이 나이에 안 어울리게 철들게 한 것이었다. 아내는 호준이에게 유통기한이 당일인 음식도 먹이는 것을 피하려고 하는 판이었다.

"창배야, 가난하다고 아무거나 먹고 살라는 법은 없어. 이 세상 사람들에게는 꼭 세 가지 공통점이 있다. 첫째는 누구나 한 번 태어나고, 둘째 누구나 한 번 죽고, 셋째 누구나 목숨은 하나라는 것이다. 누구나 하나뿐이기 때문에 목숨은 누구에게나 소중한 것 아니냐. 그리고 말이다, 가난한 사람한테는 몸뚱이가 전 재산이라는 말이 있지 않던? 그러니까 늘 건강에 조심해야 한다. 어쩔 수 없어서 그렇겠지만, 그래도 먹는 것을 늘 조심해야 한다. 어떻게, 그동안 돈은 좀 모아졌니?"

"아휴, 겨우겨우 20만 원 더 보태 300만 원 채웠어요. 돈 모으는 것 진짜 짜증 나고 신경질 나요. 벌기는 어려운데 쓸데는 자꾸 생기니까 뜻대로 모아지지가 않잖아요. 언제 2천만 원을 모으게 될지 까마득해요."

김창배는 돈 얘기가 나오자 단연 활력이 돌았다.

"우리 창배 참 장하다. 그렇게 힘들게 벌어서 할머니와 아빠와 먹고살면서 돈까지 모으다니. 그건 어른들도 하기 힘든 일이다. 지금까지가 어려웠지 앞으론 점점 빨라질 것이다. 알바 최저임금도 해마다 인상되고 있고, 너 일하는 요령도 자꾸 늘고 하니까. 네 사업 계획은 변함없이 그대로냐?"

"네에, 아직은 치킨집 그대론데 계속 이것저것 살펴보고 있어요. 떡볶이보다 애들이 더 좋아하는 군것질. 그것을 찾아내려고 두 눈 크게 뜨고 살피고 있어요."

"그래, 앞으로 꼬박 1년이 남았으니까 서두르지 말고 찬찬히 찾아봐라. 넌 꼭 해낼 수 있을 거야."

"선생님, 저는 이런 수업이 너무 좋아서 절대로 안 자려고 결심했어요. 그리고 저도 시를 한 편 낭송하고 싶었어요. 근데 그 지독한 잠이 정신을 못 차리게 해서 꼬박 자고 말았어요. 선생님, 정말 죄송합니다."

"아, 그랬었구나. 너도 한 편을 낭송했더라면 좋았을 것을.

알바 같은 게 힘들수록 시를 읊는 게 좋다. 그럼 피곤도 풀리고, 짜증도 줄어들고 그런다. 시란 우리의 마음을 위로해 주고, 위안을 주는 명약이라니까. 자아, 이게 오늘 돌려 읽은 시들이다. 쿨쿨 잘 잔 상품으로 주는 것이니 두고두고 시간 날 때 읽어라."

강교민은 시 묶음을 김창배에게 불쑥 내밀었다.

"예에……? 저, 정말 주시는 거예요?"

김창배가 눈을 휘둥그렇게 떴다.

"그래, 상품이라니까."

강교민이 더없이 다정하게 웃으며 시 묶음을 김창배 앞으로 더 디밀었다.

"선생님, 감사합니다, 감사합니다. 이것 싹 다 외우겠습니다."

김창배는 시 묶음을 두 손으로 받쳐 받으며 두 번, 세 번 허리를 굽혔다.

무슨 큰 상이라도 받은 것처럼 시 묶음을 든 팔을 마구 휘돌리며 신바람 나게 뛰어가고 있는 김창배의 모습을 강교민은 하염없이 바라보고 있었다. 그런 그의 가슴은 시리고 아렸다. 가난 때문에 대학 진학을 포기한 애들은 대개 한 반에 오분의 일 정도였다. 일곱 명쯤 되는 그들은 90퍼센트가 청소년 알바에 나서고 있었다. 하루 세끼를 먹어야 목숨을 보존할 수 있는 그 엄숙하고도 예외 없는 자연법칙 앞에서 그 아이들은 일찌감치 직업전선에 뛰어들 수밖에 없었다.

근로기준법은 청소년의 야간 노동을 금지하고 있었다. 그러나 그건 원칙일 뿐이었다. 아이들은 돈벌이가 급했다. 그리고 영세업자들은 값싸고, 구하기 쉽고, 다루기 쉬운 아이들을 좋아했다. 양쪽이 서로 필요해서 타협을 했으니 원칙이란 무용지물이 아닐 수 없었다. 감독 기관에서도 그러한 현실을 짐짓 모르는 척 지나가고 있었다. 그런 게 세상살이의 그렇고 그런 켯속이기도 했다.

며칠이 지나 윤병서가 교무실로 찾아왔다.

"왜, 배동기한테서 무슨 소식이 있냐?"

강교민은 무심결에 이렇게 물었다. 배동기가 가끔 윤병서에게 소식을 전해 오기 때문이었다.

"선생님은 배동기 생각뿐이신가요?"

윤병서는 기분 상했다는 듯 불퉁스럽게 말했다.

"그래, 그야 당연하지. 배동기는 직업 최전선에서 고생하며 멀리 떨어져 있고, 넌 바로 옆에서 편히 잘 지내고 있잖냐. 왜 무슨 일 있어?"

강교민은 윤병서의 속마음을 빠르게 짚어내며 물었다.

"예, 큰일이 났어요. 저 좀 도와주세요."

윤병서가 속상한 정도를 드러내 보이겠다는 듯 얼굴을 잔뜩 찌푸렸다.

"왜, 무슨 일인데?"

강교민은 어서 말해 보라는 눈짓을 했다.

"있잖아요 선생님, 제 돈 좀 받아주세요."

윤병서의 얼굴에는 화가 솟고 있었다.

"흠, 어떤 나쁜 인간이 우리 병서 돈을 떼먹으려고 하는 거지? 어디, 자세히 말해 봐."

강교민은 몸까지 윤병서 쪽으로 돌려 앉았다.

"있잖아요. 제가 지난 여름방학에 수입을 좀 더 많이 올리려고 월미도로 원정 알바를 뛰었거든요."

"잠깐, 월미도라고?"

"예, 인천이오. 거긴 유원지라 여름 한철에는 일자리도 흔하고, 시급도 좋거든요."

"그런 소식은 또 어떻게 알아?"

"아유 선생님. 소식이 아니라 정보지요." 윤병서는 '아이, 세대 차 나' 하는 뜻인 듯 콧등으로 씨익 웃고는, "그런 정보는 인터넷에 쫘악 깔렸거든요" 하며 코를 큼큼거렸다.

"그래서 월미도엘 갔는데?"

"그 식당은 규모도 컸고, 사장님도 아주 화끈했어요."

"화끈해? 어떻게?"

화끈한 척해서 불쌍한 애 등치려 했구나 싶어서 강교민은 불현듯 자세가 꼿꼿해졌다.

"예, 다른 업주들이 대개 쓰기 싫어하는 근로계약서도 딱 썼고, 시급도 최저임금보다 조금 더 높이 쳐줘서 아주 기분 좋게 일을 시작했거든요."

"흥, 거기까진 아주 괜찮은 사장님이셨네. 그런데……?"

강교민은 윤병서가 맘 편하게 얘기하게 해주려고 이렇게 장단을 맞추어나갔다.

"근데 한 가지 문제가 생겼어요. 그게 뭐냐면요. 계약할 때 밤 10시까지 근무하기로 했었거든요. 헌데 제철 만난 유원지라 날마다 사람들이 끝없이 몰려들어 정신을 못 차릴 지경이었어요. 그 식당도 밤 10시가 되어도 문을 못 닫고 술을 팔아야 하는 술집으로 변하고 말았어요. 저도 일손이 달리는데 그냥 퇴근해 버릴 수도 없고, 사장님도 자기가 알아서 수고비 쳐줄 테니까 일 좀 더 해달라고 하고, 그래서 날마다 새벽 한두 시까지 일했어요."

"그런데 약속을 안 지켰다?"

"아니, 그게 아니구요. 어느 날 어떤 남자 손님이 '학생이 알바하느라 고생한다'며 팁으로 1만 원을 손에 쥐어주며, '이렇게 밤일을 하면 야근 수당과 초과근무 수당은 받느냐'고 묻는 거예요. 저는 그거 처음 듣는 말이었어요. 그저 근로계약서를 쓰고 법정 최저임금만 시급으로 받으면 알바 제대로 잘하는 걸로 알고 있었거든요. 근데 그 아저씨 말이 연장 근로·야간 근로·휴일 근로를 하면 원래 받기로 한 시급의 50퍼센트를 더 받을 수 있도록 법이 정해져 있으니 꼭 계산해서 잘 받으라는 것이었어요. 그럼 저는 하루 평균 네 시간씩을 더 일했거든요. 근데 사장은 안면 싹 바꾸고 오리발을 내민 거예요."

윤병서는 성질 돋는다는 듯 주먹 쥔 손등으로 코밑을 씩씩 문질렀다.

"어허, 그 사장님께오서 안면 싹 바꾸고 오리발을 내민다? 그 사장님은 그렇게 새벽 한두 시까지 술장사를 했으면 돈을 엄청나게 벌었겠지?"

"그럼요, 주방 아줌마 말이 식사 파는 것보다 재료값이 훨씬 덜 들고, 이익은 더 많고 해서 돈을 거저 쓸어 담는 거라고 했어요."

"흐음……, 돈은 훨씬 더 많이 벌면서 일한 사람 보수는 제대로 계산해 주려고 하지 않는다……, 그것도 어린 학생을 부려먹고. 이런 사람을 뭐라고 해야 하나……?"

강교민은 쩝쩝 쓴 입맛을 다시며 윤병서를 물끄러미 쳐다
보았다.

"순 날강도고 사기꾼이죠 뭐."

윤병서가 지체 없이 대꾸했다.

"글쎄다……, 그 말이 맞긴 한데 어째 좀 약한 것 같고 그
렇다. 하여튼 돈 앞에서 사람 맘보라는 게 다 그 모양 그 꼴
이다. 됐어, 그건 중요한 문제가 아니고……." 강교민은 손바
닥을 털며 책상 쪽으로 돌아앉더니, "너희 담임선생님한테
는……?" 하며 서랍에서 수첩을 꺼냈다.

"말 안 했어요."

윤병서가 퉁명스럽게 대꾸했다.

"저런……, 그래서 될까……?"

강교민이 수첩을 넘기며 고개를 갸우뚱했다.

"말해도 소용없어요. 우리 담임쌤은 공부 잘하는 애들만
싸고돌고, 우리같이 가난하고 공부도 못하는 찌질이들은 거
들떠보지도 않아요. 그리고 이런 일에 여자가 나서면 아무리
선생이라 해도 우습게만 보여 말짱 꽝이에요."

윤병서는 짜증스럽게 말하며 완강하게 고개를 내저었다.

"알았다. 그건 내가 알아서 할 거고……."

강교민은 계속 수첩을 넘기며 무엇을 찾고 있었다. 그는 윤

병서의 담임에 대한 불신을 어쩔 수 없는 일이라고 생각했다. 선생들 중에 체벌은 불가피한 것이라고 생각하는 사람들이 꽤나 많듯 공부 잘하는 아이들을 표 나게 편애하는 선생들도 꽤나 많았다. 그건 바로 공부를 잘하지 못하는 아이들에게는 차별로 작용했고, 그건 그대로 아이들의 가슴에 상처가 되었다. 그건 의식, 무의식적으로 저지르는 교육자로서의 죄였고, 인간으로서의 죄였다. 박애를 실천해야 하는 교육 현장에서 편애하는 것은 지극히 비교육적인 행위였고, 인간은 그 누구나 하나의 생명을 부여받고 태어났듯이 그 인권도 평등하다는 보편타당한 진리 앞에서 차별을 일삼는 것은 지극히 비인간적인 행위였던 것이다. 그런데 상당수의 선생들은 두 가지 고정관념 때문에 그런 잘못을 습관적으로 저지르는 것 같았다. 학교는 공부하는 곳이다. 그러므로 공부를 잘해야 하고, 공부 잘하는 학생들이 최고다. 그리고 또 하나는, 자신들이 학교 다닐 때 모두 모범생으로 공부를 잘하는 축에 들었기 때문에 공부를 잘하지 못하는 학생들을 무시하게 되는 경향이었다. 특히 두 번째 항목은 공부를 잘하지 못하는 학생들의 부모들이 제기하는 항의성 문제점이기도 했다. 또 고등학교들은 아주 당연한 일인 것처럼 방과 후 수업에서 우열반을 편성하고, 대학 입시가 끝나면 으레 일류대 합격자들 명단을 적은 대형 플래카드를 담 밖으로 내거는 것을 당연한 학교 자랑으로 여기는 현실에서 선생들의 그런 편애는 죄가 아니라 학교 시책에 적극 협조하는 정당한 행위처럼 여겨지고 있기도 했다.

"근데, 네가 보수를 제대로 계산해 달라니까 그 사장님은 뭐래?"

"완전 배짱이에요."

"어떻게?"

"내 배 째라 그거지요."

"그렇게 말했어?"

"아이 참 선생님도. 아주 고상하게 말했지요. '노동청에 신고할 테면 해봐라' 하고요."

"그래 넌 뭐랬어?"

"존나……." 윤병서는 화들짝 놀라며 두 손바닥으로 제 입을 막았고, "거봐라, 집 안에서 새는 바가지 밖에 나간다고 안 새겠냐. 욕이 그저 입에 붙어서는", 강교민이 피식 웃었고, "죄송합니다. '그래 좋다. 당장 신고하겠다' 큰소리 꽝 때렸죠" 하며 윤병서가 허리를 굽신했고, "당장 신고해? 어떻게?" 강교민이 윤병서에게 눈길을 돌렸고, "쌤이 계시잖아요", 윤병서가 강교민을 조심스런 손짓으로 가리키며 겸연쩍은 듯 씨익 웃었다.

"그럼 너, 네가 받을 돈 계산은 완전하게 한 거야?"

강교민이 수첩을 펼쳐 꼭꼭 누르며 물었다.

"한다고 했는데 완전한지 어쩐지는 자신이 없는데요."

윤병서의 목소리도 어깨도 움츠러들고 있었다.

"그야 당연한 거야. 알바하는 학생들이 있으면 학교에서는 청소년에 해당하는 근로기준법에 대해 교육을 해야 하는데 우리 학교도 그걸 안 했으니까. 왜 그러는지 너 혹시 알아?"

"예, 대강 눈치로 알아요. 그런 교육 시켜서 학생들이 근로계약서 쓰자고 나서면 그나마 알바 자리도 구하지 못하게 되니까요."

"아이고 똑똑하다, 우리 병서. 바로 그 점 때문에 근로기준법 교육을 피했던 거야. 자아, 여기 봐라. 어떤 아저씨가 말해 줬다는 게 여기, 청소년이 알바하는 데 꼭 알아야 할 열 가지 중에 다섯 번째에 적혀 있지 않니. 연장·야간·휴일 근로를 하면 원래 받기로 한 시급의 50퍼센트를 더 받을 수 있다(단, 청소년은 밤 10시~오전 6시·휴일 근무는 원칙적으로 할 수 없다)로 돼 있지? 이거 너 정확히 계산할 수 있어?"

"예, 그게요, 영 아리송한 게 자꾸 헷갈려요. 야간 근무 50퍼센트만 치는 것인지, 연장 근무 50퍼센트까지 더블로 치는 것인지……."

"그래, 말 잘했다. 그게 바로 핵심이야. 자아 봐라. 네가 밤 10시 이후 새벽 2시까지 하루 평균 네 시간 더 근무했다고 했지?"

"예."

"그럼 너는 야간 근로 50퍼센트와 연장 근로 50퍼센트가 더블로 적용돼 네가 밤 10시까지 근무하며 받기로 한 기존 시급의 100퍼센트를 가산하는 거야. 너 기존 시급을 얼마 받기로 했지?"

"7천 원요."

"응, 그럼 기존 시급 7천 원의 두 배로 1만 4천 원이 되고, 거기다 네 시간을 곱하면 5만 6천 원이야. 하루에 5만 6천 원을 더 받아야 하는데, 거기서 총 며칠 근무했지?"

"25일요."

"그럼 5만 6천 곱하기 25면?"

강교민은 핸드폰을 꺼내 재빠르게 자판을 두들겼다.

"넌 매일 네 시간씩 더 일한 대가로 140만 원을 더 받아야 해."

"와아! 쌤, 그럼 시급 7천 원으로 하루 여덟 시간씩 일한 게 5만 6천 원이고, 25일이면 140만 원인데, 추가로 받아야 할 게 그것하고 똑같은 액수인 140만 원이잖아요!"

윤병서는 신이 나서 곧 만세를 부를 기세였다.

"그렇지! 그 사장이 왜 그 돈을 안 주려고 했는지 이제 분명해졌지?"

"네에, 140만 원 더 주기 아까워서요. 그러니까 날강도 심보지요. 근데 쌤, 그 많은 돈을 주려고 할까요?"

윤병서의 얼굴이 금세 걱정스러워졌다.

"왜, 안 줄 것 같으냐?"

"돈이 생각보다 훨씬 많으니까 더 안 줄 것 같은 생각이 들어요."

"그렇지. 너 혼자 나서면 얼마든지 그럴 수 있겠지."

"그럼 쌤이 나서면……."

"어떻게 될 것 같애?"

"저어……, 쌤이 소문난 짱이시긴 한데……. 그 사장님이 워낙 배짱이 세고 그래서……."

"이 녀석아, 아무 걱정 마. 그런 일은 배짱으로 하는 게 아니라 법의 힘으로 하는 거야. 그리고 말이다. 배짱으로 치자면 이 쌤도 검은 띠 수준이니까 아무 걱정 말아라. 넌 그럼 여덟 시간씩 일한 기본급은 다 받은 거냐?"

"예, 그것은 다 받았어요."

"됐다. 그럼 그 사장님 만나러 갈 날짜는 따로 잡기로 하자."

평일에는 인천까지 갈 시간을 낼 수가 없었다. 어쩔 수 없이 토요일로 날을 잡을 수밖에 없었다.

"장학금은 못 줄망정 어린 학생들 부려먹고 그 임금을 떼먹으려 하다니, 해도 너무들 하네요."

강교민의 아내가 남편을 배웅하며 한숨을 쉬었다.

"그게 돈 앞의 사람 마음이지 뭐. 우리 호준이가 당하는 일이나 마찬가지니 참 기막히지."

강교민이 구두를 신으며 말을 받았다.

"굳이 호준이 이름 들먹이지 않아도 나 바가지 긁을 맘 없어요. 부모들은 허약하고, 애들이 선생 말고 의지할 데가 어디 있겠어요."

그녀가 남편에게 다정한 웃음을 보냈다.

"고마워, 그렇게 이해해 줘서."

강교민도 아내에게 따뜻한 웃음을 남기고 집을 나섰다.

"아니, 제삼자가 왜 나서고 그럽니까?"

강교민의 명함을 받아 든 사장이 대뜸 내쏘듯 한 말이었다. 살이 뒤룩뒤룩 찐 큰 몸집에 그 거친 말투가 잘 어울리고 있었다. 강교민은 '사장님이 워낙 배짱이 세고……' 했던 윤병서의 말을 떠올리고 있었다. 첫마디에 '제삼자'라고 공세를 취하고 나서는 것이 이런 일을 한두 번 겪어낸 것이 아니라는 관록을 드러내는 것이었다.

"사장님께서 제삼자라고 말씀하셨는데, 그건 아주 잘못 생각하고 있는 틀린 사실입니다. 왜냐하면 학생에게 선생이란 부모와 똑같은 보호자의 자격이 있기 때문입니다. 선생은 학생들을 가르쳐야 하는 의무와 책임뿐만이 아니라 학생들이 어떤 위험이나 위기에 처했을 때 그 학생들을 안전하게 보호하고 구출해야 하는 법적·도의적인 책임과 의무도 지고 있습니다. 그 근거에 따라 저는 지금 우리 윤병서 군의 임금 체불 문제를 해결하기 위하여 여기 온 것입니다. 그 점 사장님께서 확실하게 인식해 주시기 바랍니다."

강교민은 사장의 눈에 싸늘한 시선을 꽂은 채 한 마디 한 마디를 선명하게 도장을 찍어 나가듯이 또렷또렷하게 말했다. 그 냉정하고 무게 실린 말은 법정을 압도하는 변호사의 변론처럼 상대방을 압박하고 있었다.

"야, 너 내가 법이 정한 시급 6,030원보다 더 많이 7천 원씩 쳐줬어, 안 쳐줬어!"

사장은 윤병서에게 삿대질을 하며 소리를 버럭 질렀다. 시뻘겋게 변한 얼굴은 치솟는 화를 내뿜고 있었고, 큰 주먹은 곧 윤병서를 내려칠 것 같은 기세였다. 이런 억센 기세에 눌려 윤병서가 그 많은 야근과 연장 근로 수당을 받지 못하고 물러선 것임을 강교민은 여실히 느끼고 있었다.

"예, 그랬지요. 유원지 성수기라 손님이 많으니 열심히 하라고 하면서요."

윤병서가 선생님을 곁눈질하며 제법 또렷하게 말했다.

"그걸 아는 놈이 은혜를 원수로 갚아. 요런 의리 반 푼어치도 없는 놈아! 저걸 팍 그냥!"

사장은 정말 칠 것처럼 주먹을 불끈 치켜들었다.

"사장님, 언행을 삼가주십시오. 성인도 아니고 미성년자를 향해서 그렇게 공포 분위기를 조성하는 것은 공갈협박죄, 형사범이 될 수 있습니다."

강교민은 싸늘하게 말했다.

"아니, 뭐요? 형사범? 당신이 뭔데 그따위 소릴 해! 법을 알면 얼마나 알아?"

사장은 마침내 감정을 다 터뜨리고 말았다. 선생을 향해 삿대질을 하면서 막말을 토해내고 있었다.

"사장님, 다시 한 번 정중히 말씀드립니다. 그렇게 감정을 내지 말고 이성적으로 예의를 갖춰서 말씀해 주시기 바랍니다. 저는 여기에 온 게 법이 정하는 바에 따라 정당한 임금을 받으려고 한 것이지 감정을 앞세워 싸우려고 온 게 아닙니다. 그리고 사장님이 임금 지급을 안 한 것으로 바로 노동청에 신고할 수 있었으나 그건 본의 아니게 사장님을 괴롭히는 일이 될 수 있어서 그런 조처를 하기 전에 일단 만나서 대화로 해결할 수 있는 길이 있기 때문에 사장님 말씀대로 인간적 의리를 지켜 이렇게 온 것입니다. 그런데 사장님은 이쪽의 배려를 무조건 무시하고 감정을 폭발시키면서 기본적 예의도 지키지 않고 있습니다. 사태가 이렇게 되면 대화로써 쉽게 해결할 길은 없어지고 맙니다. 사장님께서 법으로 하라고 떠밀어대고 있으니 우리는 법으로 할 수밖에 없습니다. 한 가지 명심해 두실 것은, 우리는 학생 보호의 의무와 책임을 다하기 위하여 학교와 교장 선생님 이름으로 사장님을 고발할 것이며, 저는 오늘 사장님께서 하신 언행을 그대로 적어 고발장에 첨부할 것입니다. 그럼 사장님은 단순한 임금 체불만이 아니라 악덕 기업인으로 판명되어 또 다른 불이익을 당하는 것도 감수해야 할 것입니다. 미성년자, 거기다가 학생의 임금 체불인 경우 노동청에서는 최대한 신속하게, 100퍼센트 처리를 해주기 때문에 우리는 차라리 잘되었습니다. 병서야, 그만 가자!"

강교민은 벌떡 몸을 일으켰다.

"네, 선생님."

윤병서도 선생님을 따라 벌떡 일어섰다.

"아니, 아니……, 선생님." 사장은 황급히 일어나며 강교

민을 곧 붙들 것처럼 두 팔을 뻗치면서, "아 선생님, 그게 아
니고……, 제가 성질이 좀, 예 그 빌어먹을 성질이 급해서 그
만……, 예, 제가 예의 없이 선생님께 막말한 것은 죄송, 죄송
하게 됐습니다. 사과, 사과드립니다. 예, 그러니 앉으셔서, 예
앉으셔서 다시 좀 말하도록 하지요. 법으로 해봤자 서로 그렇
고, 말로 해서, 말로 해결할 수 있으면 그보다 더 좋은 게 어
디 있겠습니까. 앉으시지요. 예 선생님, 앉으시지요", 그는 삽
시간에 완전히 딴 사람으로 변해 굽신굽신하고 있었다.

　강교민은 사장의 그 빠른 변신 앞에서 요령껏 눈치껏 거칠
고 험한 세상의 파도를 헤쳐온 한 노회한 인간의 모습을 보
고 있었다.

　"애 앞이니 사장님의 체면을 봐서 사과를 받아들입니다.
어른으로서 서로 지킬 예의는 지키면서 얘기할 수 있기를 바
랍니다."

　강교민의 말은 점잖다 못해 엄숙하기까지 했다.

　"예 알겠습니다, 선생님. 말씀대로 잘하겠습니다." 사장은
또 허리를 굽신하며 자리를 권하고는, "야아, 여기 마실 것 좀
빨리 내오너라", 그제야 멀리 선 종업원에게 외쳐댔다.

　"사장님도 바쁘신데 본론만 명확하게 말씀드리도록 하겠습
니다. 이것이 청소년들이 알바할 때 적용되는 근로기준법 열 가

지입니다. 이 중에서 우리 윤 군이 요구하는 것은 다섯 번째 조항, 이것입니다." 강교민은 수첩을 사장 앞에다 펼쳐 다섯 번째 조항을 손가락으로 짚고는, "똑똑히 보십시오. 여기에, '연장·야간·휴일 근로를 하면 원래 받기로 한 시급의 50퍼센트를 더 받을 수 있다'고 적혀 있습니다. 사장님, 이 말뜻 아시겠지요?" 그는 '사장님'을 힘주어 부르며 다잡아 물었다.

"아니, 이게 시급의 50퍼센트라면, 7천 원의 반이면 3,500원이고, 그걸 합치면 1만 500원인데, 그럼 한 시간 초과에 1만 500원씩이나 내놓아라 그겁니까? 이거야 원!"

사장은 또 금세 열이 오르려 하고 있었다.

"사장님, 고정하십시오." 강교민은 사장을 똑바로 쏘아보며 말했고, "아 예, 알겠습니다", 사장이 땀도 나지 않은 이마를 씩 훔쳤다.

"사장님께서는 지금 다섯 번째 법 조항을 잘못 이해하고 있는 것입니다. 사장님은 한 번만 계산하셨는데, 그건 잘못된 것입니다. 여기 똑똑히 보십시오. 연장 근로, 야간 근로, 휴일 근로가 따로따로 적혀 있습니다. 이게 무슨 뜻이냐 하면 그세 가지가 겹치면 다 따로따로 계산해야 된다는 뜻입니다. 그러니까 우리 윤 군은 사장님과 밤 10시까지 여덟 시간 근무를 계약했습니다. 그런데 손님이 많아 매일 새벽 2시까지, 하루 네 시간씩 일을 더 했습니다. 그건 바로 여기 적힌 '연장' 근로에 해당함과 동시에, 그 뒤에 적힌 '야간' 근로에도 해당하는 것입니다. 그러므로 그 두 가지를 각각 계산해서 합한 액수를 사장님은 윤 군에게 지급해야 합니다. 두 배로 계산해서."

강교민은 '두 배'에 맞추어 사장 눈앞에다 손가락 두 개를 펴 보였다.

"아니, 무슨 그따위 계산법이 다 있어요. 그따위 빨갱이 계산법이!"

사장이 내장을 토해내는 것이 아닌가 싶게 발악적으로 소리를 질러댔다.

강교민은 순간적으로 웃음이 터지려는 것을 급히 수습했다. 느닷없이 튀어나온 '빨갱이 계산법'이라는 말이 더없이 코미디적이었던 것이다.

"사장님, 5분도 못 돼서 또 약속을 어기시는 겁니까?"

강교민이 냉정하게 굳어진 얼굴로 말했다.

"아니 저, 하도 말도 안 되는 계산을 하니까……."

"사장님, 이건 제 마음대로 하는 계산이 아니라 노동청에서 공식적으로 하는 계산법입니다."

"아니, 공무원 그놈들이 뭘 압니까. 국민들이 뼛골 빠지게 일할 때 의자에 편히 앉아 팽팽 놀던 놈들이 세금만 빡빡 긁어다가 배 터지게 처먹기나 하지. 에잇, 공무원이라면 치가 떨린다."

사장은 '치가 떨리는 것'을 정말 입증이라도 하듯이 어금니를 뿌드득 소리가 나도록 갈아붙였다.

강교민은 괜히 공무원들에게 분풀이를 하고 있는 사장을 바라보며 또 윤병서가 그냥 물러날 수밖에 없었을 거라고 생각했다.

"사장님, 또 그렇게 화를 내실 일이 아니고……."

"아니, 죽 쒀서 개 좋은 일 시키더라고 그렇게 따불로 계산을 해대면 우리 같은 놈들은 뭘 먹고 살라는 겁니까. 이게 말이나 되는 소립니까."

사장은 강교민의 말허리를 자르고 나서며 또 소리를 질러댔다.

"자아, 사장님. 사장님은 계속 약속을 어기시니까 말이 통하지 않아 저는 그만 돌아가기로 하겠습니다. 그런데 마지막으로 사장님한테 밝혀두고 갈 게 있습니다. 제가 말을 하는 동안 중간에서 말을 자르는 무례는 삼가주시기 바랍니다. 자아 사장님, 여기 똑똑히 보아주십시오. 다시 다섯 번째 조항입니다. 여기 휴일 근로를 하면 또 시급의 50퍼센트를 더 받을 수 있다고 되어 있습니다. 그러나 우리는 사장님께 너무 부담을 드리는 것 같아 그건 뺐습니다. 그런데도 사장님이 우리의 성의를 무시하고 계속 화를 내 문제 해결이 안 되니까 그 휴일 근로까지 다 계산에 넣어서 노동청에 고발하겠습니다. 그러니까 윤 군이 근무한 25일 동안 토요일과 일요일에도 일한 것을 따로 계산하겠다는 말입니다. 그리고 또 하나 빼놓은 것도 추가하겠습니다. 여기 여섯째 조항입니다. '일주일에 열다섯 시간 이상 일하면 하루 유급 휴일이 주어진다' 하는 것입니다. 윤 군은 하루에 열두 시간씩 일하면서도 25일 동안 단 하루도 유급 휴일을 갖지 못했습니다. 이것도 다 계산해서 노동청에 고발하겠습니다. 제 얘기 다 끝냈습니다. 그럼 이만 가보겠습니다."

강교민은 싸늘한 얼굴로 일어섰다.

"아이고 선생님, 그게 아니구요. 이까짓 장사해서 뭘 먹고 살라고 그렇게 따불 따따불로 계산을 해대냐 그거지요. 그러니 선생님, 이놈 불쌍히 생각하셔서 처음 말한 둘 중에 하나만 계산하도록 해주십시오. 그럼 지금 당장 돈 지불하겠습니다."

사장은 살찐 큰 몸집에 전혀 어울리지 않게 약한 티를 내고 있었다.

"그건 곤란합니다. 우린 사장님의 입장을 충분히 고려해서 네 가지 중 두 가지를 미리 양보한 것이었습니다. 그런데 사장님은 고마워하는 것이 아니라 오히려 화를 내고 대화를 계속 망치고 있습니다. 그러니 우리는 모든 것을 다 포함해서 노동청에 해결을 맡길 수밖에 다른 방법이 없습니다. 그럼 안녕히 계십시오."

강교민은 걸음을 떼어놓았다.

"아이고 선생님, 왜 이러십니까. 그럼 선생님 말씀대로 하겠습니다. 두 가지만 계산하는 것으로 하겠습니다."

사장의 살찐 얼굴이 보기 흉하게 일그러지고 있었다.

"예, 알겠습니다. 여기 계산서가 있습니다."

강교민이 양복 안주머니에서 종이를 꺼냈다.

"알아보기 쉽게 계산했고, 그 아래 저의 통장 번호를 적어 놨습니다. 오늘은 토요일이니까 다음 월요일 날 입금시켜 주시기 바랍니다."

강교민이 종이를 사장에게 내밀었다.

"……."

잔뜩 화를 품은 살찐 얼굴로 사장은 마지못해 종이를 받았다

"사장님……, 안녕히 계세요."

윤병서가 쭈뼛쭈뼛하며 나지막하게 인사했다.

"어서 꺼져라. 꿈에 볼까 무섭다."

사장이 벌컥 소리치고는 카악 가래를 돋우어 내뱉었다.

그때 막 '사업 번창하라'고 인사하려다가 강교민은 그만두었다.

윤병서는 역시 강교민 선생님은 최고의 짱이라고 또다시 확인하고 있었다. 그 억센 사장을 그렇게 꼼짝달싹 못하게 꺾어버릴 줄은 상상도 못했던 것이다. '휴일 근로'와 '유급 휴일' 두 가지 공격 무기를 감추고 있다니……, 그보다도 더 놀랍고도 통쾌한 일이란 있을 수 없었다. 선생님은 사장이 어떻게 나올지 미리 다 알고 그렇게 작전을 세운 것이 틀림없었다. 강 선생님은 배동기의 말마따나 가장 믿을 수 있고, 가장 존경할 수 있는 선생님이었다.

"난 말야, 내가 첫 번째로 뽑은 국수발로 만든 손짜장면을 선생님께 첫 번째로 대접할 거야."

선생님께서 사주신 탕수육과 짜장면 곱빼기가 자기가 먹어본 음식 중에서 제일 맛있었다고 자랑하며 배동기가 덧붙였던 말이었다.

월요일 오후에 강 선생님이 불러 윤병서는 교무실로 갔다.

"그 사장님이 약속을 지키셨다. 이것만으로도 고마운 일이니까 그 사장님을 더 미워하진 말아라. 이거 받아라."

강교민은 윤병서에게 돈 봉투를 건네주었다.

"선생님……."

윤병서는 두 손을 모아 돈 봉투를 받으며 '감사합니다' 하는 말을 하지 못했다. 그 말은 울음으로 막힌 목을 뚫을 수가 없었다.

"야, 너 뭘 그렇게 싱글벙글이냐? 병서 너한테 그렇게도 신나게 웃을 일이 뭐가 있냐?"

연립주택 입구에서 마주친 최은숙이 야릇하다는 표정으로 윤병서에게 물었다.

"내가 그렇게 보이냐?"

윤병서는 자신의 얼굴이 어떻게 웃고 있는지 궁금해하며 최은숙에게 물었다.

"오라, 넌 네 얼굴을 볼 수가 없지. 싱글벙글해대는 게 복권 1등에라도 당첨됐냐?"

"복권 1등?" 윤병서는 고개를 갸웃하다가는, "그보다 더 근사한 일이 생겼다. 맞히면 닭튀김에 콜라 쏜다!" 그는 호기롭게 말했다.

"복권 1등보다 더 근사한 일……?" 최은숙은 손가락으로 관자놀이를 누르며 답을 찾아내려고 애쓰다가는, "야, 힌트를 좀 줘볼래?" 아무래도 닭튀김과 콜라를 그냥 놓치기 아깝다는 듯 그녀는 윤병서에게 사정하는 표정을 지었다.

"글쎄에……, 힌트를 줘서 맞혀버리면 나만 손핸데……." 윤병서는 고개를 살살 저었고, "야, 남자가 쪼잔하게. 힌트 살짝 주고 내가 딱 맞혀서 네가 닭튀김하고 콜라를 팍 쏴버리면 속 답답한 이웃사촌끼리 스트레스 확 풀리고 좀 좋으냐! 빨랑 힌트 하나 질러", 최은숙이 빠르게 말하며 주먹으로 허공을 쳤다.

"기집애, 말은 언제나 매끈하게 뽑는다니까. 그래, 쪼잔한 남자 안 되려면 힌트를 안 줄 수 없지. 그게 뭐냐면 말이지, 요새 내가 속 팍팍 썩이던 게 화끈하게, 쫘아악 해결돼 버렸어."

'쫘아악'에 맞추어 윤병서의 두 팔이 시원스럽게 하늘을 휘저었다.

"스톱! 임금, 떼일 뻔한 임금 받았구나!"

최은숙이 손뼉을 찰싹 치며 팔딱 뛰었다.

"완전 대박!" 윤병서도 최은숙에 맞추어 손뼉을 치고는, "치이, 내가 니 말에 쫄딱 넘어가 힌트가 아니라 답을 다 가르쳐 줘버린 거지 뭐", 그는 입술을 쑥 내밀며 꿍얼거렸다.

"야, 너 오랜만에 뇌섹남(뇌가 섹시한 남자)으로 보인다. 가자, 닭튀김 먹으러. 오랜만에 목에 때 벗기고 창자에 기름칠

192

좀 하게 생겼다."

최은숙이 윤병서의 팔을 끌어당겼다.

"꼭 노는 기집애들처럼 말 막하는 것 하고는."

윤병서가 걸음을 옮겨놓으며 눈을 흘겼다.

"어쩌냐, 알바 인생에, 사는 건 고달프고, 험한 세파에 시달리다 보니 성질 사나워지고 말 거칠어지고 그런 거 아니냐. 내 맘대로 되는 것 아무것도 없는 세상에 말이나 내 멋대로 하고 살아야 스트레스가 좀 풀리지. 안 그래?"

최은숙이 윤병서의 팔을 툭 쳤다.

"그렇긴 해. 세상은 날이 갈수록 삐까번쩍 으리으리하게 변해가는데 우리 같은 것들은 점점 더 살기 힘들어지니 뭐 이런 세상이 다 있는지 모르겠다. 생각하지 말아야지, 생각하면 숨 막히고, 더 살고 싶지가 않아."

윤병서가 이 사이로 침을 찍 뱉었다.

"야, 그런 말 하면 정말 이 세상 다 불 싸지르고 싶어진다. 다 아는 그딴 말 때려치우고 니 얘기 신나게 하면서 닭튀김이나 맛있게 먹을 생각이나 하자."

"그래, 그거라도 조금은 살맛 나는 일이니까." 윤병서가 고개를 끄덕이며 신호등 앞에서 걸음을 멈추었고, "그 일이 어떻게 그렇게 쉽게 해결됐어?" 최은숙이 빨리 얘기하라는 눈길로 윤병서를 쳐다보았다.

"나 지금 기운 없거든. 조금 있다가 먹으면서 말해."

한두 마디로 될 얘기가 아니라서 윤병서는 이렇게 말했다.

"그래, 쫌 있다가 얘기해. 좋은 얘기는 맛있는 음식하고 똑같기도 하니까. 정신 영양에 얼마나 좋아."

최은숙이 맞장구를 쳤다.

"야, 넌 어찌 그리 말은 쌈빡쌈빡 잘하냐. 책은 통 안 읽는 애가."

"그야 타천이니까."

"타천……?"

"타고난 천재!"

"그건 또 언제 불거진 말이야?"

"언제는? 지금 바로지."

"뭐야? 니가 지금 꾸며낸 거야?"

"다른 말들은 뭐 별나게 생겨났나? 타천도 내일부터 쓰면 유행 타는 거지."

"하기야 뭐, 뻐카충(버스카드 충전)이나 타천이나, 그게 그거네."

"니가 한턱 쏘니까 나도 그냥 있을 수 있냐. 감사 선물로 줄게, 타천!"

"하이고, 고마우셔라."

둘이는 실없이 키들거리며 건널목을 건넜다.

닭튀김과 콜라를 시키고 윤병서는 얘기를 시작했다. 강교민 선생님의 활약상은 얘기할수록 신나고 흥이 돋았다. 얘기가 진행될수록 '어머나! 어머나!'를 연발해 대던 최은숙은 마침내 엉덩방아까지 마구 찧어대기 시작했다.

"……그래서 오늘 월요일, 그 140만 원을 딱 받았지 뭐냐!"

윤병서가 말을 끝냄과 동시에 돈 봉투를 착 내보였다.

"어머나, 미치고 환장하게 좋네. 너, 닭튀김, 콜라 이딴 것 가지고는 안 되겠다. 더 근사한 것으로 화끈하게 축하해야지."

최은숙이 얼굴이 붉게 상기되도록 들떠서 말했다.

"화끈한 거 뭐?"

윤병서도 무언가 부족한 듯한 느낌이 들어 물었다.

"쐬주!"

"쐬주? 너 또 겁 없이 나대기냐?"

윤병서는 고개를 저었다.

"야, 오늘은 날이 날이잖냐. 공중으로 날아가버릴 뻔한 그 거금을 화끈하게 받아낸 날인데 축하도 화끈하게 해야 되는 거 아니냐구."

"말은 맞는데, 너 또 쐬주 마셨다가 느네 아빠한테 얻어터

지면 어쩌고."

"그러니까 누가 정신 뼝 돌아버리게 마시제? 안 취하게, 그저 기분 알딸딸하게만 마시자는 거지. 그리고 요런 존 일로 너하고 일잔 했다고 하면 아빠도 무사통과야. 우리 아빠가 널 이뻐하고 믿잖아."

"너 일잔으로 안 끝나면 어쩌고?"

"야, 나도 변기에 앉지도 못할 정도로 또 얻어터지고 싶지 않거든?"

"치이, 그땐 느네 아빠가 너무 심했어. 어떻게 딸년 엉덩이를 그렇게 무지막지하게 패대냐."

"흥, 그래도 그 인간이 약기는 되게 약아. 남들 눈에 안 띄게 하려고 종아리나 허벅지 안 때리고 엉덩이를 집중 공격했잖아."

"그건 약은 게 아니라 하나만 알고 둘은 모르는 무식한 행위야."

"그 무신 말씀?"

"여자 엉덩이 그렇게 두들겨 패면 담에 애 못 낳게 될 수도 있다는 것 아니냐."

"미친놈, 별걸 다 아네." 최은숙은 눈을 째지게 흘기고는, "야, 우리 같은 신세에 아새끼들 낳으면 뭐하냐? 또 지지리 궁상, 거지새끼들 만들 텐데. 난 내가 바라는 만큼 돈 벌기 전에는 시집부터 안 가기로 딱 작정하고 있다"하며 그녀는 나이에 전혀 안 어울리는 짙고 깊은 한숨을 내쉬었다.

윤병서는 머리를 쿵 얻어맞는 충격을 느끼며 최은숙의 말을 곱씹었다. '야, 우리 같은 신세에 아새끼들 낳으면 뭐하냐? 또 지지리 궁상, 거지새끼들 만들 텐데.' 자신도 어렴풋하게 생각하고는 했던 문제였다.

"그래 그럼, 이거 다 먹고 포차(포장마차)에 가서 쐬주 한 병을 딱 반씩 나눠 마시자."

"웃겨, 그때도 뭐 그렇게 취하고 싶어서 마셨나 뭐. 그 대머리 사장 새끼가 술 안 마시면 자른다고 공갈 때리는 바람에, 그렇게 쩐(돈) 많이 주는 일자리 구하기도 어렵고 해서 어쩔 수 없이 마신 거지. 그런 말 다 까발리면 아빠 지 기분 잡치고 신세 한탄할까 봐 입 안 나불댔더니 내가 어떤 노는 것들하고 퍼마신 줄 알고 그렇게 개 패듯 한 거지. 돈은 쥐뿔도 못 버는 주제에 딸년 버리는 건 못 봐주겠다 그거지. 아주 대단하신 가장이셔." 최은숙은 코웃음을 치고는, "아니, 그 멋지신 강 쌤에 대해 얘기한다고 생각하고는 어떻게 얘기가 이렇게 흘러왔지?"하며 윤병서를 쳐다보고 씁쓰레하게 웃음 지었다.

"무슨 상관이야, 지금부터 하면 되지."

윤병서가 닭튀김을 한입 가득 우물거리며 말했다.

"진짜 느네 강 쌤은 끝내주는 선생님이시다. 선생님 중에 선생님이야. 어떻게 자기네 반 애도 아닌데 그렇게 나서서 일을 그리도 화끈하게 해결해 버리시니. 참 믿을 수가 없는 일이야. 근데 왜 우리 학교에는 그런 쌤이 하나도 없니. 느네가 부러워죽겠어."

최은숙이 또 한숨을 쉬었다.

"그래, 우리 학교에 우리같이 찌질한 것들 일에 관심 써주시는 쌤이 서너 분 계신데, 그중에서도 강 쌤은 짱이셔. 모든 쌤들이 다 그래야 하는데."

윤병서가 아쉬움 깃든 어조로 말했다.

"흥, 꿈도 야무지셔. 그런 분이 한 학교에 한 분씩만 계셔도 좋겠다. 공부 잘하고, 잘사는 애들만 이뻐하고 신용 주고 하는 선생들은 많아도 강 쌤처럼 그렇게 발 벗고 후진 애들을 돌봐주는 쌤들은 아주 드물어. 그게 세상 인심인걸 뭐."

최은숙은 말마다 어른스러운 티를 내고 있었다.

"니는 요새 무슨 알바 해?"

"그대로 그 식당."

"이번엔 꽤 오래가네? 그저 그냥 할 만한가 보지?"

"할 만한 데가 어딨어. 더 좋은 데가 없으니 그냥 죽치고 버티는 거지."

"그럼 저녁 알바인데 술 마시면 안 되잖아?"

"너 나한테 그렇게도 관심이 없니?"

최은숙은 닭튀김을 뜯다 말고 짜증을 부렸다.

"아니, 왜에……?"

윤병서가 당황스러워하며 마시려던 콜라잔을 입에서 뗐다.

"손님 없는 월요일은 알바 쉬잖아."

최은숙이 톡 쏘아붙였다.

"아, 미안, 미안. 그런 말 듣고도 또 깜빡해버렸다. 나가자, 쐬주 일잔 꺾게."

"야 병서야, 느네 강 쌤이 우리가 쐬주 까는 걸 보시면 뭐라고 하실까?"

최은숙이 윤병서를 따라 일어서며 짓궂게 웃었다.

"글쎄에……, 안 좋아하실걸, 아마. 근데 왜?"

"그런 멋진 분은 쌤으로서도 최고지만 남자로서도 짱 아니니? 그런 멋진 사나이가 어떻게 생겼는지 한번 만나보고 싶어서."

"아이고 우리 최은숙, 싸가지는 하여튼 최고로 없으셔. 선생님을 사나이로 보지 않나. 넌 느네 아빠한테 일러바쳐서 또 엉덩이 다 터져나가도록 얻어터지게 해야 돼."

"아이고, 요런 의리 없는 놈. 요런 걸 내가 친구라고 믿고……."

최은숙이 손바닥으로 윤병서의 등을 철썩 쳤다.

가끔 드나든 포장마차에서 그들은 서로의 잔에 술을 따랐다. 알바 청소년 근로기준법이 버젓이 있기만 하고 거의 지켜지지 않듯, 미성년자 음주·흡연 불가라는 것도 있으나 마나한 금지법이었다.

"자아, 돈 제대로 받은 것 다시 한 번 축하!" 서로의 소주잔을 부딪치며 최은숙이 말했고, "고마워. 니가 그렇게 말하니까 돈 제대로 받은 것 인자 진짜 실감 난다", 윤병서가 더 밝게 웃었다.

"크와아……."

소주 반 잔을 왈칵 들이켠 최은숙이 술맛 돋우는 반주를 하듯 과장되게 소리 내며 진저리를 쳤다.

"카아아……."

윤병서도 분위기 안 맞출 수 없다는 듯 요란하게 목청을 떨어댔다. 언제부터인지 모르게 소주의 첫 잔은 그렇게 마셔야 기분 난다고 믿는 술꾼들의 습관이었다. 그런데 그 소리가 유난스러울수록 초년병 10대인 것은 거의 틀림이 없었다.

"야, 쐬주 첫 잔의 이 쓴맛이 인생의 맛이라는데, 난 왜 이

맛이 점점 더 좋아지냐."

최은숙이 맑은 소주잔을 들여다보며 중얼거리듯 말했다.

"흥, 인생살이 쓴맛이 점점 몸에 익어가는 모양이지 뭐. 나도 너하고 비슷한 심정이야."

윤병서도 감상적인 목소리로 말했다.

"야 병서야, 고딩(고등학교) 인생 마감할 날도 인제 1년밖에 안 남았는데, 넌 그담 방향 정했어?"

최은숙이 긴 머리칼을 귀 뒤로 넘기며 물었다.

"체에, 그게 어디 그리 쉽냐? 대학 나와서도 취직 못해 비실비실 인생이 수도 없이 많은 세상에 고딩이 최종 학력이 되는 우리 같은 찌질이가 무슨 방향을 정하겠냐. 그것 생각하면 참 한심, 답답해."

윤병서가 한숨 나오는 입에다 반 남은 소주를 털어 넣었다.

"그래, 여자인 내가 이렇게 막막하고 아득한데 남자인 넌 더 말할 게 없지. 아 정말 우리들 아빠들은 어찌 그렇게 한심하고 찌질하냐."

최은숙도 능란하게 술잔을 발딱 뒤집었다.

"우리 아빠들이 똑같이 잘하는 게 두 가지씩이 있지, 제기랄."

윤병서가 최은숙 앞으로 술잔을 내밀며 세차게 혀를 찼다.

"우리 아빠들이 똑같이 잘하는 두 가지……? 첫째 돈 못 버는 것……."

최은숙이 윤병서의 잔에 술을 따르며 말했다.

"둘째 쐬주는 기똥차게 잘 마시는 것."

윤병서가 화답하듯이 말했다.

"그러네. 우리도 아빠들 닮아서 지금부터 이렇게 쐬주 홀짝 있는 것 아니야? 난 무엇이든지 아빠 닮는 건 절대로 싫은데."

최은숙이 머리를 짤짤 흔들어댔다.

"어디 너만 그러냐. 나도 아빠 닮는 건 절대 사양이다. 하지만 그렇게 마음먹는다고 무슨 소용이 있냐. 벌써 거의 다 닮았는걸. 평생 지지리 궁상으로 가난하게 살 것은 뻔할 뻔 자니까."

윤병서가 코웃음을 치고는 소주잔을 느리게 기울였다.

"싫어, 난 싫어. 난 절대로 아빠 꼴로는 안 살 거야."

최은숙이 머리를 더 세차게 흔들어댔다.

"은숙이 넌 다른 건 다 똑똑한데 그 대목은 영 바보 같아. 무슨 수로 아빠 꼴로는 안 살겠다는 건데? 넌 중학교 때부터 지금까지 3년 동안이나 알바 여왕으로 살아왔지만 아빠 꼴로 안 살 무슨 방법을 찾은 게 없잖아."

윤병서가 서글픈 얼굴로 말했다.

"야 병서야, 내 처지는 뭐라고 말할 게 없는데, 한 가지 분명한 것은 내가 아빠 나이에 아빠 꼴로 살게 되면 더 안 살고 자살해 버리겠다는 거야. 세상살이는 지긋지긋하게 힘들고, 인심은 피도 눈물도 없이 야박하지만, 눈 똑바로 뜨고, 정신 똑바로 차리고 살면 가난에 원수 갚고 살 수 있는 길도 있는 법이야. 병서 너도 네 친구 배동기처럼 그런 특별한 기술을 배울 길을 찾아봐. 기술 한 가지 잘 배워두면 죽을 때까지 평생 풀어먹으면서 안정되게 살 수 있잖아. 우리 아빠들은 학벌도 없는 데다, 그런 특별한 기술도 없이 하루 벌이 노동판을 떠돌다 보니 요 모양 요 꼴 된 것 아니겠어?"

최은숙은 '알바 여왕'이란 별명답게 철든 소리를 심각하게 했다.

"말하는 것 보니깐 넌 네 갈 길을 잡은 것 같은데? 너 〈생활의 달인〉 미치게 좋아하더니만 거기서 무슨 길 찾았니?"

"아이구, 가난하게 살면 느는 게 눈치뿐이라더니 우리 병서가 꼭 그러네요." 최은숙은 농조로 말하고는, "아직 확실히 잡힌 건 없는데, 막연하게 한 가지 방향은 잡았어" 하고는 술을 한 모금 홀짝 마셨다.

"그거 또 비밀이냐?"

"아니."

"그럼 뭐냐?"

"장사."

"장사? 무슨 장사?"

"거기까진 진도가 못 나갔어."

"그래, 장사하면 돈 벌 수 있는 거야 다 알지. 그치만 쉽게 망하기도 하니까 그게 문제지."

윤병서는 맥 빠진다는 듯 시들한 표정을 지었다. 그러나 '장사는 밑천이 있어야 하는 것 아니냐'는 말은 하지 않았다. 약간 건들거리는 듯하면서도 최은숙은 실속 차리는 데는 더없이 야무졌다. 그러니 그동안 돈을 꽤나 모아두었을 수도 있었다.

"자아, 이제 마지막 한 잔씩이다!"

윤병서는 술병을 높이 들었다가 최은숙의 잔을 채웠다.

"그래, 이거 마시고 들어가 얌전하게 잠이나 자자. 알바 인생 사느라고 언제 잠 한번 푹 자보냐."

최은숙도 윤병서의 잔에 마지막 술을 따라주었다.

"느네 친구 배동기는 기술 배울 만하다던?"

"기술은 무슨. 날마다 주방에서 짜장면 그릇들만 죽어라고 씻느라고 어깨가 빠질 지경이란다."

"그야 당연하지. 어떤 기술이든 신참은 그렇게 바닥부터 빡빡 기면서 한 단계씩 올라가게 돼 있잖아."

"기집애가 모르는 게 없어. 지가 다 해본 것처럼."

"야, 그런 거야 흔하게 듣는 얘기잖아. 그래서 배동기는 불만을 쌓고 있는 거야? 언젠가 수틀리면 팍 때려치워버리려고?"

"그럴 수야 있나. 소개해 준 즈네 싸부님 체면도 있고, 지놈이 나와봤자 그만한 일자리도 없는데. 먹여주고, 재워주고, 많지는 않지만 월급까지 주는데. 그리고 걔가 더 꼼짝을 못하는 건 즈네 사장님 나으리가 자가용을 턱 굴리시는 알부자라는 사실이지. 동기 그놈은 지도 그렇게 살 수 있다는 꿈에 잔뜩 취해 있기 때문에 어떤 고생을 해도 절대 그 집에서 안 나와. 그 새끼 그거 아주 깡다구거든."

"그래, 깡다구가 얼마나 세면 두 놈을 한 방씩으로 해치웠겠니. 남자는 그래야 돼. 걔 아주 매력 덩어리야. 그런 기질이면 반드시 성공할 거야. 걔가 기술 다 배워 손짜장집 사장님 되면 난 꼭 단골이 될 거야."

"그럴 것 뭐 있어. 아예 프러포즈를 해버리시지."

"좋아, 어쩜 그리될지도 모르지."

최은숙은 마지막 잔을 단숨에 비우고 발딱 몸을 일으켰다.

"그래라, 주례는 내가 서줄 테니까."

윤병서도 술잔을 비우고 일어섰다.

최은숙은 윤병서와 헤어져 집으로 들어가지 않고 공원 쪽으로 걸었다. 들어가봤자 아무도 없는 집은 언제나 썰렁했다. 엄마가 저세상으로 떠난 다음부터 집 안에 서리게 된 썰렁함이었다. 엄마는 고졸짜리 가난한 남자 만나 고생고생하다가 허망하게 떠나고 말았다. 아빠 벌이가 시원찮으니 엄마는 맞벌이에 나서야 했고, 대형 빌딩 청소용역업체의 비정규직으로 일하다 갑자기 병이 났다. 췌장암 말기였다. 무식한 말로 '갑자기 병난' 거지 엄마의 병은 오래 고생하면서 얻은 것이었다. 엄마는 수술도 못 해보고 극심한 고통에 6개월쯤 시달리고는 고생만 하며 산 이 세상을 떠나갔다.

"어쩌냐……, 어쩌냐……."

자신의 손을 움켜잡고 바들바들 떨며 이 말만을 되풀이하다가 엄마는 눈을 감았다.

엄마의 그 마지막 말은 4년이 지난 지금까지도 귓가에서 생생히 울리고 있었다. 마지막 순간까지 자신만을 걱정하면서 숨을 거둔 엄마의 그 말이 서럽고 쓰라리고 그리워 시시때때로 속울음을 울었다.

엄마가 떠나고 나자 아빠는 술을 더 많이 마셨고, 어떤 날은 소리 죽여 꺽꺽 울기도 했다. 그런 아빠의 벌이는 자꾸 나빠졌다. 아빠가 열심히 일할 의욕을 잃은 데다가, 경기 불황으로 공사장 일거리도 줄기 때문이었다.

그대로 앉아서 굶을 수는 없는 일이었다. 알바를 나서야 했다. 그러나 중2짜리는 너무 어려서 아무 데서도 써주지 않았다. 딱 한 군데 써준 곳이 전단지 배포하는 알바였다.

한겨울에 길거리에서 하루 종일 전단지를 나눠주는 일은 정말 춥고 힘겨웠다. 온몸이 꽁꽁 얼어붙고, 전단지를 든 손이 쑤시고 아프고 얼얼하다 못해 아무 감각 없이 굳어져버리는 것만 고통스러운 것이 아니었다. 그보다 더 고통스러운 것은 전단지를 받아주지 않고 가버리는 사람들의 냉정함이었다.

'제발 좀 받아주세요, 제발 좀 받아주세요. 이걸 다 배포하지 못하면 알바비 못 받아 나 저녁 굶어야 해요.'

이런 말을 외쳐대고 싶었다.

그다음에 고통을 주는 것이 업주였다. 일을 시작할 때는 시급으로 준다고 해놓고는 일을 끝내면 배포한 것 한 장에 얼마씩으로 계산한다고 말을 바꾸어버리는 것이었다. 그렇게 되면 수입이 삼분의 일로 줄어버렸다. 그러나 그 억울함을 당할 수밖에 없었다. 그런 일자리나마 구하는 사람이 너무 많았다. 그리고 거의 모든 업주들이 그런 식으로 야박한 계산을 했다.

그렇게 사기 아닌 사기를 당하며 중학교 2년을 보냈다. 고등학생이 되자 알바 자리가 넓어지기 시작했다. 물론 벌이도 전단지 배포보다 한결 많아졌다. 편의점 알바든, 치킨집 알바든, 주방 알바든, 식당 서빙 알바든 처음 약속 그대로 시급 계산을 하기 때문이었다.

자신은 고등학교 2년 동안 그런 모든 알바를 안 거쳐본 것이 없었다. 한 푼이라도 더 많이 받는 곳을 찾아서 옮기고 또 옮겨야 했다. 모든 알바생들은 다 돈을 찾아 떠도는 떠돌이였다.

그러나 알바를 한다고 다 알바생이 아니었고, 다 먹고살기 위해서 하는 알바도 아니었다. 좋은 옷, 비싼 신발, 화장품 같은 것을 사려고 알바를 하는 애들도 있었다. 또 스마트폰을 신형으로 바꾸기 위해서 알바에 나서기도 했다. 그러나 가장 웃기는 애들은 남친(남자 친구)이나 연예인에게 선물을 주기 위해 알바하는 것들이었다.

최은숙은 고등학생이 되는 게 그렇게 좋을 수가 없었다. 편하면서도 수입이 많은 알바 일자리가 확 늘어났기 때문이었다. 식당의 서빙 같은 것은 지옥 알바인 전단지 배포에 비하면 천국 놀이였다. 어느 식당이나 한겨울에도 얇은 옷을 입어도 좋을 만큼 따뜻한가 하면, 한여름에도 서늘한 느낌이 들도록 에어컨이 빵빵하게 돌아가는 것이었다.

그러나 식당도 마음까지 편한 일자리는 아니었다. 그 어느 식당에나 엉큼한 늑대들이 도사리고 있었던 것이다. 그게 사장일 때는 여자가 사장인 식당으로 옮기면 해결이 되었다. 그런데 여자가 사장일 경우에도 매니저나 주방장은 어쩐 일인지 꼭 남자였다. 남자라고 생긴 건 나이가 많거나 적거나 간에 여자만 보면 더듬고, 만지고, 껴안으려고 들었다. 일자리 옮겨 다니는 것도 힘들고 해서 한 번은 뿌리치는 것으로 참아냈다. 그러나 두 번째에는 '습관 되시겠어요'라는 말까지 보태며 뿌리쳤다. 그런데 세 번째에는 '여기 경찰서가 아주 가깝던데요' 하며 눈화살을 날렸다. 이렇게 되면 괜한 트집을 잡고, 야단을 치고 해서 결국 그 집을 그만둘 수밖에 없고는 했다. 주인에게 더 중요한 것은 알바생이 아니라 매니저고 주방장이었던 것이다.

최은숙은 일자리를 옮겨 다니는 고달픔 속에서도 수입이 많아지자 슬그머니 욕심이 생겨났다. 돈을 알뜰하게 모아 대학을 가자! 그러나 1년을 기를 쓰며 절약을 해보고 그 꿈을 포기해야 했다. 아무리 발버둥 치며 애를 써도 아빠 벌이에 보태 먹고살고 나서 대학 등록금을 모으기란 전혀 가망 없는 일이었다.

대학 꿈을 완전히 접고 나서 유심히 눈여겨보기 시작한 것이 TV 프로 〈생활의 달인〉이었다. 거기에는 온갖 종류의 기술 뛰어난 사람들이 등장했다. 최은숙은 탄복이 절로 나오는 그들의 기기묘묘한 기술들만을 구경하는 것이 아니었다. 남다른 기술이나 솜씨를 가졌으면서도 돈도 많이 벌어 부자가 된 사람들을 그녀는 찾고 있었다. 그런 사람들은 드문드문 나타났다. 그런데 그들의 공통점은 남의 회사에 취직해 있는 것이 아니고 자영업을 하는 것이었다.

빈대떡을 30년 동안 부쳐온 사람은 그저 대충대충 하는 것 같은데 그 무게를 저울에 달면 다 똑같고, 넓은 번철에 열두 개를 놓고 차례로 뒤집는데, 뒤집개로 살짝살짝 건드리기만 하면 빈대떡들이 공중에서 한 바퀴씩 돌아 다시 제자리에 떨어지게 하는 기술이라니, 신기가 따로 없었고, '아아, 사람이란 저럴 수 있는 거구나!' 하고 탄복이 절로 솟게 했고, 한 가지 일에 전념하면 어떤 능력을 발휘하게 되는지 사람에 대해 다시 생각하게 했다.

그런데 최은숙은 그 아주머니가 30년 동안 빈대떡을 부쳐오면서 네 자식을 다 대학 보냈고, 3층짜리 건물을 세워 월세까지 받고 있는 부자라는 사실에 더 끌리고 있었다. 20년 동안 만두를 만들어온 또 다른 아주머니도 신기와 함께 자기 건물을 자랑하면서 "세상에 부러운 사람이 아무도 없다"고 당당

210

하게 말하는 모습이 그렇게 좋아 보이고, 부러울 수가 없었다.

'저런 장사야!'

최은숙은 마음을 다졌다. 그래서 그 장사 밑천을 차근차근 모으기 시작했다. 그건 아빠에게도 알려서는 안 되는 비밀이었다.

최은숙은 윤병서를 만나고 나서 못내 속이 상해 있었다. 알바생들은 거의가 다 학교가 파하고 나서 알바를 시작하기 때문에 '야간 근로'에 해당했다. 그러나 지금까지 시급으로만 받았지 윤병서처럼 '야간 근로'로 50퍼센트를 가산해서 받아본 적이 없었다. 더구나 '연장 근로'까지 더블로 계산한다는 것은 꿈에도 생각할 수 없는 일이었다.

자신의 학교에는 그런 일을 처리해 줄 선생이 없어서만이 아니었다. 만약 그런 조건을 제시한다면 그 어떤 업주도 채용하지 않을 것이 뻔했다. 그런 조건 들고 다니며 아무 데서도 일자리를 구하지 못하게 되면…… 식은 밥 한 덩이 얻어먹을 수 없는 세상에서…… 그러니 살기 위해서 업주의 뜻에 따를 수밖에 없었다. 업주들은 단 한 사람도 빼지 않고 일은 어른처럼 하기를 바라면서도 돈을 줄 때는 한사코 애들인 것을 흠잡듯 하며 한 푼이라도 덜 주려고 바둥거렸다.

최은숙은 알바 청소년을 위한 근로기준법은 있으나 마나

한 허울뿐인 법이라는 것을 받아들이며 한없이 속상하고 답답했다. 그러나 자기 혼자만 당하는 것이 아니라 알바생들 모두가 당하는 일이라고 위안을 삼으며 이불을 뒤집어썼다.

청소년 알바는 전국적으로 어림잡아 23만에서 25만 명 정도였다. 그 많은 수의 임금을 어떤 기관에서 나서서 법에 정해진 대로 어김없이 지급하도록 감시 감독한다면 어떻게 될까. 청소년들을 고용해 업체를 운영하고 있는 영세 상인들 중 무척 많은 수가 영업을 포기하는 사태가 벌어질 것이다. 왜냐하면 영세 자영업에서는 인건비 비중이 그만큼 크기 때문이다. 그렇게 자영업이 큰 타격을 입게 되면 그 영향은 바로 일반 소비자들에게 미치게 된다. 그러니까 우리는 최저임금도 안 되는 청소년들의 알바비 덕분에 '통 큰 가격'이라고 선전해 대는 음식을 배달받아 먹고 있는 것이다. 전후의 혹독한 굶주림 속에서 '넝마주이'라는 가난한 청소년들이 도시의 청결을 해결해 주는 보이지 않는 공을 세웠듯이 오늘의 가난한 청소년들도 법이 보장하는 임금도 제대로 받지 못한 채 우리 사회의 밑바닥 경제를 그렇게 떠받치고 있었던 것이다. 그러니까 업주들만 가엾은 청소년들의 노동력을 갈취하는 것이 아니었다. 돈이 돌고 돌듯 우리 사회, 우리들 모두가 그 갈취에 동참하고 있는 것이었다.*

아무도 눈여겨보지 않는 그 어린 청소년들은 어쩌면 나태주 시인의 시 「풀꽃」* 같은 존재들인지도 모른다.

자세히
보아야 예쁘다

오래 보아야
사랑스럽다

너도 그렇다.

하고 싶은 일 해, 굶지 않아

"얘, 미혜야! 너 그 얘기 들었니? 그 얘기."

전화를 받자마자 오명지의 숨이 곧 넘어가고 있었다. 고등학교 동창들 세계의 마당발인 그녀의 전형적인 스타일이었다.

"얘, 너 숨넘어가고 말겠다. 뭐, 들을 만한 소식이 있어?"

최미혜는 심드렁하게 반응했다. 오명지는 동기 동창은 말할 것도 없고 선후배들의 소식까지 뻔질나게 전해 왔지만 영양가 있는 것이라곤 별로 없었다. 그나마 공동의 관심거리가 되는 것은, 이름 대면 알 만큼 출세한 남편이 20년 동안이나 여자를 감추어두고 있었는데, 그 사이에서 애를 둘이나 낳았다는 것 정도였다. 그다음이 누구 아들이 서울대학교에 들어갔다는 것이거나, 부자 누구 아들이 결혼 1년 만에 이혼했다는 소식 같은 것이었다.

"얘, 얘, 이건 증말 빅 뉴스다, 빅 뉴스."

여기서 말이 끊겼다.

"얘 명지야, 뭐 해?"

최미혜의 목소리가 좀 높아졌다.

"오명지 숨넘어가버렸다."

"아이고 아줌니, 싱겁게 장난은."

"장난이 아니고, 큰 사건일수록 뜸을 들여야 제맛이 나는 법 아니냐. 내가 지금부터 힌트를 줄 테니까 차근차근 맞혀나가 볼래?"

"됐네요. 나 그렇게 한가하지 않으니까 이만 전화 끊는다."

"아니, 아니, 취소야, 취소."

사람을 곧 붙들 것처럼 덤비는 오명지의 모습이 환히 보이고 있었다.

"빨랑 결론부터 말해."

"응, 있잖니, 김선희네 발칵 뒤집어졌다."

오명지는 또 말을 끊었다.

"또 뜸 들이니? 전화 끊자."

"어허, 아줌니 성질 급하시기는. 김선희네 아들 있잖아, 걔가 글쎄 정신이 삐이잉 돈 모양이야. 글쎄 대장장이가 되겠다고 나섰대."

"아니, 뭐라구?"

최미혜가 마침내 탄력적인 반응을 보였다.

"헤에, 이제 구미가 땡기시는 모양이네?"

"너 뭐랬어? 대장장이?"

"응, 대장장이."

"그게 대체 무슨 소리야? 그런 거 다 없어진 지가 언젠데?"

"아니, 있대."

"있어?"

"응, 서울 저 어디에 있대."

"참 별꼴이야. 세상 살다 보니 별 희한한 일도 다 보겠네."

"어떠냐? 말이 되긴 되는 사건 아니니?"

"그렇다, 얘. 도대체 그게 어떻게 된 일이니?"

"그게 글쎄, 김선희네 아들이 고2가 되면서 새로 사귄 친구가 있었대. 그 친구네 집에 놀러 다녔는데, 걔네 아빠가 대장장이였던 거야."

"그걸 보고 그게 되고 싶어졌다구?"

"그렇다니까 글쎄. 귀신이 씐 거지, 귀신이."

"아니, 그 쇳덩어리 두들기는 힘든 일을……."

"누가 아니래. 그게 힘들기만 해? 그 짓 해가지고 평생 어떻게 먹고살겠어. 인생 끝장나는 거지."

"알았다. 김선희네가 발칵 뒤집힐 만하겠다. 자존심 좋아하는 김선희가 칵 죽고 싶겠네."

"말도 못해. 그렇잖아도 아들한테 엄마 말 안 들으면 엄마가 팍 자살해 버린다고 공갈 협박 치고 난리도 아니래."

"효과가 있어?"

"효과? 너 경험해 봐서 잘 알잖아. 효과가 있던?"

"야, 오명지! 너 꼭 내 속을 그렇게 질러대야 속이 시원하겠니?"

최미혜의 목소리에 날이 섰다.

"아, 미안, 미안. 전혀 그런 뜻이 아니고 쉽게 이해시키려고 그렇게 말한 것뿐이야. 마음 상했음 진심으로 사과할게."

"아니, 됐어."

최미혜는 오명지의 입에 발린 말 뒤에 감추어진 그녀의 속마음을 환히 꿰뚫고 있었다. 오명지는 지금 두 친구의 딸과 아들이 부모의 뜻을 거역해 엇나가고 있는 것을 구경하며 무한 쾌감을 느끼고 있을 게 뻔했던 것이다.

그러나 최미혜는 그 순간에도 자신은 김선희에 비해 훨씬 낫다고 생각하고 있었다. 자신의 딸이 선택한 디자이너는 김선희의 아들이 선택한 대장장이에 비하면 어디에 내놓아도 한참 윗길이었던 것이다.

"미혜야, 너 화났어?"

오명지의 목소리가 조심스러웠다.

"아니, 왜 내가 화가 나? 우리 예슬이가 선택한 디자이너는 엄연히 아티스트의 길이고, 김선희 아들이 하겠다는 건 누구나 천하게 여기고, 업신여기는 '대장장이'잖아. '장이.' 우리 집은 디자이너에 대한 인식이 부족했던 내 잘못이었지 딸 잘못이 아니야. 내가 지금 바라는 건 내 딸이 디자인한 옷을 어서 입어보는 거야."

최미혜는 일부러 이렇게 말하며 자신의 딸과 김선희의 아들과의 차별화를 시도하고 있었다.

"그야 두말하면 잔소리지. 디자이너야 현대적인 고급 직업이고, 대장장이야 옛날 농사짓던 시대에나 필요했던 구닥다리 직업으로, 무시는 무시대로 다 당하면서 밥 굶어 죽기 딱 좋은 직업이지 뭐."

오명지의 이 말이 비위 발라맞추기 위한 거짓이라고 해도 최미혜는 마음이 다소 풀리는 것을 느꼈다. 딸에 대한 감정이 언제 풀릴지 모르게 얼어붙어 있는 채로 최미혜는 언제부터

인지 모르게 딸이 디자이너로서 꼭 성공하기를 바라고 있었다. 스스로도 어찌할 수 없는 어미의 마음이었다.

"김선희 걔 앞으로 속 좀 썩이게 생겼구나. 그게 사내자식이니 더 억세게 버틸 거고."

최미혜는 무심결에 한숨이 흘러나왔다.

"그래, 김선희 걔 이 세상에서 제일 불행한 여인이 된 셈이야. 남편이 한다 하는 대기업 부장님에다, 이사 승진 1순위로 꼽히는 기업 귀족이시고, 아들이 대학을 졸업했다 하면 아빠 배경으로 바로 그 회사에 들어가고, 출세길 KTX 특실 예약해 둔 것이었는데, 그게 다 파토가 났으니 김선희가 벼락을 맞아도 날벼락을 맞은 거지."

"참 미치고 환장할 일이겠구나. 이 세상에 많고 많은 직업 중에 왜 하필이면 대장장이가 되고 싶을까. 참 희한하고 별난 애도 다 있네. 걔가 그런 거 만드는 솜씨가 있어서 그럴까?"

"글쎄, 그건 잘 모르겠는데, 어쨌거나 지 맘이 끌린 것이니 그거 팔자라고 해야 되지 않겠어?"

"맞아, 이런 때 쓰라고 생긴 말이 팔자야. 자식은 겉을 낳지 속은 못 낳는 거라는 속담이 어찌 그리 딱 맞는지 몰라. 걔 성적은 어땠어?"

"응, 완전 상위 그룹은 아니었어도 그다음 정도는 했나 봐."

"아이고, 김선희가 자살하겠다고 나설 만도 하겠다. 그대로만 쭈욱 해도 진수성찬 밥상 떡 받을 판이었는데. 하여튼 집집마다 자식들 때문에 속 안 썩이는 집이 별로 없어."

"그러게 말야. 이게 도무지 누구 잘못인지 모르겠어. 근데 느네 딸은 잘하고 있어?"

오명지의 그저 지나가는 듯한 물음에 최미혜는 반사적으로 방어 자세를 취했다.

"응, 아직 어리고 시간 많이 남았으니 잘하고 말고 할 게 없지 뭐. 새로 시작한 불어 공부 열심히 하고 있고, 디자인 스케치도 날마다 새롭게 부지런히 해대고."

"디자인 스케치……?"

"거 왜 있잖아. 디자인한 것을 그림으로 그리는 것."

"아니 그럼, 느네 딸이 디자인을 생각해 내고, 그걸 그림으로 그리기까지 한다고?"

"그럼. 그런 지 꽤 오래됐어."

"아니 겨우 중3짜리가. 걔 그럼 이미 디자이너네?"

"내가 그런 말 했다가 된통 통만 맞았다, 애."

"통을 맞아? 왜에?"

"무식한 소리 말래. 그렇게 눈 뜨고 그리는 건 아마추어 수준이래."

"그건 또 무슨 소리야? 그럼 스케치를 눈을 감고 해야 한다 그거야?"

"글쎄, 그렇다나 봐."

"점점……. 그게 도대체 무슨 소린 거지?"

"그게 우리 보통 사람하고는 차원이 다른 얘긴데 말야. 너 조선 시대 명필 한석봉이라고 알아?"

"응, 알지. 초등학교 때 우리 아들 한문 과외 좀 시키느라고 책을 샀는데, 그게 바로 '한석봉 천자문'이었어. 근데 한석봉이가 왜?"

"바로 그 사람이 캄캄한 어둠 속에서 글씨를 써도 밝은 데서 눈 뜨고 쓰는 것과 똑같이 획 하나 틀리지 않았대. 그 것……."

"응, 그야 쉽지."

오명지가 말을 자르고 나섰다.

"뭐야? 쉽다고?"

"그럼. 줄 하나 옆으로 찍 긋는 일(一) 자를 누가 못 써?"

"아이구, 오명지 잘난 건 예나 지금이나……. 그렇게 말 자르고 들면서 맥 빠지게 굴려면 전화 끊자."

"얘, 얘, 그게 아니잖아. 니가 하도 말 같잖은 황당한 소릴 하니까 웃자고 반주를 넣은 거잖아. 애가 어찌 그리 농담도 모르고 그러니. 그래서 어찌 됐어? 느네 딸도 그렇게 하겠다는 거야?"

"넘겨짚지 말고 들어봐. 한석봉이 어둠 속에서 그 획 많고 복잡한 한자를 척척 썼던 것처럼 디자이너 중에도 디자인 스케치를 눈 감고 척척 그려내는 사람이 있었대."

"뭐라구? 그게 누구야? 샤넬? 이브 생 로랑?"

"아이구, 명품에 미친 것 티 내느라구 요리 잘난 척하는 것 좀 봐. 미안하지만 우리 한국 사람이야."

"아니, 한국 사람 중에도 그런 사람이 있어?"

"그래. 앙드레 김이 그랬대."

"뭐, 앙드레 김? 그게 사실일까?"

"그 양반한테 쫄딱 미쳐 있는 우리 딸이 한 말이니까 틀림없을 거야."

"글쎄……, 그랬다면……, 그랬다면 정말 그건 기막힌 일이지. 어쩌면 그분이었으면 그랬을지도 몰라. 근데 느네 따님께서도……?"

"그렇다니까. 앙드레 김 선생님처럼 눈을 감고 디자인 스케치를 척척 해내는 게 지 목표래."

"어머어머……, 쬐끄만 게 건방지고, 똑똑하고, 당차고, 독하기는. 얘, 얘, 넌 자식 하나 똑소리 나게 잘 뒀다. 그 나이에

222

그렇게 독한 결심을 하는 애가 몇이나 되겠니? 걘 틀림없이 크게 되겠다. 대성하겠어. 너 개가 원하는 길로 가게 한 것 참 잘했다."

"글쎄, 그럴까?"

"얘, 말을 듣고 보니 너 나한테 완전히 자식 자랑한 거잖아, 이거! 내가 속는 줄도 모르고 쫄딱 속았네."

"음, 말하다 보니까 그렇게 된 것도 같네. 근데 있잖냐, 빈말이라도 대성하겠다는 말을 들으니 기분이 좋고, 기분이 풀리고 그런다, 얘. 사람 맘이란 이리도 간사한 거야, 그치?"

"그건 간사한 게 아니라 이 세상 부모들의 다 똑같은 맘이지 뭐. 부모들이 듣고 가장 기뻐하는 말이 '당신 자식이 당신보다 낫다'는 말이래잖아. 느네 딸은 그거 물건이야. 그 결심 안 변하면 틀림없이 제2의 앙드레 김이 될 거야."

"어머 얘, 고마워. 그런 말 들으니 정말이지 살 것 같다."

최미혜의 떨리는 목소리에 물기까지 느껴졌다.

"이거 맨입으로는 안 돼. 한턱 톡톡히 내야지."

"그래, 날짜 잡아. 내가 화끈하게 쏠 테니까."

"아니, 살찌는데 먹는 것 사양. 느네 딸 신예슬이가 프랑스에서 금의환향할 때 내 옷 한 벌 맞춰줄 것!"

"그래, 그래. 그거 좋겠다."

"너 배 아파하지 마. 옷 한 번 뺏기게 됐다구. 그거 한 벌 얻어 입으면 내 돈 착 내고 또 한 벌 맞춰 입을 거야. 친구 땜에 엄마 체면 구겨지면 안 되니까."

"너 오늘 왜 이렇게 이쁜 소리만 골라서 하니? 고마워, 고마워."

"얘, 우리 앙드레 김 옷 한 번도 못 입어봤잖아. 젊었을 때는 비싼 그 양반 옷 입을 형편이 못됐고, 좀 살 만해지자 그분이 떠나고 말았으니까. 근데 솔직하게 말하자면 그분 살아 있을 때 한두 벌 못 해 입을 형편도 아니었는데, 그 양장점에 가기가……, 거 뭐 있잖냐, 너무 세련되고, 너무 특이하고, 너무 고상하고 그래서 좀 기죽고, 어덜리고 뭐 그래서 쉽게 발걸음이 떨어지지 않고, 뭐 그랬잖아. 그러니 앙드레 김 추종자인 느네 딸 옷이나 맘 편하게 애용해야지. 내 생각 어때?"

"고마워, 고마워. 오늘이 내 생일이다."

"기분 그 정도면 됐어. 김선희네 아들 건 무슨 변화 있으면 또 전화할게. 자아, 끊는다."

"기집애, 수다만 떨 줄 아는 게 아니라 사람 노릇 할 줄도 아네."

최미혜는 대화 끊긴 핸드폰을 바라보며 중얼거렸다.

한편, 김선희는 아들 문제로 담임을 만나고 있었다.

224

"제가 이틀 동안 대화해 봤지만 마음의 변화가 전혀 없었습니다."

담임 이재균은 곤혹스러운 표정으로 말했다.

"선생님, 대화가 아니라 설득을, 마음을 돌리게 설득을 시켜달라니까요."

김선희는 울상인 얼굴로 안타깝게 말했다. 화장기 없는 얼굴은 초췌했고, 이마에는 머리카락들이 흘러내려 있었다.

"예, 이런 문제에 부모도 강압하거나 억압해서는 안 되는데, 선생은 더 말할 것이 없습니다. 고2면 법적 나이로만 미성년자지 모든 면에서 이미 성인입니다. 그리고 교육적인 면에서도 인격을 존중해 주며 얘길 해야 그나마 무슨 효과가 좀 나지 우격다짐이나 억지를 부려서는 오히려 역효과가 납니다. 이 점 어머님께서도 이해하셔야 합니다."

"하이고, 이걸 어째야 좋습니까."

김선희는 한숨을 토하며 주먹으로 핸드백을 콩콩 두드렸다.

"……."

이재균은 아랫입술을 꾹 문 채 눈길을 떨구고 있었다.

"그 친구라는 애가 우리 애를 꼬드긴 것 아닐까요?"

"아니요, 그런 일 없었다고 합니다."

"거짓말할 수도 있어요."

"저도 그 생각이 들어서 여러 번 확인했습니다."

"그럼 걔네 아빠가 그랬을 수 있잖아요."

"예, 그것도 확인했습니다. 허나 전혀 그런 일 없었다고 했습니다."

"그럼 어떻게 해야 하나요? 다른 무슨 방법이 없을까요?"

"글쎄요……."

이재균은 난감한 표정인 채 혀끝으로 입술만 축이고 있었다.

"이렇게 엉뚱한 것 하겠다고 나서는 경우가 있나요?"

"그럼요. 애들이 많으니까 부모님들이 생각지도 못한 것들을 하겠다고 해서 가정불화를 일으키는 경우가 지속적으로 발생하고 있지요. 그러나 그런 것을 꼭 나쁘다고만 할 수는 없습니다."

"그게 무슨 말씀이시죠?"

김선희는 의심스러운 눈초리로 선생을 쳐다보았다.

"예, 사람들은 서로 얼굴이 다 다르듯이 개성과 능력도 다 제각각 다릅니다. 그래서 이 세상에는 수만 가지의 직종이 있습니다. 사람들은 자기 나름의 소질과 재능 그리고 욕구에 따라 자유롭게 하나의 직업을 선택하는 게 가장 바람직하고 행복한 일입니다. 교육이라고 하는 것도 그 선택을 뒷바라지하기 위해서 하는 것입니다."

"그럼 우리 윤섭이가 대장장이가 되는 게 좋다는 건가요?"

김선희의 눈에도 목소리에도 싸늘한 냉기가 서려 있었다.

"뭐 꼭 그런 건 아니고……, 윤섭이가 끝까지 결심을 바꾸지 않는다면……."

"안 돼요, 그건 절대로 안 돼요." 김선희는 두 주먹을 불끈 쥐며 바르르 떨고는, "내가 지 놈을 어떻게 키웠는데, 내가 죽었으면 죽었지 그 천하고 상스런 대장장이는 안 돼요. 우리 애는 착했는데 친구를 잘못 사귀어 그렇게 된 거예요. 분해요, 너무 분해요" 했다.

김선희는 마침내 눈물을 흘리고 말았다. 그녀는 엄마들의 입에 수시로 오르내리는 '3대 명언' 중의 하나를 읊조린 것이었다. 그 첫째는 '우리 애는 영재다'였고, 둘째는 '우리 애는 머리는 좋은데 공부를 안 한다'였다.

"저어, 전문 상담소를 찾아가볼까요?"

김선희가 눈물을 훔치며 불쑥 말했다.

"글쎄요……, 가보시고 싶으면 한번 가보시든지요."

이재균은 차마 가지 말라는 말은 못하고 이렇게 뜨뜻미지근하게 어물거렸다.

"그럼 신경정신과는 어떨까요?"

"신경정신과요? 거긴 왜요?"

이재균이 놀라서 허리를 곧추세웠다.

"아무래도 걔 정신이 좀 이상해진 것 같거든요. 그러지 않고서야 어떻게 탄탄대로 출셋길 두고 그 더럽고 험한 대장장이를 하겠다고 그러겠어요. 아무리 생각해도 걔는 정신 감정이 필요할 것 같아요."

김선희의 확신에 찬 태도는 그런 생각을 한두 번 한 것이 아님을 보여주고 있었다.

그런 김선희를 바라보며 이재균은, 그녀가 무당 푸닥거리를 하려고 나서지 않는 것을 다행이라 생각했다. 그나마 지적 수준을 보이느라고 신경정신과를 언급한 것이었다. 그러나 그것은 아들을 위해서가 아니라 그녀 자신의 집념을 관철하기 위해서였다. 그러니까 그녀는 아들의 정신이 불안정하다는 누명을 씌워서라도 아들이 대장장이가 되려는 것을 막을 계획을 세우고 있는 거였다. 엄마들은 누구나 아이들이 조금만 아픈 기미만 보여도 병원으로 득달같이 달려갔다. 그런 엄마들이 하나같이 가기를 가장 꺼리는 병원이 있었다. 언제부턴가 신경정신과로 이름이 바뀐 정신병원이었다. 정신이상을 아주 큰 치부로 여겨온 한국적 의식의 특이함 때문이었다.

"글쎄요, 그건 아주 신중해야 할 일입니다. 윤섭이는 분명 안 가려고 할 것이고, 그럼 어머님께서는 강압적으로 데려가게 될 것입니다. 그럼 어떻게 되겠습니까. 그 행위가 애에게는 평생 씻을 수 없는 상처가 될 수 있습니다. 어쩌면 그 일로 부모 자식 간의 관계까지 버그러질지도 모릅니다. 저는 선생으로서, 객관적 입장에서 반대합니다."

이재균은 손바닥을 쪽 펴 허공에 칼질하는 손짓을 하면서 '반대합니다'에 강하게 힘을 넣었다.

"객관적 입장이라고 하신 말씀은 무슨 뜻인가요?"

"윤섭이는 신경정신과에 갈 필요 없이 정상이라는 말입니다."

"그럼 선생님 말씀은, 이 일은 윤섭이가 원하는 대로 해야 한다는 것인가요?"

"글쎄요……, 그게 그러니까……."

이재균은 당황했다. 검사의 유도신문에 걸려 꼼짝없이 함정에 빠진 혐의자 꼴이었던 것이다.

"선생님께서 어떻게 좀 해결해 주실 거라 생각했었는데……, 기대했었는데……."

김선희는 장마철에 하늘을 뒤덮은 먹구름 같은 한숨을 토해냈다.

이재균은 엄마의 '생각했었는데……', '기대했었는데……' 하는 말에서 '선생이 뭐 하는 거야', '선생이 왜 그렇게 무능해'

하는 추궁과 힐난을 듣고 있었다.

"예, 죄송합니다. 제가 교육 현장에 있는 자로서 이번 일에 대해서 드릴 수 있는 말씀은 이거 한 가집니다. 세상에서는 성공한 인생에 대해 말들을 많이 하고, 또 누구나 성공한 인생을 살고 싶어 합니다. 그런데 그 성공한 인생이란 다른 게 아니라, 자기가 가장 하고 싶은 일을 찾아내고, 그 일을 열심히 즐겁게 해나가고, 그리고 사는 보람과 행복을 느낀다면 그게 성공한 인생이 아닐까 합니다."

"선생님! 그런 무책임한 말씀 하지 마세요."

김선희의 말은 절박한 울부짖음이었다. 이재균을 쳐다보는 그녀의 눈에는 슬픔과 분노가 뒤엉켜 있었다.

"아니, 왜……."

이재균은 놀라서 어리둥절했다.

"선생님 애가 대장장이를 한다는 데도 그렇게 말할 수 있으세요?"

김선희는 따지고 들듯이 말했다.

"아니, 그게……, 저어……."

이재균은 완전히 할 말을 잃고 있었다. 그 말이 아무리 옳은 말이라 하더라도 경우에 따라서 먹힐 말이 있고, 안 먹힐 말이 있는 법이었다. 최윤섭의 엄마 말마따나 자신의 아들이 대장장이를 하겠다고 나서면 어찌할 것인가……. 자신이 말한 것처럼 '네가 좋다면 하라'고 선뜻 말할 수 있는가……. 알수 없는 일이었다. 그게 부모의 마음이었다.

"예, 선생님 말씀은 모범 답안이에요. 사회 저명인사들이 이런저런 강연이나 인터뷰 같은 데서 선생님이 지금 하신 말씀하고 비슷비슷한 말들을 많이 하지요. 그치만 그 사람들은 다 성공했으니까 여유 만만하게 그렇게들 말하는 게 아닐까요? 저는 그런 말을 들을 때마다 그 사람들에게 이렇게 묻고 싶은 생각이 들어요. 당신은 오늘처럼 성공하지 못하고 남들이 천시하고 무시하는 직업을 갖고도 그렇게 말할 수 있을까요? 당신은 지금 당신이 하는 말을 정말로 믿고 있는 건가요? 그 사람들은 자기 일이 아니니까 다 그렇게 미끈하게, 그럴듯하게 말하는 것 같거든요. 그런 사람들은 진심으로 말하는 건데 그걸 믿지 못하고, 의심하는 제가 잘못인가요?"

김선희는 평소에 품고 있었던 생각을 거리낌 없이 털어놓았다.

"아닙니다. 그 어떤 말이든 그 해석은 듣는 사람의 자유입니다. 그러니까 어머님의 그런 생각도 일리가 있습니다. 그럼 어머님 말씀을 토대로 제가 한 가지 여쭤보겠습니다. 어머님께서는 그런 저명인사들이 아니라 남들이 천시하거나 무시하는 직업을 가진 사람들이 그렇게 말을 한다면 믿을 수 있다는 말씀입니까?"

"그럼요, 믿음이 가고, 의심을 안 하게 되겠지요. 그치만 그런 직업 가지고 평생을 고생고생하며 가난하게 사는 사람들이 그런 말을 할 리가 없어요."

김선희는 자신감 넘치는 목소리에 어울리도록 고개까지 세차게 내저었다.

"네에, 됐습니다. 어머님께서 마침내 해결책을 찾으셨군요."

이재균이 곧 책상이라도 칠 것처럼 반색을 했다.

"네에……, 해결책이라뇨?"

김선희는 어리둥절해서 담임을 멍하니 바라보았다.

"예, 그 대장장이, 박원무의 아버지를 만나 뭐라고 하는지 얘기를 들어보는 게 가장 정확한 해결책 아니겠냐구요."

"아니……, 무슨 말씀 하시는 거죠?"

김선희는 이재균의 말뜻을 얼핏 알아듣지 못하고 있었다.

"예, 박원무 아버지가 평생 대장장이로 사신 것을 어머님 말씀대로 불행해하지 않고, 저명인사들 말처럼 행복하다고 할 수도 있잖아요. 그럼 어머님 생각이 잘못된 거니까 윤섭이의 선택을 방해해선 안 된다 그겁니다."

"아아, 그런 뜻이었어요?" 김선희는 가당찮다는 기색을 드러내고는, "절대 그렇게 말할 리 없어요. 정신병자가 아니구선", 그녀는 쌀쌀하고 단호하게 말했다.

"속단은 금물입니다. 대장장이가 불행한 직업이라는 것도 엄마나 아빠가 말해서는 계속 역효과가 생길 뿐입니다. 당사자, 박원무의 아버지가 직접 말하는 걸 윤섭이가 듣고 마음을 바꾸게 하는 것이 가장 순조롭고 효과적인 방법입니다. 어떻게 하시겠습니까?"

이재균은 기민하게도 김선희가 피해 설 수 없는 외길을 제시하고 나섰다.

"아니, 그 사람을……."

김선희는 막다른 골목에 몰린 당황스러운 기색을 감추지 못했다.

"물론 직접 나서기 거북하시고 난처하실 수 있습니다. 그러니까 제가 담임으로서 중재자 역할을 해드릴 수 있습니다."

이재균은 신속하게도 '도둑도 막다른 골목으로 쫓지 마라'는 속담의 반대로 진을 치고 있었다.

"그걸……, 글쎄요……." 김선희는 난감한 얼굴로 한참을 망설이더니, "애 아빠와 상의해 보겠습니다", 겨우 이렇게 유보를 하고는 우울 깊은 얼굴만큼 무거운 몸놀림으로 자리를 떴다.

이재균은 최윤섭의 어머니를 배웅하고도 오래도록 그 자리에 서 있었다. 자식의 엉뚱한 진로 선택으로 절망에 빠진 전형적인 엄마의 초상이었다. '일류 대학-일류 직장-성공한 인생'으로 확실한 등식이 나와 있는 사회에서 아들이 느닷없이 대장장이가 되겠다고 나서면 모든 엄마들이 그녀와 똑같은 절망에 빠질 것은 너무 분명한 일이었다. 그렇지 않을 엄마는 단 하나, 그 대장장이의 아내가 아닐까. 아니, 어쩌면 그 엄마는 더 적극적으로 반대할지도 모른다. 남편의 평생에 질려서.

그런데 담임으로서도 박원무가 아버지의 가업을 잇겠다고 하면 그냥 이해가 되지만, 그 친구 최윤섭이 엉뚱하게 나섰으니 참 난해한 그림 앞에 선 것처럼 혼란스럽기만 했다. 그렇다고 최윤섭을 불러 대뜸 물어볼 수도 없는 일이었다. 그건 어디까지나 사적인 문제였고, 어머니가 도움을 청해 왔다고 해도 함부로 대응할 문제가 아니었다. 한 사람이 어떤 문제를 결정한 심적 내면을 제삼자에게 시원하게 전할 수 있도록 언어화하지 못하는 경우는 얼마든지 있을 수 있었다. 그건 철저한 주관적 선택이고 결정이지 객관이 아니기 때문이었다.

다음 날 점심시간에 이재균은 박원무를 조심스럽게 불렀다.

"요새 최윤섭이는 어떠냐?"

"예, 그 문제로 집안 분위기가 안 좋아 그런지 말도 잘 안

하고, 우울하고 그렇습니다."

박원무가 힐끔힐끔 담임의 눈치를 보며 말했다.

"알겠다. 최윤섭이 일로 그러니까 이따가 방과 후에 나한테 좀 오너라."

"예, 선생님."

"최윤섭이 눈치 안 채게 해."

"예, 알겠습니다."

박원무가 쭈뼛쭈뼛 뒷걸음질로 물러섰다. 그는 자기 아버지와 직결되어 있는 문제라서 꽤나 신경이 쓰이는 눈치였다.

이재균은 두 번째로 시계를 보았다. 벌써 15분이 지나 있었다. 종례가 끝나고 5분 정도 지나면 나타날 줄 알았던 박원무가 이렇게 늦어지고 있었다. 무슨 피치 못할 일이 있겠지 하면서도 담임은 자꾸 짜증이 나려 하고 있었다.

"선생님, 늦어서 죄송합니다."

20분이 다 되어서야 박원무가 숨 가쁘게 나타났다.

이재균은 무슨 일이 있었느냐고 눈으로 물었다.

"예, 최윤섭이가 자꾸 함께 가자고 해서 눈치 못 채게 따느라고 좀⋯⋯."

박원무가 뒷머리를 긁적이며 옹색스럽게 얼버무렸다.

"눈치는 못 채게 했어?"

"예, 큰형을 만나야 될 일이 있다고 둘러댔어요."

"저 의자 끌어다가 가까이 앉아라."

이재균은 턱짓했고, 박원무는 부리나케 옆의 의자를 끌어다가 조심스럽게 앉았다.

"최윤섭이가 그 일을 하고 싶다고 말한 게 언제였냐?"

"여름방학 끝나고 개학할 때쯤이었어요."

"누구한테 말했지? 아빠?"

"아니에요. 저한테 말했어요. 아빠한테 말해 달라고 하면서."

"그래서 말씀드렸니?"

"아, 아니에요. 저는 너무 깜짝 놀라서 어리벙벙했어요. 그래서 웃기지 말라고 했어요. 저는 개콘(개그 콘서트) 식으로 웃기려고 그러는지도 모른다고 생각했거든요. 그런데 아니라는 거예요. 진짜로 대장간 일을 하고 싶다는 거예요."

"그래서 말씀드렸어?"

"아아니요. 저는 윤섭이한테 그런 쓸데없는 생각 하지 말라고 잘랐어요."

"왜에?"

"그 일은 힘들거든요."

"힘든 걸 다 얘기해 줬어?"

"예, 제가 아는 대로 죄다 얘기해 줬어요. 쇠 다루는 일도 힘들지만, 겨울에는 춥고, 여름에는 덥고 해서 힘들고, 옷은 언제나 구질구질하고 더럽혀져 있고, 자칫 잘못하면 몸을 다치는 사고도 일어날 수 있다고 말해 줬어요."

"그랬더니?"

"그런 것 다 별문제 아니라는 것이었어요. 그래서 저는 겁이 나 우리 형제들 얘기까지 다 해줬어요. 우리 집은 3남 1녀인데, 아들 셋 다 그 일을 하지 않기로 했다. 일이 힘들 뿐만아니라 남들 보기에도 자랑스러운 직업이 못 되기 때문이다. 그런 말을 다 했는데도 아무 소용이 없었어요."

"근데 최윤섭이는 왜 그렇게 그 일을 하고 싶은 건데?"

"예, 쇠로 온갖 것들을 다 만들어내는 게 그렇게 신기하고, 자기도 그런 기술을 가진 사람이 꼭 되고 싶다는 거예요."

"근데 최윤섭이가 그런 소질을 갖고 있는 것 같기는 하냐?"

"글쎄요, 그건 잘 모르겠어요. 학교에서는 공부만 했지 그런 걸 뭐 만들어볼 기회가 없잖아요. 그런데 이런 말은 했어요. 옛날 초등학교 때 시골 친척집에 놀러 간 일이 있었대요. 그때 대장간 구경을 첨 했는데, 어찌나 신나고 재미있는지 매일 구경 가 붙어살았대요. 그리고 까맣게 잊고 있다가 저희집에 놀러 가 대장간을 본 거예요. 그 순간 어렸을 때의 그 기억이 떠오르며 대장간 일을 하고 싶은 생각이 동하기 시작했다는 거예요."

"허, 그거 참 묘한 인연이다. 운명이라고 할 수도 없고, 팔자라고 할 수도 없고, 어쨌거나 느네 집에 간 게 탈이었구나. 그래서, 아빠한테는 말씀드렸냐?"

"예, 윤섭이가 어찌나 졸라대던지 아빠한테 말하지 않을 수가 없었어요."

"그랬더니?"

이재균은 긴장하며 허리를 꼿꼿하게 세웠다.

"아빠가 안 된다고 고개를 저었어요."

"왜?"

"일이 너무 힘들어서 고생스러우니 안 된다구요. 편케 일해 돈 많이 벌어 부자될 수 있는 세상인데 뭐하러 미련하게 어려운 일 해서 고생 사서 하느냐구요."

"그래서 최윤섭이는?"

"윤섭이가 그래도 괜찮다고, 꼭 일 배우게 해달라고 졸라대니까 아빠가 말했어요. 사람 한평생이 걸린 중대산데 어린애하고는 말 상대가 안 된다. 그러니 어른들 허락을 받아가지고 와라, 그러셨어요."

"오라, 그래서 최윤섭이 엄마가 알게 되신 거고, 문제가 시끄러워진 거로구나. 근데, 최윤섭이가 나선 것을 보고 아빠는 뭐라시더냐?"

"예, 세 아들놈들보다 낫다는 거예요. 그리고 그날부터 기분이 아주 좋아지셨어요."

"그래, 그러셨겠지. 장인에게 대를 이어갈 후계자가 생겼으니 그보다 더 기쁜 일이 어디 있겠니." 이재균은 한참 고개를 주억거리더니, "얘 박원무, 넌 아버지 따라 가업을 이어받을 생각은 없어?" 불쑥 물었다.

"예, 저는 장남도 아니고……, 손재주도 없고……, 딴 일을 하고 싶어요."

박원무는 몸을 사린 채 담임의 눈치를 힐금거리며 말했다.

"손재주가 없다……, 그럼 그거 어쩔 수가 없는 일이지."

박원무는 담임과 헤어져 집으로 돌아가면서도 담임의 마지막 말을 생각하고 있었다. '손재주가 없다……, 그럼 그거 어쩔 수가 없는 일이지.' 그 말이 머릿속을 떠나지 않고 있었다.

'넌 자식인데 왜 대를 안 이어?'

'자식이면 대를 이어야 하지 않아?'

'자식이 대를 이으면 좋지 않겠어?'

'손재주가 없다는 것 정말이야?'

'손재주 없다는 건 괜한 핑계 아냐?'

'남도 한다는데 자식 된 도리로 말이 안 되잖아?'

담임의 그 말은 이렇게 여러 가지 생각을 하게 만들었다.

그리고 담임에게 꼭 묻고 싶었던 것을 묻지 못한 게 자꾸 아쉬워졌다.

'선생님은 최윤섭이 그 일을 하겠다는 걸 어떻게 생각하세요?'

이 말을 묻고 싶었는데, 몇 번 망설이기만 했지 끝내 말을 꺼내지 못하고 말았다. 초등학교 때부터 선생이란 왜 그렇게 어려운지 알 수가 없었다. 그 앞에만 서면 언제나 긴장되고, 어덜리고, 기죽고, 주눅 들고 그러는지 몰랐다. 노는 애들도 선생이 없을 때는 깔보고 막말해 대고 하지만 정작 그 앞에 서면 풀기 빠지고, 몸 사리고 그랬던 것이다. 선생이란 자신들이 모르는 것을 가르치고, 자신들의 운명을 좌우하는 성적을 매기는 존재였던 것이다. 선생……, 따분한 것 같으면서도 위신과 권위가 서는 지위 높은 직업이었다.

이재균은 다음 날 최윤섭을 불렀다.

"너 요새 기분이 어떠냐?"

이재균은 의자를 내주며 최윤섭에게 말을 걸었다.

"……."

최윤섭은 고개만 떨구고 있었다.

"왜, 아무 말도 하고 싶지 않아? 그 심정 알 만하다. 그치만 어떤 식으로든 그 일은 해결해야 하고, 네 어머니께서 학교까지 찾아와 협조를 부탁하셨으니 나도 그 문제에 불가피하게 개입되게 되었다. 그러니까 넌 말하기 싫어도 그 문제를 잘 풀어가기 위해서 최소한의 말을 해야 해. 윤섭아, 엄마가 학교에 다녀가신 것에 대해 말 들었니?"

"아뇨."

"윤섭아, 고개 들고 말해. 네가 무슨 잘못이라도 한 것처럼 그렇게 고개 떨구고 있으면 선생님이 말할 기분이 나겠니? 마치 벽하고 말하는 것처럼 답답하지. 그리고 그런 태도는 선생님에 대한 예의도 아니잖아. 난 지금 네 일 때문에 이렇게 시간을 내고 있는데 말이야."

"예 선생님, 죄송합니다." 최윤섭은 멈칫하고는, "제가 요새 아무하고도 말을 하고 싶지가 않아서……"하며 고개를 꾸벅했다.

"그래, 네 심정 잘 안다. 근데 엄마가 학교에 다녀가신 걸 왜 말 안 했는지 모르겠구나."

"엄마하고 말 끊긴 지 오래됐어요. 그 일 알게 된 이후로 엄마는 저를 투명인간 취급해요. 그렇게 미워해요."

"그래, 엄마 입장에서 그러실 수 있다. 아들이 탄탄대로 두고 가시밭길로 가겠다는데 어떤 부모가 박수를 치겠냐. 이 세상 엄마들 전부가 네 엄마와 똑같은 심정이라는 걸 알아야 한다. 다시 말하면 네 엄마만 심하게 구시는 게 아니라는 걸 알고 이 문제를 대해야 한다 그런 말이야. 알겠어?"

"예, 엄마가 반대할 거라는 것 다 알고 시작한 일이에요."

"그래, 그래야 전투력이 강해지는 거야. 난 말이다, 선생으로서 어느 편도 들 수가 없으니 딱 중립에 서 있을 수밖에 없다. 이 점을 너도 분명히 알고 있어야 해."

"네에⋯⋯."

최윤섭은 들릴 듯 말 듯 대답했다. 이재균은 그 미약한 소리 속에 서려 있는 서운함을 느끼고 있었다.

"그러니까 엄마는 나한테 네 맘을 돌리게 해달라는 부탁을 하셨는데, 내가 그 일을 맡으면 중립의 균형이 깨지니까 안 되는 일이고, 마찬가지로 내가 네 담임이라고 해서 네 입장에 설 수도 없다 그런 말이다. 내가 할 수 있는 일은 중간에 서서 그 일이 이성적으로 잘 해결될 수 있도록 돕는 것이다. 그 입장에서 난 네 부모님이 박원무 아버님을 만나보기를 권했고, 네 엄마는 아빠와 의논해 보겠다고 하신 상태다. 아마 내 느낌으로는 네 부모님이 그분을 만나게 될 것 같으다."

"왜 만나는데요? 그분이 잘못한 것 아무것도 없어요."

최윤섭이 반감을 드러냈다.

"아, 걱정 마. 그분한테 잘잘못을 따지려는 게 아니야. 그분이 평생 대장일을 해오신 것에 대해서 들어보려는 거야. 내 예감으로는 네게 아주 유리한 상황이 전개되지 않을까 싶으다."

"그럼 선생님도 함께 가시게 되는 건가요?"

"그래야겠지. 내가 중재자 역할을 해야 하니까." 이재균은 녹차를 한 모금 마시고는, "윤섭아, 네 문제를 놓고 볼 때, 세상 사람들은 무엇을 제일 궁금해할 것 같으냐? 그 문제를 네스스로 생각해 본 적이 있어?" 그는 부드럽게 웃으며 최대한 정답게 말하려고 노력했다.

"……선생님도……, 제가 왜 하필 그런 후지고 보잘것없는 일을 하려고 하는지 궁금하신 거죠?"

최윤섭은 상대방의 마음을 헤집듯 하는 깊은 눈길로 담임을 쳐다보며 아주 느리게 말했다.

"그래, 정곡을 찔렀다."

이재균은 싱그레 웃으며 고개를 끄덕였다.

"……이게요……, 그러니까……, 저어, 이렇게 말하는게……, 어떻게 들릴지……, 꼭 바보같이……, 얼뜨게 생각될지 모르겠는데……, 그냥 그런 일을 하면서 살고 싶어요. 어렸을 때부터 신기했고, 직접 해보고 싶었고, 그런 걸 만들며 살면 행복할 것 같아요. 하여튼 말로는 시원하게 할 수 없는데……, 꼭 하고 싶고……, 누가 뭐라든 저는 멋지고, 좋아 보여요." 최윤섭은 마치 말을 더듬거리는 것처럼 한 마디 한 마디를 힘겹게 하고는, "또 한 가지, 그 일 하는 것이 엄마가 대단하다고 하늘처럼 떠받드는 아빠의 직업보다 훨씬 낫다고 생각하기 때문에 하려는 거예요", 그는 이 말은 자신감 넘치게 한달음에 해치웠다.

이재균은 깜짝 놀라서 최윤섭을 유심히 쳐다보았다. '하, 요놈 보게. 요게 보통 맹랑한 게 아닐세. 이게 도대체 무슨 뜻이야……?' 이런 생각을 하며.

"너 엄마한테 그 말 해봤니?"

이재균은 이 문제를 풀 열쇠가 저것일지도 모른다고 생각하며 더 살가운 웃음을 지어 보였다.

"아니요. 엄마는 대화 상대가 아닌걸요. 애들 엄마들이 다 그렇듯이 우리 엄마도 언제나 명령하고 감시밖에 모르는 독재자예요. 엄마가 거침없이 내쏘는 말은 '잔소리 말어!', '니까짓 게 뭘 알아', '그걸 말이라고 해?', '헛소리하고 자빠졌네', '니 속 다 알아', '니가 무슨 할 말 있어!' 이런 거예요. 그러니 어떻게 그런 말을 할 수 있겠어요."

약간 비틀린 최윤섭의 입가에 냉소가 어려 있었다. 이재균은 그것을 엄마에 대한 경멸 같은 것이라고 느꼈다.

"그런데 말이다, 아빠의 직업보다 훨씬 낫다고 생각하기 때문에 하려 한다는 건 무슨 뜻이냐? 얼른 이해가 안 된다."

이재균은 어서 설명해 보라고 눈짓을 보냈다.

"저희 엄마가 아무 데서나 뻐기고, 누구한테나 자신만만하게 자랑하는 게 우리 아빠가 일류 대학 나와 일류 기업에 다니는 최고 엘리트라는 거예요. 저는 그게 웃겨요. 그 웃기는 게 한두 가지가 아닌데요, 첫째는 아빠는 대기업의 직원일 뿐이지, 우리 아빠가 아니에요. 언제나 일에 쫓기고 바빠서 밤늦게 들어오고 아침 일찍 나가서 통 얼굴을 볼 수가 없어요. 어쩌다 일요일에 보게 되는데, 그땐 자거나 신문 보는 얼굴이에요. 그리고 둘째는요, 엄마가 아무 데서나 주책없이 뻐기는 것과는 달리 우리 아빠는 회사에서 대단한 인물이 아니에요. 회사 몇 십 주년 창립 기념 체육대회 DVD를 본 일이 있었어요. 그때 부장급 이상 간부들이 회장과 그 아들 사장과 인사하는 장면이 있었어요. 두 줄로 늘어선 간부들이 회장과 악수할 때 꼭 대통령 앞에서 그러는 것처럼 마구 굽신굽신하는 건 회장님이고 나이도 많으니까 그럴 수 있다고 쳐요. 그런데 새파랗게 젊은 회장 아들과 악수를 하면서도 두 손을 받쳐 잡고 마구 굽신거려대는 건 영 기분 이상했어요. 그런데 엄마가 갑자기 소리쳤어요. '윤섭아, 윤섭아, 아빠 차례다. 아, 사장님이 아빠한테 뭐라고 하신다. 봐라, 봐라, 딴 사람보다 더 오래 말씀하신다. 봤지, 너 봤지? 저분을 똑똑히 봐둬야 돼. 저분이 머잖아 회장 될 분이시니까.' 이러면서 저를 마구 잡아 흔드는 거예요. 저는 그때 너무 자존심 상해서 그렇게 수다 떠는 엄마를 떠다밀고 집 밖으로 뛰쳐나가고 싶은 걸 간신히 참았어요. 우리 아빠가 아빠보다 훨씬 어린 회장 아들한테 마구 굽신굽신하는 것도 싫었는데, 엄마가 그 아들이 아빠한테 딴 사람보다 더 오래 얘기한다고 흥분하는 것에 제 자존심은 완전히 떡이 되고 말았어요. 저도 똑똑히 봤지만 그 아들은 아빠한테 특별히 오래 얘기하지 않았거든요. 그리고 셋째는요, 우리 엄마는 아빠가 이사로 승진하고, 사장까지 될 거라고 마구 자랑하고 수다를 떨어대고 그러지만, 그건 엄마의 주책없는 꿈일 뿐이에요. 우리 친척이나 형의 친구 아빠들 중에 잘나가다가 쉰한둘에 명퇴당하는 사람들이 많거든요. 우리 아빠도 얼마든지 그렇게 당할 수 있는데 엄마는 그런 생각은 전혀 안 하는 거예요. 저희 아빠 나이 마흔아홉이거든요. 그리고 넷째는요, 아빠는 엄마한테 꼼짝을 못하고 그저 돈만 벌어다 바치는 돈벌이 기계예요. 죽어라고 공부해서 일류 대학 나와 그렇게 사는 아빠가 하나도 좋아 보이지도 않고, 존경스럽지도 않아요. 그런데 엄마는 아빠처럼 돼야 한다고 마구 몰아대는 거예요. 저를 억지로 공부 기계 만들려고 기를 쓰면서요. 저는 엄마하고 근본적으로 안 맞아요."

최윤섭은 긴 이야기 끝에 긴 한숨을 매달고는 녹차잔을 단숨에 비워버렸다.

"흐음, 우리 윤섭이가 얘기를 아주 조리 정연하게 잘하는구나. 엄마하고 평소에 그런 얘기를 나눌 수 있었더라면 서로의 마음을 이해할 수 있게 되고 좋았을 텐데…… 부모 자식 간에 인격적 대화가 너무 없는 게 참 심각한 문제다." 이재균이 침울하게 혼잣말하듯 하고는, "넌 엄마가 그 일을 왜 그렇게 심하게 반대한다고 생각하니?" 하며 화제를 바꾸었다.

"그야 뻔하잖아요. 구질구질하고 남들이 업신여기는 직업이라 엄마가 쪽팔리기 때문이지요. 우리 엄마는 명품 좋아하는 것만큼이나 남들한테 내보이고, 폼 잡고, 센 척하고, 잘난 척하는 것 되게 좋아하거든요."

"윤섭아, 그거 네 엄마만 그럴까?"

"아니지요. 자식들 공부 기계 만들려고 환장하는 것처럼 모든 아줌마들이 거의 다 걸려 있는 병이잖아요."

"그러니까 엄마 혼자 그러는 것처럼 말하면 곤란하지."

"저는 그런 뜻이 아니라 있는 그대로를 말한 것뿐이에요."

"알았다. 그담 얘기를 해라."

"예, 그리고 그 일을 하면 평생 고생할 뿐만 아니라 가난하게 산다는 거예요."

"윤섭아, 난 확실하게는 모르겠지만 말이다. 그 말이 맞긴 맞는 거 아니니?"

"선생님, 그렇지 않아요. 제가 원무 아빠한테 직접 여쭤봤어요. 너무 힘들지 않냐고요. 그랬더니 기계가 발달해 스프링 해머가 나온 뒤로 전보다 힘이 절반도 안 든다는 것이었어요. 옛날에는 큰 해머를 사람의 힘으로 내려쳐야 했는데 요샌 그 일을 스프링 해머가 자동으로 착착 해결해 준다는 거예요."

"호오, 벌써 실습 시작하셨네?" 이재균은 장난스럽게 웃음 지었고, "아니에요. 원무 아빠는 다친다고 아무것도 만지지 못하게 해요. 눈으로 구경만 하게 하지요", 최윤섭이 정색을 하고 말했다.

"그래, 일이 수월해졌다는 건 이해가 된다. 현대라는 시대는 기계화 시대라 농촌에서 농사짓는 것도 옛날에 비해 십분의 일밖에 힘이 안 든다고 말하니까. 그러나 또 하나, 가난하게 산다는 게 문제 아니겠니?"

"선생님, 그 문제도 엄마 말이 너무 과장되어 있어요. 왜냐면 엄마 말을 듣고 원무네가 어떻게 사는지 유심히 살펴봤어요. 직접 물어볼 수는 없으니까요. 그랬더니 가난한 티가 전혀 없이 살고 있었어요. 형 둘 다 대학 나오고, 누나 대학 다니고 있고, 집도 있고, 대장간도 자기네 것이고, 원무도 언제나 용돈 모자랄 때가 없어요. 그렇게 살면 가난한 게 아니잖아요."

최윤섭은 말에 물이 오른 듯 막힘이 없었다.

"하아 윤섭이 너, 아주 대단하구나. 그런 걸 어찌 그리 차근차근 다 따질 줄 아니. 몸집만 어른이 아니라 생각도 어른이 다 됐구나. 철 다 들었어. 이런 말을 엄마하고 다 터놓고 해야 하는 건데, 이거 참 아깝다. 그래, 윤섭이 네 말 들으니 원무네가 가난하게 사는 것 같지는 않구나. 너하고 말을 하고 나니 선생님 맘이 많이 풀렸다."

"풀렸다는 게 무슨 뜻이에요?"

최윤섭이 담임의 속마음을 들여다보고 싶다는 듯 빤히 쳐다보았다.

"그게 말이다, 선생님이 아무 편도 들지 않고 중립을 지키겠다고 했었는데, 사실 그 어떤 일에나 완전한 중립이란 없는 법이거든. 선생님은 이미 네 엄마한테, 그 누구나 진로 선택은 본인의 뜻에 따라야 한다고 얘기해 놓고 원무 아빠를 만나러 가기로 한 것이란다. 그런데 만약 엄마 말이 다 맞아떨어지면 사태가 어떻게 되겠니. 네 뜻은 꺾이게 되고 말잖아. 그 걱정을 떼치지 못하고 불안불안했었는데 네 말을 듣고 보니 휴우, 안심이 되는구나. 내 맘 알겠어?"

"예 선생님, 감사합니다."

최윤섭은 고개를 깊이 숙였다.

이튿날 등교해서 박원무를 만나자마자 최윤섭이 빠르게 귓속말을 했다.

"야, 담임쌤이 내 편이시다!"

"뭐라구? 그게 무슨 소리야? 빨랑 말해, 빨랑."

박원무가 답쳐댔다.

"자세한 얘긴 이따가 점심시간에 하고, 선생님이 곧 우리 엄마 아빠를 안내해 느네 아빠를 뵈러 가실 거라는데, 쌤이 우리 엄마한테는 중립을 지키신다고 하셨다는데, 속으로는 내 편을 들고 계신다는 걸 어제 실토하셨어."

"화아, 그럼 넌 백만 대군을 얻는 거고, 소원 성취를 하게 되는 거잖아."

"틀림없이!"

"크아, 추카! 추카!" 박원무가 손바닥을 쫙 펴 내밀었고, "고마워, 고마워", 최윤섭이 쫙 소리가 나게 그 손바닥을 맞때렸다.

"아니, 어떻게 선생님이 학부모 편이 아니고 학생 편을 들어주냐?"

박원무는 믿기 어렵다는 표정으로 고개를 갸웃했다.

"쌤은 말야, 벌써 우리 엄마한테, 진로 선택은 본인의 뜻에 따라야 한다고 말씀하셨대. 얼마나 멋진 쌤이냐."

"맞아. 학부모 눈치 안 보고 그런 말 딱 해버릴 수 있는 게 정말 멋지고, 존경심이 생기는 쌤이야."

"그러니까 참교육자지."

"맞아, 그게 바로 선생님이 실천하시는 참교육이고!"

그들은 다시 손바닥을 찰싹 맞때렸다.

이재균은 닷새가 지나 최윤섭의 어머니 전화를 받았다. 서로의 근무에 지장이 없도록 토요일로 날을 잡았다.

"예에……, 제 자식놈의 친구고, 또 어린것의 장래 문제고 하니 만나기는 해야 하는데, 어째 영……, 그게 찜찜하고……, 거북스럽고 뭐 좀 그러네요."

이재균의 전화를 받은 박원무의 아버지가 더듬거리듯 조심하면서 한 말이었다.

"예, 그런 입장 충분히 이해합니다. 아버님께서는 그저 한 가지, 자기 앞길을 스스로 선택한 젊은이 하나만을 생각해 주시기 바랍니다. 그 젊은이에게 힘이 될 수 있도록 아버님께서는 있는 그대로만 보여주시고, 말씀해 주시면 되겠습니다.

하시는 일에 크게 방해가 되지 않으면 시간을 좀 내주시기 바랍니다."

상대방이 서로 맞바라보고 있는 것처럼 이재균은 연방 허리를 굽혔다.

"예, 선생님께서 말씀하시니 저야 무슨 할 말이 있을 리 있나요. 저야 뭐 늘 그날이 그날이니 아무 때나 편한 시간에 오시면 되겠구만요."

박원무의 아버지는 꾸며진 느낌이 전혀 없는 소박한 목소리로 이렇게 말했다.

최윤섭의 어머니는 자기네 자가용으로 모시겠다고 했다. 이재균은 다른 볼일을 핑계 삼아 그것을 사양했다. 그건 '촌지 없는 깨끗한 학교' 운동의 일환이었다. 학부모로부터 아무리 사소한 것이라 해도 물질적 혜택이나 편의를 제공받게 되면 어쩔 수 없이 교육자의 양심과 자유는 그만큼 훼손되고 구속당할 수밖에 없었다. 그동안 줄기차게 전개되어 온 '촌지 거절 운동'은 학교 정화와 학생 불평등 오해를 해소시키는 데 결정적 역할을 했고, 20년에 걸쳐 해마다 가속도로 팽창되어 온 사교육 광풍 앞에서 그나마 공교육의 자존심을 지켜내는 데 주력군 역할을 해냈던 것이다.

대장간은 손님맞이를 하려고 일손을 잠시 쉬고 있었다.

"이 보잘것없는 대장간을 보러 오셨는데 딴 커피집이나 빵집으로 모시는 것은 말이 안 되는 일이고, 여기로 모시다 보니 뭘 준비하는 것도 마땅찮고 해서 요새 유행하는 종이컵 커피를 사 오는 무례를 저질렀습니다. 그냥 그렇게 양해해 주시기 바랍니다."

박원무의 아버지 박대성이 손님들을 둘러보며 말했다.

이재균은, 전형적인 노동자의 털털한 모습과 꾸밈이 없는 그 말이 아주 잘 어울린다고 생각했다. 그 말에서는 자기의 대장간을 보여준다는 어떤 자긍심 같은 것이 들어 있다는 느낌도 언뜻 스치는 것 같기도 했다.

한 남자가 사가지고 온 커피를 하나씩 나눠주었다.

"불편하지만 좀 앉으시지요."

박대성이 세 손님에게 자리를 권했다.

"예, 시간이 좀 걸릴 테니 앉으시지요."

이재균은 최윤섭의 아버지와 어머니에게 말했다. 쇠로 만들어진 온갖 것들로 가득 찬 비좁은 대장간에 마련된 것은 등받이 없는 야외용 플라스틱 의자였다. 대장간의 분위기와 그 간이 의자와 전혀 어울리지 않는 것이 최윤섭의 아버지와 어머니였다. 아버지는 대기업의 간부니까 으레 양복 정장 차림이라고 하더라도 어머니는 대장간에 오면서 무슨 멋을 그렇게 부렸는지 알 수가 없었다. 일부러 그런 것인지, 대장간에 대한 감각이 없어서 그런 것인지 이재균은 판단하기가 어려웠다.

"자아, 설탕 필요하신 분들 타십시오." 박대성은 군이 종이컵 뚜껑을 열고는 막대 설탕 두 개를 한꺼번에 분질러 털어 넣고는, "커피에는 설탕을 안 타면 제맛이 안 나지요" 하며 가늘고 긴 빨대로 커피를 휘저었다.

그때 이재균은 섬뜩해졌다. 박대성의 그 투박한 행동을 보며 최윤섭의 어머니는 너무 표 나는 경멸적 웃음을 드러내고 있었던 것이다. 저 얼굴을 박대성이 보면 어쩌나! 하는 다급한 생각에 이재균은 불쑥 말했다.

"그럼요. 커피엔 설탕을 타야 제맛이 나고말고요. 우리 고종 황제께서도 설탕 탄 커피를 하루에 몇 잔씩 즐기셨지요."

그러면서 그는 박대성이 한 것과 똑같이 막대 설탕 두 개의 중간을 뚝 분질러 커피에다 거침없이 털어 넣었다.

"아, 아, 우리 고종 황제께서 그러셨습니까? 저는 처음 듣는 얘깁니다."

박대성이 껄껄껄 웃으며 커피를 소리 나게 후후 불더니 한 모금을 마셨다.

"저 사진이 참 좋습니다."

커피를 한 모금 마신 이재균이 출입문 위에 걸린 큼직한 액자를 바라보며 말했다.

"아 예에……, 저게 제가 한창 나이 때 것입니다. 서른이 미처 못 되었을 때지요."

박대성이 사진을 바라보며 감회 어린 목소리로 말했다. 자신의 일하는 모습을 찍어 큼직하게 내걸어놓은 것과 어울리게 그 목소리에는 자긍심이 가득했다.

"아, 저건 예술 작품입니다."

그 흑백사진에서 눈을 떼지 않은 채 이재균이 감탄조로 말했다.

"자주 닦아주지 않아서 먼지가 잔뜩 끼었는걸요."

박대성이 흡족하게 웃으며 대꾸했다.

그 사진 속의 박대성은 상체를 알몸으로 드러내고 있었다. 그 젊은이는 가느다랗고 긴 통나무 손잡이가 낭창거리는 느낌으로 활시위처럼 휘도록 무거운 쇠망치를 한껏 높이 치켜들고 막 내려치려는 역동적인 동작을 하고 있었다. 쇠망치를 치켜들고 있는 두 팔의 근육은 두 마리 뱀이 휘감고 있는 것처럼 꿈틀거리고 있었고, 어깨며 가슴팍, 복근이 뚜렷하게 드러난 복부는 바윗덩이의 견고함으로 한 덩어리를 이루며, 사자나 호랑이도 단숨에 제압해 버릴 것 같은 무한한 힘을 내뿜고 있었다. 강한 힘이 응집되어 있는 얼굴은 약간 들려 있었고, 번들거리는 땀과 함께 두 눈동자는 내려칠 목표물을 노리며 예리한 광채를 내쏘고 있었다. 그리고 있는 힘껏 힘을 모으느라고 그러는지 반쯤 벌어진 입은 약간 한쪽으로 쏠리며 비틀려 있었다. 그 강인하면서도 냉정한 얼굴에서는 몸체의 근육들이 내뿜는 힘과 똑같은 힘이 뿜어져 나오고 있었다.

'아, 아, 노동의 신성함이여……, 노동의 거룩함이여…….'

그 사진에서 눈을 떼지 못한 채 이재균은 이런 감상에 젖어들고 있었다. 그리고 저런 극치의 순간을 포착해 낸 사진가의 예술성에 감동하고 있었다.

"저어……, 아버님께서 대장일 하신 지 얼마나 되셨습니까?"

이재균은 사진과 연관시켜 자연스럽게 물었다. 그러나 그건 최윤섭의 엄마와 아빠가 알고 싶어 하는 것들 중의 하나이기도 했다. 그 대신하는 질문은 중재자가 맡아야 하는 임무이기도 했다.

"예, 어느덧 47년째로군요. 그 시절에 다 찢어지게 가난했으니까 나도 중학교 갈 형편도 못 돼서 초등학교 졸업하고 바로 대장장이 길로 들어섰지요. 그런데 내가 재수가 좋아서 스승님을 잘 만났지요. 전국적으로 이름이 뜨르르했던 분 아래서 일하게 됐으니까요. 식당일을 시작하면 설거지부터 해야 하듯 풀무질부터 시작했어요. 그때는 지금 세상하고는 달라서 월급이라는 게 없었어요. 기술을 가르쳐주는 거니까 세 끼 밥 먹여주는 것이 다였지요. 그때는 어디나 다 그랬으니까 무슨 불만 같은 게 있을 리 없었어요. 나는 성격이 꼼꼼하고, 참을 성이 강했어요. 그리고 기술을 배워야만 평생 먹고살 수 있다는 생각 하나로 부지런히 일하고 또 일했어요. 십 년 한길이 더라고 독립할 수 있을 만큼 대장일을 다 익히고 나니 십 년 세월이 흘러가 있었어요. 그래 1976년에 내 대장간을 처음 차리게 됐지요."

박대성은 구수한 옛날얘기 하듯 입담이 예사가 아니었다.

"독립해서 뭐 어려웠던 일은 없었습니까?"

"왜 없었겠어요. 사람 사는 일이란 고비고비 어려움과 싸워 나가는 거 아니던가요. 여러 어려움 중에서 가장 심했던 것이 공장 철물들이 쏟아지기 시작한 때였어요. 세상이 발달해서 공장에서 기계로 칼에서부터 낫이고 곡괭이고 도끼고 마구 찍어내는 것이었어요. 대량 생산되는 그것들이 값이 싸니까 어찌 됐겠어요. 대장간에서 손으로 일일이 두들겨 만든 물건들이 더 비싸니까 안 팔릴 수밖에요. 참 기막히게도 굶어 죽게 생긴 판이 닥친 거지요. 세상이 그렇게 급변하니 어떻게 됐겠어요. 대장간들이 여기저기서 문을 닫기 시작했지요. 만

들어놓은 물건들은 쌓이기만 하고, 앞길이 캄캄해 자꾸 하늘
만 쳐다봤어요. 그래도 하늘에서는 새 길을 가르쳐주지 않
았고, 나도 대장간을 닫고 싶어도 내가 새로 할 수 있는 일이
아무것도 없었어요. 그때 나는 결심했어요. 마지막까지 참고
견디자. 공장 철물은 값이 싸고 모양도 산뜻하지만 쇠가 물러
날이 빨리 죽는 것이 큰 흠 아니냐. 쇠가 강해 날이 오래가는
대장간 철물을 찾는 데도 있을 것이다. 그리고 대장간이 다
없어지고 몇 개만 드문드문 남는다면 굶어 죽지는 않을 것 아
니냐. 이런 배짱으로 버티기를 했지요. 그런데 내 생각이 딱
들어맞은 거예요.”

“아니, 어디서 대장간 철물을 찾은 모양이군요?”

이재균은 완전히 이야기에 빠져 있었다.

“예, 여러 가지 크고 작은 칼들이 없으면 장사를 못하는 식
당과 정육점들이 날이 센 우리 물건을 안 쓰고는 안 되는 것
이었지요. 쇠는 두들길수록 강해지는 법인데, 우리가 수십 번
씩 두들기고 물에 넣고, 다시 불에 달구어 두들기고 또 물에
넣고 하는 그 담금질로 만들어지는 물건을 어떻게 공장 철물
이 당할 수 있겠어요. 그리고 날마다 칼을 들고 사는 수산시
장 생선 장수들도 우리 단골이 안 될 수 없었어요. 그리고 우
리나라가 잘살게 되고, 생선회가 몸에 좋다는 바람이 불면서

일식당들이 엄청 많이 생겨났지요. 거기서 생선회 뜨는 칼은 특히 얇고 날이 오래가야 하니까 담금질 많이 한 우리 칼이 없어서는 안 됩니다. 일식당들도 줄줄이 단골이 되었지요."

"그럼 장사가 완전히 회복되었겠네요?"

"예, 회복만 된 것이 아니고 오히려 몇 년 전보다 훨씬 더 잘 되어나갔지요. 왜냐하면 대장간들이 거의 다 없어져버려 찾기 어려운 귀물이 되었으니까요. 그래서 입에서 입으로 소문이 나다 보니까 단골이 전국 각지에 생기게 되었어요. 저 바다 건너 제주도에서도 일부러 찾아오니까요."

"제주도요?"

이재균이 놀라며 아주 신기하다는 표정을 지었다.

"예, 큰 횟집을 하시는 분인데 1년에 한 번씩 비행기를 타고 와서 크고 작은 여러 가지 회칼들을 주문해서 가지고 갑니다. 그 회칼 하나에 얼만지 아시겠어요?"

박대성이 여유롭게 빙그레 웃으며 물었다.

"글쎄요……, 한 5, 6만 원, 아니 7, 8만 원 할까요?"

"허허, 너무 헐값으로 부르시는군요. 15만 원입니다."

"네에? 15만 원?"

그까짓 원료값이 얼마나 든다고 15만 원씩이나……, 하는 생각이 문득 들었지만 이재균은 무슨 부끄러운 것을 감추듯 그 생각을 얼른 지워버렸다. 그건 자존심 가진 장인을 무시한 불경이고 모독일 수 있었던 것이다. 그리고 그런 즉물적인 생각은 품위를 갖추지 못한 지극히 비문화적인 의식이었다. 무릇 명품이란 장인의 고아하고 특유한 솜씨의 값어치지 단순히 원료값으로 따지는 게 아니었던 것이다.

"그리고 세상이 변해가는 것은 그 누구도 미리 짐작할 수 없도록 요상스럽게 변하는 것이라 우리 일거리도 그 바람을 타고 변해가지요. 몇 년 전부터는 도시 사람들이 주문하는 호미, 곡괭이 같은 게 부쩍 많아졌어요."

"도시 사람들이요……?"

"예, 선생님도 놀라셨지요? 그게 왜 그러냐면요, 텔레비전 뉴스나 연속극 같은 데 멋지게 나오는 주말농장이라는 거, 그게 유행 바람을 타면서 도시 직장인들이 주말 농부가 된 것이지요. 거기다가 거의 모든 직장이 주 5일 근무를 하게 되니까 주말농장은 더 인기를 끌며 늘어나게 되고, 그러니 우리 일거리도 늘고, 그리 돌아가는 거지요."

"예, 주말농장 같은 건 참 좋은 세상 변화지요. 어른들은 들에 나가 직장 스트레스 풀어 좋고, 아이들은 자연 속에서 자연스럽게 자연 공부를 할 수 있어서 좋고, 무공해 농사 지어 깨끗한 먹거리를 장만하니까 가족 건강에 좋고, 좋은 게 한

두 가지가 아닙니다."

"아이구, 역시 선생님은 다르시군요. 그런 걸 척척 가르쳐주시니."

박대성과 이재균은 아주 호흡이 잘 맞는 대화자였다. 최윤섭의 엄마 아빠도 처음의 긴장감이나 거부감 같은 것이 많이 누그러져 두 사람의 이야기에 이끌려드는 기색이 보이고 있었다.

"그런데 저기 저 긴 칼은 어디다 쓰는 건가요? 옛날 무사들이 썼던 전통 칼 같은데요."

이재균이 화덕 옆에 기대놓은 긴 칼들을 가리켰다.

"아 예, 잘 보셨습니다. 우리나라 전통 칼들입니다. 저게 방송국에서 주문한 건데요, 곧 방송될 사극에서 쓸 칼들입니다."

"아아, 저런 칼들도 만드시는군요. 저런 건 길어서 만드는데 힘이 훨씬 더 들겠지요?"

"예, 저런 칼만이 아니라 옛날 병장기는 거의 다 만드는데, 길거나 크다고 해서 특별히 더 힘이 들지는 않습니다. 회칼이나 식당칼 들처럼 실제로 쓰는 게 아니니까요."

"그럼 방송국이 여럿이고, 사극 안 하는 방송국은 없으니 방송국 일도 적지 않겠는데요."

"그럼요. 여러 방송국에서 자주 찾아오고 있지요. 그런데 재미있는 것은 주부들이 찾아오는 겁니다."

"아니, 주부들이 왜……. 아, 요새 베란다 농사가 많이 보도되고 있던데, 그것 때문인가요?"

"그게 아니구요. 아파트를 남달리 꾸미기 위해서지요."

"아파트를요……?"

이재균은 선뜻 이해가 되지 않았다. 사극에 쓰는 칼과 달리 대장간과 주부와 아파트는 잘 연결이 되지 않았던 것이다.

"예, 주부들이 똑같은 모양새로 꾸며진 아파트에 사는 게 영 싫증이 났나 봐요. 몇 년 전부터 남과 다른 인테리어 바람이 불기 시작했어요. 베란다 끝에 울림 좋은 풍경을 단다거나, 독특한 모양의 촛대를 놓는다거나, 무쇠를 덩굴처럼 꼬아 화분 받침대를 만든다거나, 온갖 일거리들을 다 주문하는 겁니다."

"아니, 전에 만들던 것들과 전혀 다른 그런 것들도 만드십니까?"

이재균은 의아스럽게 물었다.

"그럼요. 쇠를 주물러 만드는 것이면 뭐든지 만들지요."

박대성은 빙긋이 웃으며 여유롭게 말했다. 그 소리 없는 웃음에는 평생 쇠를 다루어온 장인만의 자신감이 묵직했다.

"그런데 처음 만드는 물건을 어떻게……?"

262

이재균은 그게 이해가 되지 않았다. 더구나 다른 것도 아니고 쇠로 만들어야 하는 것이었다.

"예, 처음 만드는 물건이라도 실물을 볼 수 있으면 더욱 좋고, 그렇지 않으면 사진만 보아도 다 똑같이 만들어낼 수가 있습니다. 평생 쇠를 다루다 보니 쇠의 속살을 환히 알게 되고, 달구어진 쇠는 대장장이 손에는 밀가루 반죽과 같아서 늘이고 휘고 감고 접고 하는 게 마음먹은 대로 다 되니까요. 그런데 모양이 좀 복잡해서 한 번으로 잘 안 되는 것이 있을 수 있습니다. 그럴 때는 마음 놓고 한 번만 버리게 되면 그다음부터는 척척 잘되어갑니다."

"그럼 아버님께서 만들어낼 수 있는 철물 수는 무한정 많다는 것 아닙니까?" 이재균이 놀란 기색으로 물었고, "예, 뭐 그런 셈이지요", 박대성이 쑥스러운 듯 입을 훔치며 웃었다.

"혹시 저어……, 몇 년 전부터 옛날 것 복원도 많이 하고, 전국적으로 한옥 짓기 붐이 일고 있는데, 그런 데 사용되는 철물도 여러 가지가 있을 텐데, 무슨 관계를 맺고 계십니까?"

"역시 선생님은 모르시는 게 없으시군요. 예, 물론 그런 데 하고 다 줄이 닿고 있지요. 바로 문화재청이 제 단골이니까요. 창경궁, 경복궁, 숭례문 같은 고적들을 수리하거나 복원할 때마다 옛날 문고리나 돌쩌귀 같은 것을 만들어내느라 일손이 바빠지지요. 그리고 남산이나 전주의 한옥마을을 지을 때 모자라는 대로 다 제 손을 보태고는 했지요."

"아, 그러시군요. 아버님은 바로 인간문화재시로군요, 인간문화재!" 이재균은 감탄을 연발했고, "아닙니다, 아닙니다. 그저 그런 못난 솜씨로 그냥 먹고산 것뿐이지요", 박대성은 뒤로 물러서는 몸짓을 하며 두 손을 내저었다.

"그럼 일거리가 달려 일손을 놓고 쉬어야 하는 일 같은 건 없겠군요?"

"그러믄요. 늘 일거리가 넘쳐 일손이 모자라는 느낌으로 일하고 있지요. 제가 어렸을 때부터 좀 미련한 편이라서 이 일을 못 버렸던 것인데, 그 미련이 부조한 셈이 되었지요. 무슨 다른 일을 했어 봤자 이렇게 편안하게 살지는 못했을 테니까요."

"그럼요, 많은 사람들한테 필요한 물건들 생산해 내시고, 자식들 잘 키우면서 안락하게 살면 그보다 더 큰 행복은 없지요. 원무도 아주 착합니다. 다른 자제분들도 다 괜찮으시지요?"

"예, 첨에 공장 철물 쏟아져 나올 때 제일 근심 걱정했던 게 저 새끼들 제대로 먹이고, 제대로 가르쳐야 할 텐데 하는 것이었지요. 그런데 하늘이 보살펴셔서 위로 두 아들 대학 졸업

시켜 제 밥벌이들 잘하고 있고, 딸년 하나 대학 다니고 있고, 막내 원무 놈만 얼른 대학 졸업시키면 제 할 일 다 끝나는 거지요. 어쨌거나 속 썩인 자식이 없어서 천만다행, 천복을 누리고 있지요."

이재균은 그만 가슴이 뜨끔해졌다.

'아이고, 저 양반이 저 말을 해서는 안 되는데……'

속 썩인 자식이 없어서 천만다행, 천복을 누리고 있다는 말을 최윤섭의 엄마 아빠가 어떻게 받아들일지 신경이 쓰였던 것이다.

"아버님, 저어……, 이 물음은 큰 결례가 될 수도 있고……, 그렇다고 안 여쭤보자니 너무 궁금하고 해서 결례를 무릅쓰고 여쭤보려고 합니다. 널리 이해해 주십시오. 그렇게 흡족하게 행복을 느끼시도록 이 일을 하고 계신데, 그럼 수입은 얼마나 되시는지요."

이재균은 최윤섭의 엄마 아빠가 제일 궁금해할 것을 안면 몰수하고 물었다.

"선생님도 참, 그게 무슨 결례라고 그렇게 힘들게 말씀하세요. 세금쟁이 앞이라면 당연히 좀 속이고 줄이고 하겠지만, 선생님 앞이니 솔직하게 있는 그대로 말씀드리지요. 그러니까……, 한 해에 1억 원 정도는 저축할 수 있어요."

박대성이 그것을 묻는 선생의 속내를 다 짐작한다는 듯 의미 모호한 웃음을 지으며 이렇게 말했다.

'1억!'

이재균은 그야말로 '억' 소리가 나오는 충격을 받았다. 그리고 그 충격은 머리를 혼란스럽게 했다. '1억 원 정도를 저축'한다는 말뜻이 어지럽게 뒤엉키는 것이었다. '저축'은 분명 돈을 은행에 맡긴다는 뜻인데, 그게 쓰고 남은 돈을 맡긴다는 것인지, 1년 동안 번 것 전부를 말하는 것인지 헷갈리는 거였다. 그 이유야 명백했다. 생활하고 남은 돈이라면 대장간 규모와, 여섯 식구 대가족을 생각할 때 1억의 저축이란 어마어마하게 큰돈이었던 것이다. 그런 돈이 남아 저축한다면, 그럼 총수입은 얼마라는 것인가…….

"아버님, 그 1억이 생활을 다 하시고 남은 돈을 말하는 것인가요?"

"예, 그러믄요. 저축이잖아요, 저축."

박대성이 두 번 되풀이한 '저축'이라는 강조는, 이재균의 귀에는 '선생님이 놀라시는군요. 보기보다 수입이 좋습니다' 하는 말로 들렸다.

이재균은 소리 없이 긴 숨을 내쉬며 자신의 임무가 끝난 것을 느끼고 있었다. 자신이 이렇게 놀라움이 큰데 원무 아버지를 한껏 무시했던 최윤섭의 엄마는 얼마나 놀라고 있을 것인가. 최윤섭이네는 1년에 얼마나 저축하고 있을까…….

이재균은 최윤섭의 엄마를 한번 보고 싶었지만 마음과는 달리 고개가 돌아가지 않았다. 그는 굳이 여기까지 찾아온 보람을 느끼며, 어느 주간 신문사에서 개최하는 교육 문제 강연의 제목 하나를 떠올리고 있었다.

하고 싶은 일 해, 굶지 않아

"아버님께서는 여러모로 참 크게 성공하셨습니다."

이재균은 박대성에게 눈인사를 보내고 바닥에 남은 다디단 커피의 마지막 모금을 마셨다.

"아이고, 선생님께서 성공이라고 말씀하시니까 드리는 말씀인데, 제가 근년에 들어 '내가 참말로 성공했나 보다' 하는 황홀한 생각에 취해 살고 있습니다. 대학에서 학생들을 가르치고 있으니까요."

박대성은 부끄러움 타는 소년 같은 몸짓을 지으며 말했다.

"대학이오?"

이재균은 1억 때보다 훨씬 큰 충격으로 목소리까지 커지고 말았다.

"예, 충남 부여의 한국전통문화대학교에서 강의를 시작했습니다. 겨우 초등학교를 나왔을 뿐인 제가 대학생들을 가르치게 되다니, 이런 일을 꿈이나 꾸었겠습니까. 다 대장장이로 평생을 살아온 덕이지요. 저는 이제 더 바랄 게 없습니다."

박대성의 얼굴과 목소리에는 감격스러움과 자랑스러움이 함께 넘쳐나고 있었다.

"아, 정말 축하드립니다. 존함 그대로 '대성'하셨군요." 이재균이 작은 소리로 박수를 보냈고, "아이구, 만복이처럼 영 촌티 나는 이름이지요. 어쨌거나 자식들 앞에 떳떳하게 된 것이 큰 다행이지요", 박대성이 겸손하게 머리를 숙였다.

"저도 축하드립니다."

김선희가 처음으로 입을 열고 한 말이었다.

"예, 감사합니다."

박대성이 인사를 받았다.

"예, 저도 축하드립니다. 그런데 요새도 이 일에 관심을 갖는 대학생들이 있는 모양이지요?"

최윤섭의 아빠도 첫말을 이렇게 내놓았다.

"예, 인구가 많다 보니 그런 젊은이들도 더러 있지요. 그런 젊은이들 만나면 제가 알고 있는 모든 기술을 다 가르쳐주고 싶으니 그게 무슨 마음인지 모르겠어요. 그 옛날 제가 잘못하면 엄하게 꾸짖으며 가르치셨던 스승님의 마음을 이제사 알 것 같아요."

"연세도 드셨는데 이 일을 언제까지 하실 생각이세요?"

이재균은 이제 자신의 역할을 정리해야 될 때가 되었다고 생각하며 마무리 질문을 던졌다.

"글쎄요, 제가 올해로 예순인데, 요새 방송마다 아침저녁으로 떠들어대는 성인병도 하나도 없고, 아직 망치 들 기운도 팽팽하니 계속 일을 해야지요. 일을 해야 건강하고, 장수할 수 있다잖아요. 직장 생활하다 아직 늙지도 않은 나이에 명퇴당하는 사람들이 갑자기 이런저런 성인병에 걸리는 것도 다 일을 빼앗긴 스트레스와 갈 곳 없는 외로움 때문이라고 그러잖아요. 이 일은 평생 누구한테 이래라저래라 간섭받는 일 없고, 내가 일하고 싶을 때까지 일하고, 세상에 둘도 없이 좋은 직업이에요. 그리고 말이 나왔으니 하는 말인데, 술장사는 외상으로 망하고, 옷장사는 재고로 망한다고 하잖아요. 이 일은 외상도 없고, 재고도 없어요. 부지런하고, 솜씨만 좀 있으면 이 일은 굶을 일도 없고, 망할 일도 없는 일이에요. 그런데 사람 맘이라는 게 참 이상해요. 아까 더 바랄 게 없다고 했는데, 아주 솔직하게 말하자면 딱 하나 남은 욕심이 있어요. 아 글쎄, 제가 만들어낸 것들을 하나씩 차근차근 모아 대장간

박물관을 만들고 싶다니까요. 아이고, 제가 그만 기분이 붕 떠서 말이 너무 많아지고 말았는데, 선생님, 박물관 만들고 싶은 것은 제 분수 모르는 주제넘은 짓이지요?"

"아, 아닙니다. 박물관 만드는 것을 적극 환영합니다. 능력이 되시면 꼭 만드세요. 아버님께서 만들어내시는 모든 것들이 우리의 생활 문화재입니다. 그것이 공장에서 기계로 마구 찍어낸 것이 아니고 손으로 하나하나 두들겨서 만들어낸 수제품이기 때문에 그 수많은 담금질의 켜켜이에 아버님의 영혼이 아로새겨져 있어 그 자체로 예술품이고, 그래서 문화재의 가치가 충분합니다. 앞으로 100년, 200년 후에는 그 물건들이 오늘의 생활상을 보여주는 훌륭한 보물이 될 것입니다. 꼭 만드세요."

새 빛의 배움터

안중근 의사에게 피살된 초대 통감 이토 히로부미는 '일본인 300만 명을 이주시키면 한반도는 영원히 일본 땅이 될 것'이라고 호언장담했다. 그의 정치적 저돌성은 그런 계획을 강력하게 추진시킬 수도 있었다. 그래서 그는 안중근 의사의 저격 대상이 되었는지도 모른다. 결국 한반도에는 일제강점기가 닥쳤고, 일제는 자국민의 한반도 이주 정책을 적극적으로 펼쳤다. 그러나 여러 사정으로 300만 이주는 실패하고, 해방이 될 당시에 한반도에는 일본인이 80만 명쯤 거주하고 있었다. 그 36년 동안 우리 민족은 400여만 명이 죽어갔다. 일본인 한 사람이 우리나라 사람 다섯씩을 죽인 것이다. 그 당시 우리나라의 인구는 2천 500만쯤 되었다. 그 많은 인구가 겨우 80만 명에게 그 긴 세월 동안 지배당하면서 그렇게 많이 죽어갔다는 것은 역사적 의문일 수도 있고, 민족적 수치일 수도 있다. 그 의문을 풀고, 그 수치를 일소할 수 있는 방법이 있다. 힌트: 우리의 독립 투쟁사에서 그런 실천을 보여준 투쟁 단체가 있었다. 그 방법에 대하여 각자의 생각을 논술하라.

이재균은 이 문제를 칠판에 적고 돌아섰다. 학생들을 천천히 휘둘러보았다. 문제를 노트에 열심히 적고 있었지만 그 얼굴들은 하나같이 찌뿌드드하게 불만에 차 있었다.

'요놈들아, 싫어 죽겠지? 네놈들이 싫어할수록 나는 더 할 작정이다. 입에 쓴 약이 몸에 좋다고 하지 않더냐.'

이재균은 뒷짐을 지고 책상 사이를 느릿느릿 걸으며 학생들 글씨를 살펴나가고 있었다. 이미 문제가 되고 있는 것처럼 학생들의 글씨는 제대로 체가 잡히지 않고 제멋대로 삐뚤빼뚤 악필이었다. 컴퓨터 시대를 살아온 컴퓨터 세대의 숨길 수 없는 모습이었다. 컴퓨터 자판을 두들기는 시간이 많아지다 보니 글씨는 점점 나빠질 수밖에 없었다.

학생들이 문제를 거의 다 적은 것을 확인하고 이재균은 빠른 걸음으로 교탁 앞으로 갔다.

"여러분이 이런 문제를 아주 싫어한다는 것을 잘 안다. 그러나 역사 공부란 무조건 연대를 암기하는 것이 아니다. 역사 공부는 과거와의 대화인 동시에, 그 대화를 통해서 미래를 전망하는 것이다. 그래서 독립투사들 중에서 으뜸이신 단재 신채호 선생께서 '역사를 망각한 민족에게는 미래가 없다'고 설파하신 것이다. 따라서 그 두 가지 목적을 동시에 달성할 수 있는 가장 효과적인 방법이 바로 이런 문제를 계속 접하고 풀어가는 것이다. 그게 좀 힘들더라도 그 효과는 여러 가지로 크니까 피해서는 안 된다. 오지선다, 찍기를 능란하게 잘하려고 무조건 암기만 해대는 여러분들이 가장 허약한 것이 글쓰기이고, 가장 싫어하는 것이 논술 아닌가. 이런 문제를 손글씨로 써서 풀어가는 것은 그 효과가 아주 크다. 첫째 두뇌 개발과 발달을 촉진시키고, 둘째 컴퓨터 전자파 피해를 줄이고, 셋째 사고력을 심화 확장시키고, 넷째 문장력을 강화시키고, 다섯째 논리력을 증진시켜 준다. 국어 시간과 역사 시간에 이런 글쓰기를 하지 않으면 사고력에 균형이 깨져 불구가 된다. 여러분들의 평생 발전을 위해서 글을 일일이 다 읽어야 하는 귀찮음을 참아내는 선생님의 노고에 감사하며, 지금부터 열심히 쓰도록!"

이재균은 학생들을 둘러보며 빙긋이 웃고 있었다. '선생님의 노고에 감사하라'는 말에 글을 쓰는 척 고개를 숙인 학생들의 입술에 쓴웃음이 어리고 있는 것이 환히 보이기 때문이었다.

이재균은 수행평가로 이런 논술 쓰기를 수시로 실시했다. 그리고 밤잠을 줄여가며 빠짐없이 다 읽어 고쳐주고, 보충해 주며 채점을 했다. 그런 다음에 다시 나눠주고 점검하게 했다. 그런 공부가 조금이라도 암기 교육의 폐해를 극복하고 학생들이 한 걸음씩이라도 발전하게 된다고 믿기 때문이었다. 그리고 그건 사교육 학원 강사와 그 면모가 어떻게 다른지를 보여주는 것이기도 했다.

"이 선생, 나 좀 볼까요."

교무실로 돌아와 출석부를 꽂는데 교감이 불렀다.

"예, 무슨 일 있습니까?"

이재균은 교감에게 다가가며 물었다. 그 물음에는 '교감'이란 직책에 대한 불신감과 거부감이 서려 있었다. 교감이란 교장과 함께 학교라는 왕국의 최대 권력자였다. 그런데 어쩌면 교감은 교장보다도 더 기회주의자고, 순응주의자고, 추종주의자일 수 있었다. 왜냐하면 교장은 바라는 것을 다 이루었지만, 교감은 교장이 되어야 하는 욕망이 남아 있었기 때문이었다. 그래서 교장과 교감은 학교 안에서 가장 출세주의, 굴종주의, 권위주의, 무사안일주의, 반공주의 그리고 만년 여당을 고수하는지도 모를 일이었다. 그러한 보신주의는 상부의 눈치를 보며 출세를 위한 점수 관리에 급급하게 만들었고, 그건 바로 민주교육이나 교육개혁의 최대 걸림돌이 되고 있었다. 문제 많은 교육 현장의 이 모순을 이재균은 언제나 적대시하고 있었다.

"이 선생 선배 중에 애들을 셋이나 대안학교에 보내고, 그것과 연관해 교육개혁에 대해 책도 쓰신 분이 있었지요?"

교감이 어느 때 없이 친근한 기색으로 물었다.

"예, 허 교수님이시죠."

이재균은 허익 교수를 떠올리며, '교감이 어쩐 일이지?' 하며 의아스럽게 생각했다.

"그분을 좀 소개해 줄 수 있소?"

"예, 어렵지 않습니다만, 무슨 일 있으신가요?"

이재균은 교감을 유심히 쳐다보며 그 속을 짚어내려 했지만 직감으로 잡히는 것이 없었다.

"아, 다름이 아니고 내 고향 후배 중의 한 사람이 두 자식 교육 문제 때문에 아주 골치를 썩고 있어요. 딸인 큰애는 고2고, 아들인 작은애는 중3인데, 걔들이 둘 다 아주 문제예요. 학교가 지겨워 안 다니려고 하니까. 그래서, 그 사람 사업이 곧잘

돼서 미국으로 조기 유학을 보내려 하니까 그것도 싫다고 버
틴다는 거요. 그리되니 그 사람 세상 살맛을 잃어버렸어요.
그래서 생각다 못해서 나한테 연락이 왔어요. 무슨 방법이든
찾아 좀 도와달라고. 그래 아무리 생각해 봐도 낸들 뾰족한
무슨 수가 있겠소. 생각생각하다가 겨우 생각해 낸 게 그 허
교수님이었어요. 그런 애들에겐 대안학교밖에 길이 없는데,
그 문제라면 허 교수님이 큰 도움이 될 것 같아서요. 이게 다
우리 교육자들의 문제니까, 어떻게……, 번거롭더라도 좀 도
와줄 수 있겠소?"

교감은 아주 인간적인 웃음을 지으며, 그의 전용인 명령 투
가 아닌 사정 조로 말했다. 그의 그런 모습과 함께 '우리 교육
자들의 문제니까' 하는 말도 영 낯설게 느껴졌다. 그러나 그
'교육자들의 문제'로 도움을 청하는 것이 오랜만에 교육자답
기도 해서 반갑게 느껴지기도 했다.

"예, 교육자들의 문제라면 당연히 그렇게 해야지요."

이재균은 일부러 '교육자들의 문제'를 강조하며 요청을 받
아들였다.

"아, 고맙소. 최대한 빨리 만날 수 있도록 자리를 좀 마련해
주시오. 이쪽에선 어느 때나 좋으니까."

이재균은 바로 허익 선배한테 연락해 사흘 뒤로 시간을 잡

았다.

"알았어. 내가 자청한 일이잖아."

수고 좀 하셔야 되겠다는 이재균의 말에 허익 교수는 이렇게 대꾸했다. 그는 자신의 책을 읽고 자식의 교육 문제로 상담을 원하는 독자들을 피하지 않고 다 만났다. 그는 그 일을 '교육개혁의 씨 뿌리기'라고 이름 지어 불렀다.

"그럼 두 분께서 마음 편하게 말씀 나누시기 바랍니다."

이재균의 눈짓에 따라 교감도 자리에서 일어났다.

"제가 교감 선생님 말씀 듣고 교수님의 이 책을 사서 부랴부랴 다 읽었습니다. 자식 교육에 대한 여러 가지 좋은 말씀들 읽고 뒤늦게 많이 배우고, 많이 반성하고 했습니다. 그런데 제가 궁금해한 것이 끝까지 나오지 않아서……."

원경수는 못내 어려워하며 말을 해나가다가 이렇게 말끝을 흐렸다.

"예, 그게 무엇인지 편하게 말씀하십시오. 상담이란 모든 말을 솔직하게 털어놓아야만 좋은 결과를 얻을 수 있습니다. 어서 말씀하세요."

교수다운 풍모를 지닌 허익이 부드럽게 웃으며 말했다.

"예에……, 그게 다름이 아니라……, 교수님이라면 우리나라에서 더 올라가려야 올라갈 수 없는 최고의 지식인이고, 학생 때는 물론 최상위급에 들도록 공부를 잘하셨을 겁니다. 그런 교수님 자식들이 셋 다 정규학교를 그만두고 대안학교로 갔습니다. 그런 일을 당하시면서 교수님은 마음이……, 저어, 그러니까…….”

원경수는 허익의 눈치를 보며 말을 더 잇지 못했다.

“아니, 괜찮습니다. 제 눈치 보지 마시고 묻고 싶은 건 뭐든지 물으세요. 제가 그런 책을 세상에 내놓았을 때는 자식들의 교육 문제에 대해서 그 어떤 질문이든 다 받겠다는 뜻을 표현한 것입니다. 어서 말씀하세요.”

허익은 부드럽고 넉넉한 품으로 말했다.

“예에, 그러니까……, 남들 보기에 창피하고, 교수 체면 깎이는 것 같고, 자식 농사 다 망쳐 인생 실패한 것 같고…… 뭐, 그런 말할 수 없는 심정이……, 왜 내 자식들이 이 꼴인가 하는 마음이 안 드셨는지…….”

원경수는 조심조심 말을 해나가다가 결국 또 말끝을 어물거리고 말았다.

“예, 많은 분들이 그와 똑같은 질문을 해왔습니다. 그걸 아무 꾸밈 없이 한마디로 하자면 ‘당신은 자식들이 다 그 꼴이 됐는데 여러 가지 인간적인 고민이 없었느냐’ 하는 것이겠죠? 그런 게 왜 없었겠어요. 부모가 자식들이 잘 되기를 바라는 것은 밥 굶으면 배고프고, 잠 못 자면 졸리운 것과 똑같은 본능입니다. 그러나 부모와 자식은 절대 변할 수 없는 한 핏줄이되, 그 생명체로서의 존재는 완전히 별개의 독립체라는 사실을 잊어서는 안 됩니다. 개성도, 능력도, 성격도 다 다르다는 사실, 그래서 그들의 인생도 다 다르게 살아갈 수밖에 없다는 사실을 인식해야 하고, 인정해야 합니다. 그 다름에 대하여 우리 조상들은 일찍이 명언을 남기셨습니다. '자식은 겉을 낳지 속을 낳지 못한다.' 그런데 우리 사회의 수많은 부모들이 그 다름을 받아들여 자식과 나를 분리하지 못하고 동일시하기 때문에 숱한 문제들이 발생하는 것입니다. 저와 아내는 속칭 일류 대학을 나왔습니다. 그래서 애들도 우리 닮았겠거니 했습니다. 그런데 커가면서 학교에 다닐수록 그게 아니었습니다. 그래서 우리 부부는 처음엔 당황스러웠고, 그다음에 재빠르게 상황을 정리하기 시작했습니다. 다시 말하면 '우리는 우리고, 자식은 자식이다' 하는 그 다름을 받아들이기로 마음을 작정한 것입니다. '이 세상에 할 일은 많다. 그 무엇이든 하고 싶은 일을 할 수 있도록 능력을 키워주자. 제가 하고 싶은 일을 즐겁게 하고, 행복하다면 그게 성공한 인생이다. 이 세상 모든 직업은 성심껏 하면 굶지 않게 해준다.' 우리 부부는 이렇게 마음을 정리하고 자식들 문제를 풀어가기 시작했습니다. 그러니 본인들이 원하는 대안학교도 쉽게 보낼 수 있었던 것이지요."

"아하, 그렇게 마음먹을 수 있다니, 참 믿어지지가 않습니다. 어떻게 해야 자기 마음을 딱 그렇게 붙들어 잡을 수 있는 것인지 도무지 알 수가 없습니다."

원경수는 두 손을 맞잡아 쓸고, 맞부비고 하면서 말처럼 불안정한 모습을 보였다. 마음속의 갈등이 그대로 드러나고 있었다.

"처음엔 누구나 다 그게 어렵습니다. 특히 우리나라 부모들 대부분은 자기와 자식들을 분리하고, 독립시키질 않고 자기와 동일시하고 있습니다. 이것이 가정 비극의 씨고, 뿌리입니다. 그 동일시로 인해 자식의 출세가 자기의 출세가 되고, 자식의 성공이 자기의 성공이 됩니다. 그런 비이성적 사고방식이 자식에게 집착하게 만들고, 그 집착이 자식이 1등 하기를 바라 자나깨나 공부를 닦달하게 되고, 그러다 보니 공부에 별 흥미가 없는 애들은 문제아로 몰리며 별의별 일들이 다 생기게 되는 것 아닙니까. 이 세상에 어려운 일이 한두 가지가 아니지만, 가장 어려운 일이 자기를 객관화하는 것이라고 합니다. 자식과 나를 분리시켜 생각하는 것, 그것부터가 자기를 객관화하는 일입니다. 그것부터 실행이 되도록 노력하고, 연습해야 합니다."

"자기 객관화……, 자기 객관화……", 고개를 갸웃갸웃하며 중얼거리던 원경수는, "솔직히 말씀드리면 저는 돈만 버느라고 정신없이 살다 보니 책도 읽을 새도 없고 해서 대학을 나왔어도 자기 객관화 같은 말이 무슨 뜻인지 딱 잡히질 않습니다. 그나저나 교수님께서는 대안학교를 다닌 세 자식에 대해 만족하십니까?" 답답한 속을 터뜨려놓듯 말했다.

"예, 그 만족하냐, 안 하냐 그런 식으로 말하는 것이 나와 자식을 동일시하는 대표적인 관점입니다. 자기 객관화는 그 동일시에서 나를 분리시키는 것입니다. 다시 말하면 세 자식이 대안학교를 다니고, 각자 자기의 길을 선택한 것에 대한 만족이나 불만족은 그들 자신이 따질 문제지 내 문제는 아닌 것입니다. 그들은 그들 스스로의 인생을 자기들이 좋은 것으로 선택하고, 자기들의 노력으로 개척해 나아가고 있기 때문에 저는 그저 부모로서 잘 해가기를 바라며 지켜보고 있습니다. 그리고 애들이 열심히 하고, 재미있어 하고, 행복을 느끼고 있으니까 참 다행이고, 고맙게 생각하고 있지요. 모든 부모는 자신의 욕망을 자식에게 족쇄로 채워서는 안 됩니다. 만약 저의 아내가 다른 엄마들처럼 애들에게 '너희들도 아빠처럼 교수가 되라'고 강압하면서 공부를 닦달하고, 사교육으로 내몰고 했더라면 어찌 되었을까를 생각하면, 상상만으로도 끔찍합니다. 애들은 애들대로 비틀리고 엇나가고, 교수 월급은 학원비로 탕진되고, 엄마는 분해서 제정신이 아니고, 집안이 완전히 지옥이 될 뻔했어요. 열 번 생각해도 애들 뜻 잘 따랐던 거지요. 그래서 가끔 가족 여행도 가고, 함께 웃을 수 있는 가정이 된 겁니다."

허익 교수의 얼굴에는 정말 행복해하는 웃음이 가득 담겨 있었다.

"저어……, 죄송하지만 세 아이들은 무엇을 하는지요?"

원경수는 또 조심스럽게 물었다.

"예, 대안학교에서 학생들의 자활과 자립을 돕고, 학교 운영에도 보탬이 되도록 여러 가지 수익성 공장을 운영하고 있어요. 거기서 우리 큰아들은 유기농 재배술을 익혀 농부의 길을 가고 있고, 딸은 요리사 자격증을 따 큰 호텔에 취직했고, 작은아들은 목공방에서 온갖 것을 다 만들어내는 솜씨를 자랑하고 있어요. 다들 건강하고 씩씩하게 잘하고 있어서 천복이지요."

허익 교수는 또 넉넉하고 편안한 웃음을 웃었다.

"참, 도인이 따로 없으십니다. 자식들 문제를 그렇게 욕심 없이 대하실 수 있다니." 원경수는 여전히 믿기 어려운 듯 고개를 갸웃거리며 혼잣말하듯 하더니, "교수님, 저도 애들을 대안학교로 보내야 할까요?", 그는 간절한 눈으로 허익을 쳐다보았다.

"글쎄요, 애들이 성적만 중시하고 경쟁만 부추기는 일반학교에 염증을 느끼고, 더 다니고 싶어하지 않으면 어쩌겠습니까. 공부란 그게 재미가 있어서 자꾸 하고 싶어지는 사람만 열심히 하면 되는 것이지, 공부가 적성에 맞지 않는 사람들까지 죽자 사자 매달릴 필요는 없는 일입니다. 인생살이에서 공부란 취지에 따라, 필요에 따라 적당하고 알맞게 하면 되는 것입니다. 그런데 우리나라는 무한 경쟁이라는 황당한 깃발을 내걸어놓고 서로 1등 하겠다고 혈안이 되어 교육 광풍을 일으키고 있지 않습니까. 어리석기 짝이 없는 체력 낭비고, 금력 낭비고, 국력 낭비고, 인생 낭비입니다. 아이들의 인생은 아이들이 주인이고, 주인공입니다. 그들이 싫어하는 일을 강요하지 말고, 그들이 좋아하는 길로 가도록 도와주십시오. 그게 부모의 참된 역할입니다. 해마다 일반학교의 자퇴생들이 7만여 명입니다. 그리고 몇 년 사이에 대안학교가 300여 개로 급증하고 있습니다. 그건 개성을 무시하고 성적만 중시하는 공교육의 실패를 입증하는 동시에, 대안학교가 그야말로 교육 문제를 풀 수 있는 하나의 '대안'이라는 사실을 입증하는 것입니다. 저는 대안학교를 권하고 싶습니다."

"그럼……, 혹시 교수님께서 소개해 주실 수 있으신지요?"

"예, 원하시면 저희 애들이 다녔던 학교를 소개해 드리지요."

"아이고 감사합니다, 교수님!"

원경수는 안도하는 마음을 드러내며 큰절하듯 고개를 깊이 숙였다.

"자아, 여러분! 여러분의 새 친구 원명준 군을 소개합니다. 여러분들이 전부 그랬듯 원명준 군도 일반학교를 떠나 새 보금자리를 찾으려고 우리 대안학교에 왔습니다. 여러분들이 처음에 낯설고 두렵고 그랬던 것처럼 원명준 군도 지금 똑같은 처지입니다. 그러나 여러분, 우리 대안학교에는 학교 폭력도 왕따도 전혀 없고, 서로서로 돕고 감싸면서 정답게 사는 지상 최고의 천국이라는 것을 원명준 군에게 보여주기 바랍니다. 여러분, 그렇게 할 수 있지요?"

젊은 남자 선생이 밝게 웃는 얼굴로 학생들에게 물었다.

"예에—."

학생들이 해맑은 소리로 합창했다.

"자아, 원명준, 친구들의 약속 들었지? 긴장하지 말고, 아무 신경도 쓰지 말고, 편안한 마음으로 새 친구들한테 인사해."

선생님이 원명준의 머리를 쓰다듬으며 말했다.

"안녕하세요, 원명준입니다. 잘 부탁드리……."

고개를 똑바로 들지 못한 채 움츠린 양쪽 어깨가 솟도록 긴장한 원명준의 말끝은 흐려져 들리지 않았다.

"박수우!"

선생님의 박수를 따라 학생들 모두가 힘차게 박수를 쳤다.

"자아, 원명준의 짝은 우리의 원칙대로 여기 생활이 가장 짧은 유지원으로 한다. 유지원, 네가 처음 왔을 때를 생각해서 모든 걸 친절하게 잘 가르쳐줄 수 있지?" 선생님이 유지원에게 눈길을 보내며 말했고, "네에, 잘 하겠습니다", 유지원이 발딱 일어서며 활기차게 대답했다. 그런 유지원은 학교 폭력 피해를 당하고 있던 친구 서주상과 헤어질 때의 모습이 아니었다. 그때 얼굴에 서려 있었던 침울했던 기색은 말끔히 걷히고 없었다.

"어서 와. 나 유지원이야." 밝은 웃음으로 원명준을 맞이하며 유지원은 악수를 청했고, "응, 고마워. 나 원명준이야", 원명준이 유지원의 손을 잡으며 조심스럽게 말했다.

"긴장하지 말고 마음 푹 놔. 여기 애들은 남학생이고 여학생이고 정말 다 좋아. 나도 여기 온 지 몇 달 안 돼. 공부밖에 모르는 엄마한테 질리고, 엄마하고 똑같은 학교에 질리고 그래서 엄마 없는 이곳으로 오게 된 거야. 넌?"

유지원은 자신이 여기 오게 된 사연을 한달음에 털어놓으
며 마음의 문을 활짝 열었다. 그것은 자신이 처음 왔을 때 짝
이 되어준 김병학이 가르쳐준 방법이었다. 그리고 그건 이 대
안학교의 '새맞이 원칙'이었다. 상대방이 마음을 열게 하려면
내 마음부터 솔직하게 열어라 하는 가르침이었다.

"그랬구나! 어쩌면 그렇게 나하고 똑같니. 나는 집에서도,
학교에서도 숨이 막혀 죽을 것만 같았어. 여기 오지 않았더
라면 무슨 일 저질렀을 거야. 여기가 좀 겁나긴 하지만, 그래
도 집 떠나니깐 살 것 같애."

원명준도 약간 웃는 듯한 얼굴로 자기 사연을 솔직하게 털
어놓았다.

"그래, 차차 알게 되겠지만 여긴 정말 좋아. 공부는 일반학
교와 똑같이 하는데도 성적을 안 따지고, 무엇을 무조건 시
키는 게 아니라 학생들이 자유롭게 토의하고 의논해서 결정
해. 그리고 더 기막힌 게 있지. 도시에서는 전혀 느낄 수 없었
던 대자연의 아름다움과 신비가 있어."

유지원이 신명나게 말했다.

"참 다행이다. 많이 걱정했는데. 우리 누나도 지금쯤 안심하
고 있겠구나."

원명준이 좀 더 편안해진 얼굴로 중얼거리듯 말했다.

"누나……?"

"응, 누나도 함께 전학했거든."

"몇 학년?"

"고2."

"잘됐다. 그럼 넌 하나도 외로울 것 없잖아. 누나하고는 사이좋지?"

"그저 보통."

"여기 왔으니까 이젠 아주 좋아질 거야. 서로 의지하게 되니까."

"근데……, 넌 아주 좋아 보인다."

부럽다는 듯 원명준이 유지원을 말끄러미 쳐다보았다.

"응, 너도 곧 그렇게 될 거야. 아무 간섭도 받지 않고, 내가 하고 싶은 일을 자유롭게 하고, 이 공기 좋은 자연 속에서 신나게 놀면서 구경하고, 행복하지 않을 수가 없어. 너도 며칠만 생활해 보면 확실히 느낄 수 있으니까 부러워할 것 없이 기다려봐. 야, 선생님 들어오셨다."

유지원이 말을 끊으며 앉음새를 바로잡았다.

"자아, 오늘은 지난 시간에 예고한 대로, 세종대왕께서 만약 한글을 창제하지 않으셨다면 오늘날 우리는 어떤 상황에

처해 있을까 하는 점에 대한 토론 수업입니다. 지금부터 여러분이 자유롭게 자기들 의견을 제시하고, 그 의견에 대한 반대 의견도 활발하게 제시하여 다양한 생각들이 여러분의 사고력과 논리력을 향상시키는 계기가 되기 바랍니다.”

국어 선생이 수업 방향을 제시해 주었다.

잠시 침묵하다가 한 학생이 손을 번쩍 들었다. 선생님이 손가락으로 지적하며 발언권을 주었다.

“세종대왕께서 한글을 창제하지 않았다면 우리는 지금 그 복잡하고 어려운 한문을 배우느라고 골 빠개지는 고생들 하고 있을 것입니다.”

“예, 아주 정확하게 지적했습니다. 그러나 이 학생의 발언에서는 꼭 고쳐야 할 점이 있습니다. 그것이 무엇이냐 하면, 친구들끼리 사적으로 얘기할 때는 별 문제가 안 되겠지만 이런 공식 석상에서는 절대 사용해서는 안 되는 비속어, 즉 ‘골이 빠개지는’ 같은 말을 써서는 안 됩니다. 그것은 자기 자신의 인품과 교양을 낮추는 것인 동시에 듣는 사람들의 인격까지 모독하는 행위가 될 수 있습니다. 이런 실수는 누구나 저지를 수 있으므로 여러분 모두가 기억하기 바랍니다.”

선생님이 언어 순화에 대한 지도를 했다.

“예, 한문 공부하느라 애는 애대로 먹으면서, 중국 사람들한테 아주 무시당했을 것입니다. 자기 글자도 없는 것들이라고 말입니다."

"예, 그 지적 또한 아주 좋습니다."

선생님이 또 호평을 해주었다.

"예, 그뿐만 아니라 중국 사람들은 우리나라 전체를 자기네 땅이라고 억지소리를 해댈 수도 있습니다. 동북공정을 해서 우리의 고구려나 발해의 역사까지도 자기네 중국 역사라고 억지 소리를 해대는 것을 보십시오."

"예, 아주 기발한 상상력입니다. 동북공정을 이해하고 있고, 그것을 이 문제에 연결시켜 생각을 확대하는 것은 아주 창의적인 발상입니다."

선생님이 높은 평가를 해주었다.

"그런데 이런 생각도 듭니다. 우리가 한문을 썼더라면 중국과 훨씬 더 가까워져서 경제 발전에 더 많이 도움이 되지 않았을까 하는 점입니다."

"아, 그런 가능성도 생각할 수 있는 문제입니다. 우리 현실과 직결되는 그런 상상도 의미 있습니다."

선생님은 생각마다 긍정적 요소를 찾아내려 하고 있었다.

"우리의 한글이 없이 지금까지 한문을 써왔다면 우리는 당당하게 독립국가라고 할 수가 없었을 것 같습니다. 옛날에 중국에 조공을 바쳤던 때처럼 속국 비슷한 취급을 당하는……, 그러니까 뭐랄까, 저어……, 전부는 아니고 반쪽이나, 그 반쪽이 식민지 같은 상태……, 제가 무식해서 그런 걸 뭐라고 부르는지 잘 모르겠는데……, 무슨 식민지 같은 취급을 당했을 것 같습니다. 그런 비참한 상태를 완전히 벗어나 당당한 독립국가로 폼 잡게 해준 것이 한글이고, 그런 한글을 만들어주신 세종대왕님의 위대한 업적에 우리는 두고두고 감사해야 할 것입니다."

"아, 오늘의 최고의 논리적 의견입니다. 우리 다같이 유지원 군에게 축하의 박수를 보내줍시다."

선생님을 따라 학생들 전체가 박수를 치기 시작했다. 유서 아닌 유서를 그렇게 길게 썼던 유지원은 그 저력을 유감없이 발휘하고 있었던 것이다. 학생들의 열렬한 박수 소리가 잦아들자 유지원의 앞뒤에 앉은 아이들이 홈런 타자에게 보내는 축하처럼 유지원의 머리에 꿀밤을 먹여댔다. 선생님은 아이들의 그런 장난을 바라보며 꾸짖지 않고 행복한 얼굴로 웃고 있었다. 그게 대안학교만의 분위기였다.

"여러분, 아까 지원 군이 이름 붙이지 못했던, '무슨 식민지 같은 취급을 당하는 것', 그것에 대해 어떤 명칭이 있어야 하는데, 뭐라고 하면 좋을까요?"

선생님이 왼쪽에서부터 오른쪽으로 천천히 눈길을 돌렸다. 학생들은 깊은 침묵으로 잠겨들었다.

"그건 영토를 빼앗긴 것은 아니고 문자를 통해 정신을 점령 당하거나 빼앗기는 상태가 되니까 그걸 '문화식민지'라고 하는 겁니다. 문·화·식·민·지!"

선생님은 학생들의 머릿속에 새겨넣듯이 한 자, 한 자씩 또박또박 발음했다.

"히야, 이런 식으로 수업을 하는구나. 일반학교하고는 완전 딴판이잖아!"

수업이 끝나자마자 원명준이 감탄했다.

"느낌이 어떠냐?"

유지원이 정답게 웃으며 물었다.

"이건 완전 딴 세상이고, 완전 대박이다. 이런 수업이라면 나도 공부할 마음이 생기겠다. 쌤이 설명하는 것이 아니고 아이들이 의견 발표를 하니까 머리에 훨씬 더 잘 들어오고."

처음과는 딴판으로 원명준의 얼굴에는 생기가 돌고 있었다.

"그럼 됐어. 넌 여기 온 효과를 벌써부터 보기 시작한 거야."

"야, 근데 넌 어떻게 그런 끝내주는 생각을 해낼 수 있는 거냐? 무슨 특별한 방법이 있어?"

"방법은 무슨. 나는 책 읽는 걸 아주 좋아하거든. 계속 책을 읽다 보면 그런 생각이 필요할 때는 나도 모르게 저절로 떠올라."

"책을 많이 읽어……?"

원명준은 멈칫 기가 죽었다. 자신은 책 읽는 것을 즐겨 하지 않았던 것이다. 스마트폰의 게임 맛에 홀려 책에 눈길이 가지 않았다. 그런 속내를 들킬까 겁내며, 유지원의 친구가 되려면 죽으나 사나 책을 읽는 시늉이라도 해야 할 판이라고 생각했다.

"여기가 또 한 가지 좋은 건 말야 책을 맘껏 읽을 수 있다는 거야. 난 집에서는 읽고 싶은 책을 거의 다 못 읽었거든. 우리 엄마가 공부에 방해된다고 철저히 막았으니까. 근데 여기서는 모든 과목 선생님들이 다 똑같이 독서, 독서를 권장해. '책 속에 길이 있다' 하시면서. 그 말을 입증해 준 게 그 유명한 IT의 왕자 빌 게이츠잖아. 빌 게이츠는 어느 고등학교 강연에서 '하버드대학교 졸업장보다 독서하는 습관이 더 중요하다. 내 성공의 비결은 어린 시절부터 길러온 독서 습관이었다'고 말했거든. 여기 도서관에는 좋은 책들이 아주 많아서 난 밤에는 거의 책을 읽으면서 보내."

"무슨 책들을 읽는데?"

"문학 책부터 시작해서 그때그때 읽고 싶은 책들이 생각나거나 눈에 띌 때마다 읽어. 읽다 보면 읽고 싶은 책들이 자꾸 연결이 되거든."

"나도 빨리 그런 습관이 들어야 할 텐데……."

원명준은 시무룩하게 중얼거렸다.

"망설이면 안 돼. 무슨 책이든지 딱 들고 읽기 시작해야 돼. 열 권, 스무 권까지가 고비야. 그걸 넘기면 재미가 붙어. 스마트폰 재미에 빠지는 것처럼."

유지원은 원명준의 마음속을 환히 들여다보고 있는 것처럼 말했다.

"알았어. 도서관에 갈 때 나 좀 데려가줘."

"그래. 책을 읽을수록 공부도 잘 돼. 집중력이 자꾸 길러지거든."

"넌 꼭 어른 같으다."

"피이, 너도 곧 변할 거야."

둘은 마주 보며 정겹게 웃었다.

점심시간이 되기 전까지 원명준은 반 아이들과 다 악수를 나누었다. 아이들이 먼저 다가와 인사를 청했던 것이다. 그것도 이 대안학교의 전통이었다.

"이 식당에서 나오는 채소는 거의 다 우리 선생님들과 학생들이 농사 지은 것들이야."

유지원이 식당으로 가며 설명했다.

"뭐, 농사를 지어?"

원명준의 눈이 휘둥그레졌다.

"왜 그리 놀래? 농사는 농부만 짓는 것인 줄 아니? 농사 짓는 게 얼마나 재미있다고."

유지원이 능청스럽게 웃고 있었다.

"재미있어?"

원명준은 믿지 못하겠다는 반응이었다.

"사람들이 도시로 많이 떠나서 학교 근방에 빈 땅이 많거든. 그 밭들을 반별로 나눠 텃밭 농사를 짓는 거야. 그건 단순히 채소 먹거리를 장만하기 위해서가 아니야. 그것도 엄연히 공부지."

"공부?"

"응, 유기농 농사를 짓는, 유기농법 공부. 그다음에 부수입으로 얻는 게 먹거리야."

"근데 공부는 언제 하고 농사는 언제 지어?"

"농사라는 게 날마다, 하루 종일 일을 하는 게 아니야. 방과 후에 잠깐씩 하고, 토요일 일요일에 좀 더 많이 하고 하면 채소들은 쑥쑥 잘 자라. 내가 기르는 게 싱싱하게 잘 자라는 걸 보면 얼마나 재미있는지 몰라. 도시에서는 전혀 맛보지 못할 재미야."

"그렇지. 도시야 아스팔트뿐인걸. 그 채소 음식은 맛이 있어?"

"열 배, 백 배! 무공해 유기농에다가, 싱싱하고, 우리 손수 키운 거잖아."

"응, 그 기분 알 것도 같으다."

원명준이 고개를 끄덕였다.

맛있는 음식 냄새 가득한 식당에는 학생들의 활기가 넘치고 있었다.

원명준은 연방 맛있다고 해가며 집 생각도 잊은 듯 잘 먹고 있었다. 그런 원명준을 보며 유지원은 안심하고 있었다. 그가 이곳을 마음에 들어하고 있다는 것을 어느 만큼 확실하게 느낄 수 있었던 것이다.

"저기는 여러 가지 물건들을 만들어내는 공장이야."

"공장?"

원명준은 유지원을 뒤따라 학교 구경을 하며 또 의아해졌다.

"응, 비누, 양초, 목공, 된장, 간장, 식초, 한지 같은 것을 만드는 교육장이야."

"교육장……?"

"그렇지. 대학 진학을 할 필요가 없이 사회에 진출할 학생들에게 그런 기술을 가르치는 실습장."

"그런 애들이 많아?"

"그럼. 절반이 훨씬 더 되는 것 같아. 나를 포함해서."

"너를 포함해서?"

원명준은 놀란 얼굴이 되었다.

"응. 나는 여기 올 때까지만 해도 그저 막연하게 대학은 가야 된다고 생각하고 있었어. 그런데 여기 와서 대학을 접었어. 대학을 안 가고도 살아갈 수 있는 일이 있으니까."

"그 일을 벌써 확실하게 정했다구?"

"아니, 아직 확정은 아니고, 대학 안 가는 것만큼은 확실해."

"너는 정말 꼭 어른 같으다. 어떻게 그렇게 딱딱 정할 수가 있는 거니."

"그거, 너도 여기서 몇 달 살면서 네 인생에 대해 곰곰이 생각해 보고, 마음에 드는 선생님께 상담도 하고 하면 그런 결정을 할 수 있게 돼. 아무 걱정 하지 말어. 여기는 이상한 곳이야. 자기 일을 자기 스스로 결정할 수 있게 해주는 곳이거든."

"그건 또 무슨 소리냐. 근데 넌 저기서 무슨 일을 배워?"

"배우는 것 없어. 난 딴 일을 생각하고 있으니까."

"그게 뭔데?"

"아까 말했잖아. 아직 확정은 아니라고. 차차 말해 줄게. 근데 말야, 저 공장에서 학비를 벌기 위해 일하는 애들도 있어."

"학비? 그게 무슨 소리야?"

"응, 우리 대안학교 학비가 일반학교보다 훨씬 비싸잖아. 먹여주고, 재워주고 하기 때문에 한 달에 50만 원씩이니까. 그치만 다른 이름난 외고들에 비하면 또 제일 싼 편이고. 그런데 그 학비를 다 못 내는 학생들이 있어. 그 학생들은 저 공장에서 일해서 받은 돈으로 학비에 충당해. 자기 인생을 자기가 책임지고, 당당하게 노동하는 가치가 얼마나 값지고 소중한지를 가르치는 교육이래. 자립심과 독립심을 키우는 교육! 어때, 좋지 않니?"

"음……, 여기는 하여튼 딴 세상이야."

원명준은 무슨 생각엔가 잠긴 얼굴로 말했다.

"야, 무슨 골치 아픈 생각 하지 말고 저 아름다운 단풍을 좀 봐라. 지금은 잎이 많이 떨어져 한물이 가고 있는데, 열흘 전까지만 해도 사방 산들이 온통 단풍으로 물든 그 아름다운 경치가 기가 막혔지. 도시에서는 전혀 구경할 수 없는 이런 아름다움 속에 묻혀 있다는 게 여기 사는 행복이고, 행운이야. 나는 여기 온 다음부터 내가 새로 태어난 기분이야."

유지원은 두 팔을 쭉 뻗쳐 올려 심호흡을 하며 단풍으로 물들어 있는 먼 산들을 바라보았다. 도시가 멀어 공기가 맑아서 그런지 단풍 색깔들이 유난히 선명하고도 고왔다. 그 아름다움은 꽃들과 경쟁해도 지지 않을 것만 같았다. 산의 흐름을 따라 끝없이 펼쳐진 단풍의 바다는 또 하나의 넓고 넓은 꽃밭이었다.

"야, 너는 어찌 그렇게 멋진 말들을 술술 잘하냐?"

원명준은 유지원을 쳐다보며 고개를 갸웃거렸다.

"그야 책을 읽은 덕이지."

유지원이 서슴지 않고 말했다.

"책이 그렇게 효과가 있어?"

"그럼. 책은 선생님 중에 선생님, 최고의 선생님이거든. 알고 싶은 모든 걸 척척 해결해 주잖아. 그리고 또 새롭게 알고 싶은 걸 생각나게 해주고."

"넌 참 나하고 많이 다르구나. 그런 걸 다 알고 있으니. 네 앞에서 내가 꼭 멍청이 같다는 생각이 든다."

"그게 무슨 소리야. 너 말야, 그런 사실을 깨달은 게 중요해. 그런 생각을 정복해 버리려면 지금부터 책을 읽으면 돼. 너하고 나하고의 차이는 책 몇 십 권을 읽고, 안 읽고의 차이야. 그런 차이는 금방 해소될 수 있어. 명준아, 지금부터 나하고 책을 읽자."

유지원이 기운차게 말하며 원명준의 손을 잡았다.

"고마워. 날 무시하지 않고 친구로 대해줘서."

"그게 무슨 소리야. 이 세상에 무시할 사람이 어딨어. 사람은 서로 좀 차이가 날 뿐이고, 능력이 다를 뿐이지 인권은 다 똑같이 평등이야. 무시할 사람이 하나도 없다구. 이것도 여기 와서 확실해진 생각이야. 철학 시간에 배웠거든."

"철학?"

"응, 놀라지 말아. 여기선 철학도 가르쳐. 아주 재미있어."

"여긴 참 이상한 곳이구나……."

원명준은 그 얼굴에 많은 생각을 담고 있는 것 같았다. 유지원은 원명준이 여기에 잘 왔다고 생각하는 것 같은 느낌을 받았다.

"이따가 말야, 여기에 온 최고의 밤선물을 받게 될 거야." 유지원이 교실 쪽으로 발길을 돌리며 말했고, "밤선물?" 원명준이 궁금해하는 눈길로 되물었고, "응, 비밀. 몰라야 감동이 크니까", 유지원이 눈을 찡끗했다.

'쟤는 어렵고 유식한 말을 참 많이 쓰는구나. 저것도 책을 많이 읽은 덕이겠지? 나도 빨리 쟤처럼 돼야지.'

원명준은 아무도 모르게 새로운 결심을 하고 있었다. 여기 와서 일어난 첫 번째 변화였다. 누나도 이런 변화를 겪고 있는지 궁금했다.

유지원은 약속대로 밤 10시에 원명준의 방으로 갔다. 거기
에는 저녁 식사가 끝나고 인사를 나눈 원명준의 누나 원누리
도 와 있었다.

"넌 그렇게 독서광이래며?"

원누리가 호기심 어린 얼굴로 물었다.

"아니요. 광은 아니구요, 조금 읽고 있는 편이에요."

유지원이 쑥스러워하며 대답했다.

"어머, 애 겸손해하는 것 좀 봐. 징그럽게." 원누리가 '징그럽
게'라는 말에 맞추어 과장되게 떠는 몸짓을 하고는, "얘, 너도
명준이처럼 말 편하게 해. 동생 친구는 동생이잖아. 니가 존
대를 쓰니까 내가 늙은 것 같고, 이상해, 얘", 그녀는 눈을 흘
기며 정답게 웃었다.

"그래도 괜찮으면 그렇게 할게요."

유지원도 정다운 웃음을 보내며 말했다.

"그래, 그래야 친해지지. 근데 밤선물이란 게 뭐야? 여기 시
골 귀신?"

원누리가 장난스럽게 웃었다.

"나가요, 지금 바로 볼 수 있어요." 유지원이 나가자는 손짓
을 했고, "에게, 또 존대 쓰네?", 원누리가 군밤 먹이는 시늉을

했다.

"저 하늘을 좀 봐!"

기숙사를 나서자마자 유지원이 말했다.

"우와아……, 저게 뭐야!" 원명준이 토해낸 감탄이었고, "어머나, 어머나! 저게……, 저게 다 별이잖아! 세상에……, 세상에……, 어쩜 저럴 수가……", 원누리는 동생보다도 더 감동해 두 손을 모아 잡고 말을 잇지 못하고 있었다.

어두운 밤하늘에는 헤아릴 수 없이 많은 별들이 반짝이고 있었다. 그 많고 많은 별들은 하나같이 맑고 또렷한 빛으로 반짝거리며 빛나고 있었다. 하늘을 가득 채운 그 아름다운 빛의 향연은 끝없는 신비를 자아내는가 하면, 이상하게 마음을 슬프게 하는 것 같기도 했고, 막연한 그리움으로 가슴이 먹먹해지는 것 같기도 했다. 말이 막히고 숨마저 막히게 하는 그 찬란한 아름다움은 볼수록 황홀하고 환상적이었다.

"아아, 이렇게 기막힌 밤하늘은 내 생전 첨 본다. 난 밤하늘이 이렇게 아름다운지 모르고 살았어. 18년이나 사는 동안나는 밤하늘은 그냥 캄캄하기만 한 줄 알았지 뭐냐."

원누리가 하늘을 올려다본 채 탄식처럼 말했다.

"어디 누나만 그래? 나도 그렇고, 도시에 사는 사람들 다 그렇지."

원명준도 하늘을 올려다본 채 투덜거렸다.

"세상에, 서울 하늘에는 별이 전혀 안 보이잖아. 참 기막혀, 서울 하늘은 왜 그 모양인 거냐." 원누리가 어이없다는 헛웃음을 흘렸고, "두 가지예요. 공해가 끼어 하늘이 탁해진 데다가, 도시 불빛이 밝아서 별빛을 다 차단해 버리는 까닭이에요", 유지원이 여전히 존대를 썼고, "어머 애, 넌 어떻게 그렇게 꼭 전문가처럼 말하니?", 원누리가 놀랐고, "내가 말했잖아. 책을 많이 읽어 꼭 어른처럼 말한다고", 원명준이 끼어들었고, "글쿠나. 넌 아주 매력쟁이구나", 원누리가 하늘을 올려다보고 있던 고개를 돌려 유지원을 새삼스럽게 쳐다보았다.

"야, 이 밤선물은 정말 최고 선물이다. 나도 여기가 완전 좋아졌다."

원명준이 여전히 하늘을 올려다본 채 감탄하고 있었다.

"그래, 이건 정말 기막힌 선물이다. 그동안 별이 빛나는 밤하늘을 보고 '보석을 뿌려놓은 것 같다', '별들이 곧 쏟아져내릴 것 같다', 왜들 그렇게 썼는지 오늘 비로소 실감이 간다. 아아, 정말 여기 잘 왔다."

원누리도 동생과 박자를 맞추듯 감탄하고 있었다.

"어쭈구리, 누나도 그런 멋들어진 말 싸악 뽑을 줄 아네?" 원명준이 누나를 놀리듯 했고, "너 날 우습게 보지 마라. 공부하길 싫어했지 18년 동안 주워들은 건 많으니까” 하며 원누리는 동생의 어깨를 툭 쳤다.

“여기서 감탄할 건 저 별들의 잔치만이 아니야. 가만히 눈여겨보면 서울에서는 볼 수 없었던 것들이 신비스럽게 수없이 감탄하게 만들어.”

유지원이 밤하늘을 향해 두 팔을 있는 힘껏 넓고 길게 뻗쳐 올렸다.

“신비스러운 게 뭐가 그리 많아?”

원명준이 유지원을 쳐다보았다.

“응, 깨알보다 작은 풀꽃에도 꽃잎이 다섯 개고, 그 가운데 꽃술들이 있다는 걸 여기 와서 알았고, 과일만 깎아놓으면 조알보다 작은 까만 하루살이들이 날아드는데, 그 쬐그만 몸에 날개가 달리고 후각까지 그렇게 예민한 것을 여기 와서 알았고, 어른 주먹보다 더 큰 수국 꽃 한 송이가 백 송이가 넘는 작은 꽃들로 이루어진 것을 여기 와서 알았고, 물도 많이 흐르지 않는 개울 웅덩이에 새끼손가락보다 더 작은 물고기들이 사는데 아무리 소리 안 내고 다가가도, 다섯 발자국도 더 남았는데 그것들이 순식간에 도망칠 만큼 청각이 발달해 있다는 것도 여기 와서 알았고, 달걀이 암탉에서 나올 때는 물컹한데, 나오는 그 순간 공기와 접촉하면서 단단한 껍질로 급변한다는 것도 여기 와서 알았고……, 한마디로 자연은 무궁무진한 신비의 덩어리고, 무한한 것을 깨닫게 해주는 스승이야. 난 다시는 도시로 안 돌아갈 거야. 자연과 함께 사는 게 너무나 행복해."

유지원이 다시 두 팔을 활짝 벌려 별들이 명멸하고 있는 밤하늘을 품듯이 했다.

"얘, 넌 모르는 게 뭐니? 쬐그만 게 사람 되게 기죽게 만든다, 야."

원누리가 얄밉다는 듯 눈을 흘겼다.

"걱정 마. 누나도 유심히 관찰하면 다 알게 돼." 유지원이 문득 말을 놓았고, "와아, 니가 말을 그렇게 놓으니까 진짜 내 동생이 된 것 같으다. 고마워, 우리 동생 친하게 대해줘서" 하며 원누리는 유지원을 얼싸안을 듯이 했다.

원명준은 성적 따지지 않고, 등수 매기지 않은 것만으로도 와아, 와아, 소리치고 싶을 정도로 시원한 해방감과 자유로움으로 살 것 같았다. 공부는 그냥 마음 편하게 하면 되니까 오히려 공부를 하고 싶은 구미가 당겼고, 수학이고 영어고 그렇게 싫던 과목들도 슬그머니 마음이 가는 것을 느꼈다. 특히 실용 영어 같은 시간은 흥미가 동하고 재미가 있기까지 했다. 어느 시간엔 미국 여행을 가기도 했고, 또 어느 시간엔 양식당에서 식사를 하기도 했다. 그런 때 필요한 영어를 마치 연극을 하듯이 조를 짜서 하게 되니까 공부 같지 않게 머리에 쏙쏙 들어오는 것이었다. 어차피 영어 몇 마디씩은 할 줄 알아야 하는 세상, 그런 실용 영어 시간은 아주 마음에 드는 것이었다. 왜 일반학교에서도 영어를 이렇게 가르치지 않고 그저 시험을 치기 위해서 어려운 단어들과 까다로운 문법들을 억지로 외우게 하는 것인지 이해할 수가 없었다. 일반학교의 공부가 시험 쳐서 등수 매기기 위한 죽은 공부라면, 대안학교의 공부는 실생활에서 유익하게 써먹을 수 있도록 해주는 살아 있는 공부였다.

그러나 그보다도 훨씬 더 흥나고 재미있는 공부가 있었다. 자립 시간이었다. 그 시간은 그야말로 생활의 자립을 위한 실습 시간이었다. 그 실습은 텃밭 가꾸기, 음식 만들기, 옷 만들기 등이었다. 원명준은 그런 시간이 너무나 좋았다. 아무런 부담을 느끼지 않고 자유롭고 편안하게 실생활에 꼭 필요한 그런 것들을 배운다는 게 너무 신나는 일이었다. 서울 쪽을 향해 '느네들 골 터지게 많이 외우느라 생똥 싸라' 하며 용용이를 쳐주고 싶었다.

유지원은 새로 읽기 시작한 책에서 이틀째 눈을 떼지 못하고 있었다. 쉬는 시간마다 그 책에 정신을 팔고 있어서 원명준은 말 한마디도 붙일 수가 없었다. 유지원의 그 무서운 집중력에 원명준은 또 새로운 것을 배우고 있었다.

"무슨 책인데 그렇게 정신없이 읽냐?"

원명준은 유지원이 화장실에 가는 걸 따라나서며 물었다.

"응, 콩 GMO에 관한 것."

"GMO?"

"아, 유전자조작 식품을 말하는 거야."

"그런 책을 왜 그렇게 열심히 읽어?"

"응, 내 진로와 직결되어 있으니까."

"그게 왜?"

"아이고, 나 곧 오줌 싸겠으니까 소변부터 보고 나서, 응?"

유지원이 소변 보는 시간은 길었고, 볼일이 다 끝나지도 않았는데 수업 시작 종이 울렸다.

"미안해. 책 거의 다 읽었으니까 이따가 수업 끝나고 얘기하자."

유지원이 뛰면서 말했다.

"넌 벌써부터 진로 문제 생각하냐?"

원명준도 뛰면서 물었다.

"응, 그럴 일이 좀 있어."

유지원이 심각한 얼굴로 말했다.

원명준은 수학과 인연이 없었다. 거기서도, 여기서도 수학 시간은 지루했다. 그런 데다 유지원의 얘기를 어서 듣고 싶어 선생님의 설명은 전혀 귀에 들어오지 않았다.

유지원과 달리 자신은 아직까지 자신의 진로를 생각해 본 일이 없었다. 아빠의 사업체를 물려받으면 될 것 아닌가 하는 생각을 그저 막연하게 해본 것뿐이었다. 그러나 그것도 가망 없는 헛꿈일 수도 있었다.

"너 이놈아, 그따위로 공부 엉망으로 하면 내 사업 못 물려 줘. 머리에 든 게 없으니 당장 엎어먹을 거 아냐. 아휴, 못난 놈 같으니라구."

이번에 집을 떠나오기 전에 아빠가 또 한 말이었다. 그러나 엄마 말은 정반대였다.

"아빠가 괜히 화가 나서 그러시는 거야. 아들은 너 하나뿐 인데 누굴 주겠니. 그러니 제발 거기 가면 공부하는 시늉이라 도 좀 해. 엄마 말 알지?"

엄마 말이 아니라도 유지원 같은 친구를 만나 책을 열심히 읽기로 딱 결심을 했다. 그리고 유지원과 함께 고른 첫 번째 책이 『우주의 신비』였다. 첫날 받은 '밤선물'에서 생긴 호기심 을 풀기 위해서였다.

원명준은 아무리 생각해 보아도 마땅한 자신의 진로가 떠

오르지 않았다. 자꾸 유지원의 진로가 무엇일까만 궁금해지
는 것이었다.

마침 수학 시간이 끝난 다음이 점심시간이어서 다행이었
다. 이야기를 충분히 할 수 있었던 것이다.

"그 책을 왜 읽냐면 말야, 얼마 전에 우리 학교에 어떤 여성
강사가 강연을 오셨어. 그분은 우리나라의 토종 콩을 아까 본
책 GMO 콩의 수입에 맞서서 보호하고 확산시키는 일을 하
시는 분이야. 그 일이 왜 중요하냐면 우리나라는 GMO 콩을
수입해서 먹는 세계 1위의 나라인데, 그 GMO 콩을 오래 먹
으면 각종 암 등 치명적인 병이 30가지 이상 걸리게 되고, 그
것이 더 계속되면 우리 민족이 절멸될 위기에 빠지게 된다는
거야. 그런데 우리는 아무 생각이 없이 그 위험한 콩으로 두
부, 콩나물, 된장, 간장 담가서 매일 먹고 있으니 그건 살아가
는 게 아니라 죽음의 대행진이라는 거지. 그런데도 정부는 아
무 대비도 하지 않고 있고, 콩 수입업자들은 돈벌이에만 신나
고 있다는 거야. 그런 무시무시한 위험을 막아내는 유일한 방
법은 우리의 토종 콩 농사를 확산시키고, 모든 콩 식품을 토
종 콩으로 만들어내는 길뿐이기 때문에 자신은 그 일에 평
생을 걸었다는 거야. 그리고 학생 여러분이 그 일에 동참하고
싶으면 콩 농사를 짓고, 그 콩은 자기가 다 사들일 테니 아무

걱정 말라고 했어. 그리고 콩 농사를 짓는 데 땅이 없다고 걱정할 것 없다는 거야. 사람들이 도시로 몰려가는 바람에 버려진 땅이 많고, 임자가 있어도 농사 안 짓는 밭을 싸게 빌릴 수 있다는 거지. 그리고 콩은 여러 가지 식용 열매들 중에서 가장 영양가가 풍부한 최고의 식품이고, 우리나라가 원산지인 콩은 병충해에 강하고, 농사 짓기가 가장 편한 농산물이래. 물 잘 빠지는 땅에 씨를 묻어주면 싹이 트고, 필요한 질소를 공기 중에서 뿌리가 스스로 섭취하기 때문에 따로 거름을 줄 필요도 없대. 단 한 가지, 한 차례만 흙을 돋우어주면 뿌리에 공기 공급이 잘 돼 콩이 더 많이 달린다는 거야. 그리고 우리나라 사람은 된장 간장 두부 콩나물을 안 먹고는 못 사니까 판매 시장은 끝이 없고. 국민 건강도 지키고, 생활 안정이 되는 수입도 보장되는 이 일에 학생 여러분들이 동참한다면 적극 도와주겠다는 것이었어. 그래서 난 망설일 것 없이 즉각 나섰어. 그런 의미 있는 일은 내가 구하고 있던 것이었거든. 그래서 그 여성 강사께서 GMO 식품의 폐해에 대해서 쓴 책이 새로 나와 보내주신 거야."

"그 책은 어때?"

"그걸 읽고 나서 그 일을 내가 반드시 해야 되겠다고 결심을 굳혔어."

"그래, 네가 첫날 아직 생각 중이라는 일이 이 일이었구나?"

"맞아."

"그럼 평생 콩 농사 짓는 농부로 사는 거야?"

"왜, 나빠?"

"글쎄……, 뭐랄까……, 나쁘진 않은데……, 좀 뭔가 그게……."

"그래, 그건 우리가 농부를 무시하고 살아서 그래. 그러나 우리는 먹지 않고 살 수 없지? 사람은 누구나 하루 세 끼씩 먹어야 살 수 있고, 앞으로 갈수록 식량은 인간 사회의 가장 중요한 물건이 되게 되어 있어. 농부도 소중한 존재가 될 거고." 유지원은 나이에 어울리지 않게 어려운 말을 진지하게 하고는, "그래서 또 한 가지 하고 싶은 게 있어" 하고는 피식 웃었다.

"두 가지나? 그게 뭔데?"

"알고 싶어?"

"응. 난 네가 생각하는 게 다 신기하고, 너에 대해선 뭐든지 다 알고 싶어."

원명준이 적극적으로 말했다.

"가자, 도서관에 가서 보여줄게."

유지원은 도서관에 가서 책 한 권을 꺼냈다.

"이 동시 읽어봐."

유지원은 책의 첫 페이지를 펼쳐 원명준에게 건네주었다.

우리나라 꽃*

김용택

산에 가면

산꽃들이 환하게 피어 있고요

들에 가면

들꽃들이 예쁘게 피어 있어요

어두운 밤하늘엔

별들이 도란도란 빛나고요

우리나라엔

우리들이 반짝반짝 빛나요

산에는 산꽃

들에는 들꽃

밤하늘엔 별꽃

우리나라엔

우리들이 꽃이에요

"이 동시가 왜……?"

"나는 이런 동시도 쓰는 시인도 되고 싶어."

"정말? 너 그런 소질도 있는 거야?"

원명준의 눈이 휘둥그레졌다.

"잘은 모르겠는데, 글 쓰는 게 좋아서 내가 쓴 글을 모아 나 혼자 보는 문집도 있어."

유지원이 부끄러운 듯 말했다.

"나 그것 좀 보자."

원명준이 반색을 하며 다가섰다.

"안 돼. 그건 일기장보다 더 비밀이야."

"야, 너무했다. 친구라면서."

"미안해. 내가 좀 더 자신이 생기면 보여줄게."

"그래, 그럼. 근데 말야, 시인 농부, 농부 시인, 너무 멋들어지고 근사하다. 그리고 이런 시집까지 떡 내면 얼마나 폼 살겠냐. 콩 농사도 꼭 짓고, 시인도 꼭 돼라. 그럼 난 네가 농사지은 콩으로 만든 된장 간장 평생 사먹고, 네 시집도 많이 사서 주변 사람들한테 주면서 내 친구라고 폼 잡을 테니까."

"그거 돈 좀 들 텐데."

"돈 걱정 마. 우리 아빠 사업 물려받으면 되니까."

"너, 그러기로 결정했어?"

"별수 있어? 난 너 같은 재주도 없고, 그게 가장 편하고 안전한 길이잖아."

둘은 마주 보고 키들키들 웃었다.

그들의 열망, 그들의 선택

"저는 6년 전, 고2 때 오늘과 같은 날이 오리라고는 꿈에도 생각하지 못했습니다. 후배 여러분 전체를 모아놓고 이렇게 강연을 하게 되다니요, 정말 상상할 수도 없는 일이었습니다. 왜냐하면 그때 저는 최악의 문제아, 최고급 노는 애였기 때문입니다. 여러분, 제 말이 맞는지 아닌지 여러분이 급수를 매겨보십시오. 화장하는 건 기본이었고, 거기다가 폭행, 돈 뺏고, 술 마시고, 담배를 피웠습니다. (남녀 학생들, 우와아 소리를 지르고 박수를 친다.) 예, 여러분들이 최악과 최고급에다가 플러스를 마구 붙여대는군요. 고맙습니다. 저는 그렇게 형편

없는 학생이었습니다. 그래서 어느 날 술 취해 어떤 여학생을 때리고 돈까지 빼앗았습니다. 그러다가 경찰에 붙잡혔으니 어떻게 되었겠습니까. 그야 소년원 직행감이었지요. 그런데 학교에서 경찰서로 찾아왔습니다. 이런 불량 학생, 문제아는 우리도 퇴학시킬 테니까 경찰에서도 엄벌하라고요? 아닙니다. 그 반대였습니다. 세 선생님들은 '우리가 엄하게 처벌할 테니 경찰에서는 제발 훈방으로 선처를 해달라'며 사정사정했습니다. 그리고 피해 입은 학생한테 합의서까지 받아다가 제출한 것입니다. 그래서 저는 풀려났습니다. 그러면서도 학교가 저한테 왜 그러는지 이해할 수가 없었습니다. 어리둥절하고 불안한 속에서 학교 처벌을 기다려야 했습니다. 학교 처벌은 하루 이틀로 결정나지 않았습니다. 열흘이 넘게 걸렸습니다. 그러는 동안 엄마와 저는 보나마나 퇴학이 뻔하다고 작정하고 있었습니다. 그런데 열이틀 만에 학교에서 연락이 왔습니다. 엄마까지 학교로 오라는 것이었습니다. '에그 요런 등신아, 고등학교 졸업장도 없이 퇴학당하면 평생 어떡할 거야. 사고를 쳐도 정도껏 눈치껏 할 것이지.' 엄마가 제 등을 손바닥으로 치며 탄식했습니다.

그런데 교감 선생님께서 내리신 처벌은 '신경정신과 치료를 받을 수 있습니까'였습니다. '저게 무슨 소리지?' 엄마와 저는 어리둥절했습니다. 생각해 보십시오. 퇴학을 각오하고 있는데 갑자기 그런 말을 들으니 어떻게 금방 알아들을 수 있었겠습니까. 도저히 믿을 수 없는 그 처벌에 감동해 엄마도 울고, 저도 울었습니다. 그리고 그다음 날부터 신경정신과 치료를 받기 시작했습니다. 저는 병원 원장님께 제가 그런 극심한 문제아가 되게 된 동기를 털어놓아야 했습니다. 그건 영원히 입 밖에 내고 싶지 않은 끔찍한 일이었습니다. 지금 여기서도 그 얘기는 하고 싶지 않습니다. 여러분이 짐작하시도록 한 가지 사실만 밝힙니다. 저희 아빠가 병사하시고 5년이 지나 저는 계부와 함께 살아야 하는 처지가 되었던 것입니다.

정신과 치료를 받으며 저는 새사람으로 태어나기 시작했습니다. 그건 다름 아닌 공부를 해야 되겠다는 각오였습니다. 저는 열심히 공부했습니다. 저를 위해서, 그리고 계부와 이혼한 엄마의 슬픔을 위로하기 위해서도 정말 열심히 공부했습니다. 그래서 인서울 여자대학 의상학과에 합격했고, 그건 우리 학교의 성공 신화가 되었습니다. 그것에 힘을 받아 저는 대학에서도 저 자신에게 장하다고 상을 주고 싶을 만큼 열심히 공부했습니다. 그래서 장학금을 받았고, 총장 추천 케이스로 대형 의상 회사에 취업했습니다. 그리고 모범 선배로 뽑혀 오늘 이 자리에 서게 된 것입니다.

저의 처벌을 결정하는 데 12일이나 걸렸던 것은 선생님들이 저를 퇴학시키지 않고 다른 조처를 하기 위해서 매일 두 번씩 회의를 했기 때문이라 했습니다. 왜냐하면 그게 새로 실시하는 '혁신학교' 정신의 실천이기 때문이었습니다. 그러니까 혁신학교가 실시되지 않았더라면 저는 퇴학당해 버려졌을 목숨입니다. 퇴학당해 어떤 인생이 되었을지 생각만으로도 끔찍합니다. 저는 혁신학교의 최대 수혜자이고, 용서의 힘으로 사람을 다시 태어나게 만드는 혁신학교 제도야말로 교육 중에 산 교육이라고 굳게 믿고 있습니다. 그런데 이 혁신학교 제도가 확대되기는커녕 오히려 위축되는 분위기라는 소식을 듣고 못내 걱정이 큽니다. 교육다운 교육, 학생을 진정으로 위하고 사랑하는 혁신학교 제도는 더욱더 확대되어야 합니다. 후배 여러분, 여러분은 어떻게 생각하십니까!"

"우와아―."

"옳소오오―."

"국회의원 시키자아―."

"교육부 장관 시키자아―."

학생들이 박수를 쳐대고, 함성을 지르고, 발을 굴러대고, 강당 안의 열기는 뜨겁기 그지없었다.

강연을 끝낸 송채연은 뒤쫓아온 몇 십 명 아이들과 한바탕 악수 향연을 펼치고 교무실로 갔다.

"야아, 우리 채연이 직업 바꿔라. 어찌 그리 강연을 잘하냐."

사고 친 그 고2 때 담임이었던 임기범 선생이 활짝 웃으며
말했다. 퇴학을 막으려고 앞장서 애썼던 임 선생님을 송채연
은 큰 은인으로 가슴에 새기고 있었다.

"아니에요, 선생님. 괜히……."

송채연은 얼굴이 붉어지며 부끄러워했다.

"아니다. 애들이 국회의원 시키자고 외쳐대는 소리 못 들었
냐? 그게 괜히 하는 소리가 아니야. 요즘 여야 대표니 간부
니 하는 사람들 봐라. 너처럼 아무것도 보지 않고 그렇게 말
하는 사람이 단 하나도 없잖냐. 모두 그저 보고 읽느라고 정
신을 못 차려. 정치란 말로 하는 거고, 말은 대중을 설득하는
절대적 무기야. 그런데 그저 읽기에 바쁜 그 사람들 말에 무
슨 설득력이 있고, 무슨 호소력이 있냐. 애들이 그 점을 다 알
고 너에게 그렇게 소리친 거야."

"어머 선생님, 저 무슨 말을 했는지 정신이 하나도 없어요."

두 손으로 입까지 가리며 송채연은 더 부끄러워했다.

"아니다, 점수를 매겨보랴?"

"싫어요, 선생님."

"응, 100점 만점에 200점이다."

"어머, 그런 점수가 어딨어요."

"있지. 혁신학교 중요성을 언급하기 전까지가 100점, 혁신학교 제도 강화 언급이 100점, 그래서 합이 200점 아니냐. 유감 있니?"

"선생님, 저는 그 대목은 꼭 말하고 싶었어요."

"그래 잘했어, 아주 잘했어. 난 그 말을 할지 전혀 몰랐었다. 다른 선생님들도 그렇고."

"근데 혁신학교가 위축되고 있는 건 사실인가요?"

"사실이지. 지원이 늘지는 못할망정 줄어들고 있으니 사기만 떨어지는 게 아니라 아이들에게 창의적 활동을 시킬 수 없게 되잖냐. 그러니 위축이지."

"도대체 왜 그러는 거예요? 학생도 학부모도 다 좋아하고, 실제로 효과도 커지고 있는데."

"그게 잘난 교육부가 하는 짓이다. 무조건 일본식으로 통제만 하는 것이 옳은 교육 방식이라고 믿고 있는 교육부의 눈에는 혁신학교들이 하는 모든 게 마땅찮고 눈에 거슬리는 거지. 이건 참 국가적으로 심각한 문제다."

임기범 선생이 쓴웃음과 함께 체념적인 한숨을 토해냈다.

"그럼 이걸 어째야 돼요?"

"기다릴 수밖에 없다, 시간이 가기를. 학생과 학부모들의 지지, 호응을 더 키워가면서 기다리는 거야. 어느 시대에나 혁신이나 혁명은 쉽게 이루어지는 것이 아니었어."

"네에, 선생님은 여전히 멋지세요."

"허허, 그러냐? 넌 어떠냐? 거기 지낼 만해?"

"네, 보수 괜찮고, 개성 존중해 주고……. 근데 오래 있지는 않을 거예요."

"왜?"

"독립하려구요. 돈 착실히 모아서. 그렇게 큰 데 오래 있으면 저만 소모되고, 디자이너로서의 저의 존재는 없어지고 말잖아요. 제 회사를 차릴 거예요."

송채연은 의지가 굳게 드러나는 얼굴로 다부지게 말했다.

"그거 좋은 생각이다. 넌 도전에 강한 성격이니까 또 해낼 거다. 네가 이렇게 되다니, 참 장하다."

"선생님, 감사합니다. 그럼 안녕히 계세요."

두 손을 앞에 모은 송채연은 허리를 반보다 더 굽혀 깊은 절을 했다.

교문을 나서다가 송채연은 학교를 뒤돌아보았다. 자신의 인생을 바꾸어준 보금자리……. 혁신학교의 3대 정신이 선명하게 떠올랐다. '경쟁 아닌 협력', '주입 아닌 토론', '배제 아닌 배려', 그 세 번째 정신에 의해서 자신은 지옥에서부터 천당으

로 구원을 받은 것이었다. '배제 아닌 배려', 그것은 일반학교
에서는 꿈꿀 수 없는 것이었다. 일반학교는 우열반을 편성해
공부 좀 못하는 학생들을 노골적으로 차별하고 배제시키는
일을 능사로 삼고 있었다.

송채연은 학교를 향해 '감사합니다, 감사합니다'를 연달아
뇌고 있었다. 위급 상황에서 자신도 모르게 두 손을 모으는
기도처럼 가슴 저 깊은 곳에서부터 저절로 솟아오르는 고마
움이었다.

"저어, 선생님, 선생님! 한 가지 여쭤보겠는데요."

한 남자가 다급하게 송채연에게 다가섰다.

송채연은 고개를 돌렸다. 오십객의 남자 옆에는 중년의 두
여자가 서 있었다.

"네, 저는 선생이 아니라 이 학교 졸업생인데요……."

뭘 알고 싶으냐고 송채연은 남자에게 눈길로 묻고 있었다.

"예에, 아무려나 잘됐어요. 다른 게 아니라요, 저는 저 앞
부동산 중개인인데, 이 두 분이 애들을 이 학교에 전학시키고
싶어 집을 구하러 오셨는데요, 혁신학교라 좋긴 한데 한 가지
문제가, 혁신학교라서 대입 성적이 약하다고 걱정하시는 거예
요. 그래 제가 이 학교는 아니라고, 일반고보다 더 많이 진학
한다고 해도 안 믿는 거예요. 어때요, 그거 사실이잖아요? 졸

업생이 속 시원하게 말 좀 해주세요."

부동산 중개인의 양쪽 입꼬리에 침버캐가 끼고 있었다.

"네, 부동산 사장님 말씀이 맞아요. 혁신학교가 되기 전에
는 삼분의 이가 대학 진학을 못했는데, 혁신학교가 된 다음부
터 해마다 그 수가 늘어나 지금은 반대로 사분의 삼이 대학에
진학하고 있어요. 그건 일반고보다 더 많은 수예요. 제가 바로
인서울 대학에 진학하고, 큰 회사에 취업한 산증인이에요."

송채연은 두 여자와 눈을 딱딱 맞춰가며 또릿또릿하게 말
했다.

"거 봐요. 아주머니들은 부동산 말은 무작정 거짓말이라고
안 믿어준다니까요. 어떡하실 거예요?"

부동산 중개인이 두 여자에게 당당한 기세로 나섰다.

"아, 미안해요. 참 잘됐네요." 한 여자가 얼굴이 밝아지며
말했고, "고마워요, 이제 안심했어요", 다른 여자가 송채연에
게 고개를 까딱거리며 인사했다.

"네, 제가 졸업생 성공 사례로 초청받아 강연하고 돌아가
는 길이에요."

송채연은 당장 계약서에 도장을 찍게 하려는 심사로 안면
몰수하고 자기 자랑을 해치웠다. 한없이 고마운 모교에 은혜
갚는 일이라면 이보다 열 배도 더한 뻔뻔스러움도 저지를 수

있다고 생각하며.

강연 반응이 좋아 기분이 부푼 송채연은 더욱 기분이 좋아져 걸음이 가뿐해지고 있었다. 혁신학교에 자식을 보내려고 부동산 중개인을 따라 학교 구경을 하는 학부모를 만나게 되다니……, 그건 참 예기치 못한 감동이었던 것이다.

그동안 혁신학교 관련 기사가 보수 언론의 교육 면에서는 보도가 안 되고 엉뚱하게 부동산 면에 보도되고 있다는 말을 몇 번 들은 일이 있었다. 그건 엉뚱한 일이 아니라 혁신학교들이 성공하자 학부모들의 관심이 높아지고, 특히 무슨 문제가 생긴 학생들도 전혀 꺼리지 않고 받아주고, 그 학생들이 바르게 학교생활을 하게 되었다는 소문에 발이 달리면서 혁신학교 주변의 부동산 가격이 변화를 일으키기 시작했던 것이다. 부동산 중개소에서는 이 사실을 영업 호재로 삼으면서 혁신학교 선전까지 하는 셈이 되었고, 그 희귀한 현상을 신문의 부동산 면은 놓치지 않고 기사화했던 것이다.

그런데 그보다 더 재미있는 일이 또 있었다. 선거철이 되자 정치인들이 전에는 '특목고 유치'를 최우선 공약으로 내세웠으나 이제는 '혁신학교 유치'를 내세우며 표를 호소하는 것이었다. 약고 약은 정치인들이 혁신학교의 성공을 그렇게 입증해 주고 있었던 것이다.

임기범은 제자 송채연을 대할 때마다 '사람은 열 번 된다'는 우리의 속담이 얼마나 예리하게 정곡을 찌른 것인지 다시금 감탄하고는 했다. 한 번의 용서가 사람을 그렇게 바꿀 수 있다는 것은 교육의 효과를 나타내는 것인 동시에 교육의 책임이 얼마나 막중한 것인지를 보여주는 것이기도 했다. 그리고 우리의 그 속담은 사람의 무한한 가능성을 환기시켜 주는 동시에 용서는 열 번이라도 해야 한다는 것을 일깨워주고 있었다.

임기범은 아이들을 가르치며 나이 들어갈수록 우리 속담의 절묘함에 거듭거듭 탄복하고는 했다.

바다는 메꾸어도 사람 욕심은 못 메꾼다. 돈은 귀신도 부린다. 돈이면 지옥문도 여닫는다. 돈만 있으면 의붓자식도 효도한다. 돈 없다는 사람은 있어도 돈 남는다는 사람은 없다. 돈만 있으면 처녀 불알도 산다. 돈 있어 못난 놈 없고, 돈 없어 잘난 놈 없다. 돈 싫다 하고 계집 마다는 놈 없다.

돈과 사람 욕심에 대한 이런 속담들은 사람의 심리와 세상 인심을 속속들이 꿰뚫고 갈파하는 예리한 칼이고, 따로 철학을 공부할 필요가 없을 지경이었다. 사실 속담 백여 개만 잘 간추려 반추하며 산다면 인간관계에 무리할 일이 없고, 탐욕으로 심신을 상할 리도 없고, 삶의 지혜가 궁해질 리가 없었다. 그건 우리 선조들이 생활 속에서 자식들을 가르쳤던 생활교육이었고, 인생을 바르게 터득하게 하는 철학 교육이었다.

"자아, 10분 있다가 교직원 회의 시작하겠습니다."

인성인권부장이 교무실 전체에 퍼지도록 목소리를 높여 알렸다.

"무슨 회의죠?"

옆의 여선생이 귀찮은 기색으로 물었다.

"이름표 건이겠죠, 어제 알린 대로."

임기범은 심드렁하게 대꾸했다.

"왜 그깟 걸 가지고 회의를 하고 그래. 혁신학교라고 별걸 다 문젯거리 삼고 야단이야. 묵살할 건 묵살해야 교육이지."

여선생은 짜증스럽게 혼잣말을 해댔다.

임기범은 못 들은 척해버렸다. 생각이 다른 사람과 말을 엮을 만큼 젊지 않았고, 생각이 다른 것은 서로 완전히 다른 방향을 보고 있는 것이기 때문에 말을 나누는 효과가 날 리 없었다.

"예, 지금부터 회의를 시작하겠습니다. 안건은 어제 예고한 대로 명찰 부착 여부에 관한 건입니다. 학생자율건설회에서 명찰 폐기를 의결해 보고를 해왔습니다. 그러므로 교직원 회의를 개최하지 않을 수 없게 되었습니다. 지금부터 선생님들의 의견을 표해 주시기 바랍니다."

인성인권부장의 개회 선언이었다.

언제나 그렇듯 바로 발언을 하는 선생은 없었다. 침묵이 꽤 길어지고 있었다.

"자아, 그럼 부장님들부터 의견을 개진해 주시기 바랍니다."

"글쎄요, 이름표를 달고 싶어하지 않는 것은 으레 학생들이 갖는 마음이고, 그걸 달고 있어도 다 그만그만해서 구분이 어려운데, 그걸 없애버리면 참 곤란하지 않겠어요?"

수석 부장인 셈인 교무기획부장의 유연한 반대 발언이었다.

"예, 다음 부장님."

"예, 그게 그러니까 우리 혁신학교는 학생들 편에 서서 모든 걸 과감하게 자유화시켜 왔습니다. 그 물결에 따라 이번에는 학생들이 이름표 자유화를 시도하고 나섰습니다. 그러나 학생은 학생이기 때문에 지도를 해야 하고, 지도를 하자면 그 효과를 위해 이름표는 붙여야 할 것으로 사료됩니다."

교육연구부장의 세련된 반대 의견이었다.

두 수석 부장에 의해 회의 방향은 간단하게 정해진 셈이었다. 거의 모든 회의는 그런 식으로 진행되었다. 그다음 부장부터는 '전과 동'으로 앵무새 발언을 계속하고, 평교사들은 그 흐름에 그대로 휩쓸려 결정이 나고는 했다. 학교 사회도 공무원 사회처럼 철저한 상명하복의 보수성이 지배하고 있었다. 그 정도가 얼마나 심한가는 '교직원 회의에서 말문을 여는 데 10년이 걸린다'는 말이 잘 입증하고 있었다. 보수성이 가장 강한 사람은 보수 체제에서 제일 출세한 교장이었고, 그다음이 교감이었고, 그 뒤를 잇는 것이 각 부장들이었다. 그들의 눈앞에는 언제나 출세의 사다리가 놓여 있기 때문이었다. 그런데 학생 중심의 철저한 민주교육을 실천하려고 하는 것이 혁신학교였다. 그러므로 혁신학교를 추진해 나아가는 데 가장 큰 걸림돌은 바로 교장을 비롯한 그들이었다. 그러니까 그들은 혁신학교를 추진하는 진보 교육감과 그것을 달가워하지 않는 보수 교육부 장관 사이에 끼여 오른쪽 눈으로는 교육감을, 왼쪽 눈으로는 장관의 눈치를 보느라고 바쁜 처지였다.

예상대로 나머지 서너 명의 부장들도 어물어물 우물쭈물 반대의 입장에 섰다. 이렇게 흘러가다가는 모처럼 제기한 학생들의 요청은 당연한 것처럼 거부되고 말 거였다. 그렇게 되면 선생들과 학생들 사이에 감정의 골이 생길 수밖에 없었다. 그건 잘 추진되고 있는 혁신학교 운동에 적잖은 타격이 될 것이었다.

"에에, 다 들으셨다시피 부장 선생님들은 모두 반대 의견을 피력하셨습니다. 다른 선생님들 의견 없으십니까? 없으시면……."

인성인권부장이 아주 숙달된 솜씨로 얼렁뚱땅 회의를 끝내려 하고 있었다.

임기범은 더 참지 못하고 손을 번쩍 들었다.

"아……, 저기 임기범 선생……."

'또 당신이야!' 하는 듯이 인성인권부장의 얼굴이 찌푸려졌다.

"예, 여러 부장 선생님들의 말씀 다 일리가 있습니다. 그런데 학생들이 이름표 붙이기를 폐지하자고 의결하고, 그 조처를 학교 측에 요청한 이 시점에 그 문제를 좀 더 진지하게 그리고 심각하게 검토하고 논의해야 한다고 생각합니다. 우리는 학생들에게 이름표를 붙이게 한 그 역사부터 점검할 필요가 있습니다. 그건 다름 아닌 일본 제국주의 군대식을 학생들에게도 그대로 적용하면서 시작되었습니다. 그래서 일제강점기에 우리 조선인 학교들도 그에 따를 수밖에 없었습니다. 그리고 해방이 되었지만 일본식 교복을 그대로 입고, 두발도 일본식 그대로 박박 깎았듯이 우리는 아무런 생각 없이 이름표도 그대로 붙이게 했습니다. 그리고 해방 70년 세월이 흐르도록 일제 잔재는 줄기차게 그 생명을 유지해 왔습니다.

그 잔재가 청산되지 않은 데에는 하나의 뚜렷한 명분이 있었습니다. '탈선 예방'입니다. 그 명분은 아주 교육적인 것 같지만, 그 의미를 꿰뚫어 보면 그것처럼 비교육적인 것도 없습니다. '탈선 예방'이라는 말은 학생 전체를 '잠재 범행자'로 전제한다는 의미입니다. 교육이란 상호 신뢰를 기본으로 하는 것이며, 학생에게도 엄연히 인권과 인격이 있다고 인식시키면서 학생들을 '잠재 범행자'로 취급하는 것은 얼마나 논리 모순이며, 인권 침해입니까.

예, 이름표를 달지 않아도 지도에 별 애로가 없고, 탈선의 위험도 별로 없을 것이다 하면, 무책임한 발언이다, 근거를 대라, 추상적이다, 하는 공박이 나올 것입니다. 그래서 구체적인 사례를 들겠습니다. 죄송합니다, 발언이 좀 길어지는 것을 이해해 주십시오. 저희 작은아버지는 1950년대에 혜화동에 있었던 보성고등학교에 다녔습니다. 모든 게 일본식인 게 당연했던 그 시대에 보성고등학교에서는 전국에서 유일하게 머리를 어른들처럼 하이칼라로 기르게 했고, 이름표도 달지 않게 했습니다. 그래서 탈선 학생들이 무더기로 나왔을까요? 아닙니다, 그 반대였답니다. 1950년대는 전후의 거친 상황이라 사회적으로 깡패가 많았고, 그 여파로 각 고등학교에도 요즘 학폭 비슷하게 주먹 쓰는 학생들이 많아 교내는 물론이고 다른 학교끼리 패싸움도 빈번하게 벌어졌다고 합니다. 그런데 보성고등학교에서는 단 한 건의 폭력 사태도 발생하지 않았고, 교외에서 탈선행위를 저질러 말썽이 된 학생도 단 한 명도 없었다고 합니다. 저희 작은아버지는 지금까지도 그걸 자랑으로 삼고 있을 정도입니다. 그리고 그 이유가 '학교에서 학생들을 믿어주었기 때문'이라고 말합니다.

그리고 우리가 선망하는 선진국들 중에서 일본 하나만 빼고 그 어떤 나라가 이름표를 달게 합니까. 이제 우리는 우리 교육계에 뿌리 깊게 박혀 있는 일제 잔재를 제거하고 청산하는 차원에서도 이름표 달기를 폐지해야 합니다. 일제 잔재를 다른 분야도 아닌 교육계에서 해방 70년 세월이 흐르도록 이렇게 무신경하고 무책임하게 방치하고 답습하고 있다는 것은 민족적 수치이고, 교육적 자해 행위입니다. 우리 교육계에는 일제 잔재가 너무나 많습니다. 이름표를 붙이는 것과 함께 성적표에 석차를 공개적으로 표시하는 것도 일본과 우리나라만 하고 있는 일제 잔재입니다. 달달 외우게 하는 주입식 암기 교육도 일본과 우리나라만 하는 일제 잔재입니다. 학생 지도로 체벌을 가하는 것도 일제 잔재입니다. 두발 길이를 제한하고 단속하는 것도 일제 잔재입니다. 교복을 꼭 입히는 것도 일제 잔재입니다. 학제가 6-3-3-4인 것도 일제 잔재입니다.

봄에 새 학기를 시작하는 것도 일제 잔재입니다. 그리고 지난 정권에서 부활되었다가 많은 폐해만 남기고 폐지된 일제고사도 일제의 잔재였습니다.

저는 일제 잔재의 청산 작업의 하나로, 그리고 학생들을 신뢰해 우리의 혁신학교를 한 차원 높게 발전시키는 계기를 마련하기 위해서도 이름표 폐지에 찬성합니다. 너무 발언이 길어 정말 죄송합니다."

임기범은 일장 연설을 하듯 하고는 고개를 깊이 숙였다. 그가 길게 말하느라고 애쓴 만큼 그 효과는 금방 나타났다. 교사들이 서로 수군수군하며 교무실 분위기가 금세 달라졌다.

"예에, 임기범 선생이 그 특유의 언변으로 유식을 과시해 가며 장시간에 걸쳐 명찰 폐지에 대한 찬성 발언을 했습니다. 또 다른 의견 있습니까?"

인성인권부장은 마땅찮은 기색을 완연하게 드러내며 사회자로서는 해서는 안 되는 감정적인 언사를 하고 있었다.

임기범은, 사회자답게 중립을 지키라고 지적할까 하다가 참았다. 감정 충돌은 아무런 이익이 될 게 없었기 때문이다.

"예, 임기범 선생의 발언이 아주 객관적이고 타당하며, 특히 혁신학교 추진과 함께 우리 스스로 제거한 석차 표시, 체벌과 함께 이름표 부착도 폐지한다면 일제 잔재 청산의 적극

화와 함께 혁신학교 추진도 한층 더 활력을 갖게 될 것이 틀림없습니다. 이름표 달기 폐지에 찬성합니다."

어떤 여선생이 카랑카랑하게 울리는 목소리로 발언했다. 그것이 신호탄인 듯 젊은 선생 서넛이 잇따라 찬성 발언을 했다.

회의 판세는 표결을 하도록 바뀌었다.

"예, 그럼 지금부터 표결에 들어가겠습니다. 표결은, 시간도 많이 경과했고 하니 거수로 하겠습니다."

인상이 잔뜩 구겨진 인성인권부장이 '거수'라는 마지막 칼을 빼들었다.

"이의 있습니다." 임기범은 몸을 벌떡 일으키고는, "거수는 비밀이 보장되어야 하는 민주주의 투표의 기본을 파괴하는 것이며, 민주주의 원칙을 고수하고, 실천하고, 가르쳐야 하는 학교에서, 교사들이 가장 비교육적이고, 가장 반민주적인 거수투표를 한다는 것은 심각한 문제입니다. 원칙에 입각하여 무기명 비밀투표를 주장합니다. 중대한 문제를 결정하는 데 있어서 30분 정도 더 시간이 걸리는 것은 하등 문제될 것이 없다고 생각합니다", 그는 내친 김에 정면으로 들이댔다.

"예, 좋아요. 무기명 비밀투표로 빨리 결정하세요."

교감이 침묵을 깨고 무뚝뚝하게 말했다.

투표 결과는 삼분의 이 이상의 압도적 찬성이었다.

다음 날 학생들은 만만세를 부르며 환호했다. 특히 여학생들은 팔딱팔딱 뛰고, 서로 부둥켜안고 소리치다 못해 눈물을 흘리기까지 했다. 그리고 발 없는 말이 천 리를 가서 '과연 임기범 선생님'이란 말이 학교 전체에 퍼졌다.

임기범은 아내한테도 입을 뗀 일이 없었다. 그 말의 전파력에 새삼 놀라며 기뻐하는 아이들의 모습을 흡족한 기분으로 바라보고 있었다. 그러면서, 야간 통행금지를 없애면 당장 이북에서 쳐내려올 것처럼 해댔는데 막상 해제하고 나자 몇 십 년 동안 아무 탈이 없었듯 이름표를 달지 않아도 아이들은 아무런 탈선행위도 하지 않으리라 믿으며.

임기범은 점심시간에 뜻밖의 선물을 받았다. 식사를 하고 오니 책상 위에 셀로판지로 포장된 긴 목의 빨간 장미 한 송이가 놓여 있었다. 그리고 아래에 묶인 빨간 리본 아래 손바닥 반만 한 앙증맞은 카드가 끼워져 있었다.

임기범은 장미를 책꽂이에 기대 세우고 카드를 집어 들었다.

선생님 감사합니다. 감사합니다.

쌤은 저희들의 최고 짱이십니다.

저희들은 이제 비로소 사람대접 받는 것 같습니다. 저희들은 강아지가 아니었거든요. 더욱 착하게 잘하겠습니다.

감사합니다, 감사합니다.

— 여학생 몇몇의 존경하는 마음을 모아.

카드에 깨알같이 작게 쓴 손글씨였다.

임기범은 가슴 먹먹해지며 카드의 한 문장에 눈길이 박혀 있었다. '저희들은 강아지가 아니었거든요.' 아이들은 강제로 이름표를 부착당하면서 자신들이 개 취급을 당하고 있다고 느낀 것이었다. 이건 어른들이 생각지도 못한 문제였고, 아이들은 그렇게 모독당하는 내상을 입고 있었던 것이다.

혁신학교가 아이들의 그런 상처를 치유해 줄 수 있게 되었다는 것은 또 하나의 보람이 보태지는 것이었다. 임기범의 뇌리에서는 혁신학교를 추진해 오면서 겪었던 지난 몇 년 동안의 희비가 빠르게 스쳐 지나가고 있었다.

혁신학교는 2009년 실시한 제1대 민선 교육감 선거에서 경기도 교육감 후보가 내세운 핵심 공약이었다. 교육감을 국민의 투표로 직접 뽑는다는 것도 세상의 변화를 보여주는 혁명적 사건이었는데, 진보를 내세운 교육감 후보가 아무런 거리낌 없이 혁신학교 실시를 공약으로 당당하게 들고나온 것은 더욱 혁명적 사건이었다. 그런데 그 후보가 당선되어 버린 것이었다. 그것이야말로 보수적 교육계를 강타하는 한층 더 혁명적인 사건이었다. 그런데 그 혁명적 사건을 일으킨 것은 누구였을까. 진보 후보였는가. 아니다. 그 후보를 교육감으로 당선시킨 유권자들, 이 땅의 교육이 바뀌지 않으면 안 된다고 인식하고, 그런 욕구가 실현되기를 바라고 있었던 학부모들이 그 혁명적 사건의 주체였다.

그 요구, 그 임무 부여에 따라 경기도 교육감은 혁신학교 실시의 깃발을 들어올렸던 것이다. 개혁─혁신─혁명, 그 이웃 사촌 같은 언어들의 공통된 의미는 '새롭게 바꿈'이었다. 그것은 보수 세력에 대한 부정이고, 도전이었다. 보수의 방어와 반격이 가해지는 것은 당연한 일이었다. 그런데 그런 외부와의 대결보다 더 문제인 것이 내부의 혼란과 낯섦이었다. 한마디로 말하면 '혁신이란 어떻게 하는 것인가⋯⋯?' 이 낯섦 앞에 선생들은 마주 서 있었던 것이다.

모든 선생들은 처음 교직 생활을 시작하면서 들은 말이 있었다.

'3월 한 달은 웃지 마라.'

학생들을 휘어잡으려면 웃음 없는 얼굴로 무섭고 엄하게 보여야 하고, 그래야만 애들의 기를 꺾어 교사로서 권위가 서게 된다. 그 말이 담고 있는 뜻이었다. 그건 장악하고, 군림하고, 지배해야 한다는 다분히 강압적이고, 폭력적이고, 독재적인 교육관이었다.

그런 말로 세뇌되고 무장되어 있었던 교사들은 혁신학교라는 새로운 깃발 앞에서 무엇을, 어떻게 해야 좋을지 몰라 혼란스럽기만 했다. 그런데 그런 두서없는 속에서 드문드문 드러나는 암반 같은 존재들이 있었다. 진보 교육감과 같은 길을 걷고 있는 진보 선생들, 그들은 1989년에 출범한 전교조였다. 그러니까 진보 교육감의 당선은 그들이 출범 20년 만에 획득한 국민적 인정이었고, 20년 동안 수난당하면서 이룩해 낸 교육 운동의 성공이었다.

그들은 혁신학교 추진에 헌신적으로 앞장섰고, 그리고 그동안 현재의 교육이 내포하고 있는 심각한 문제들을 우려하고, 어떻게 해서든 개선하지 않으면 안 된다고 생각해 온 많은 교사들이 그들과 힘을 합치며 주도적으로 참여하기 시작했다.

경쟁 아닌 협력.

주입 아닌 토론.

배제 아닌 배려.

이 세 가지 핵심 정신을 실현시키기 위해 그들은 매일 몇 차례고 머리를 맞대고 의견을 모았다. 한 가지 뚜렷이 세운 목표는, '낡은 것은 모두 버리고 학생 중심의 민주 질서를 창조한다'는 것이었다.

그래서 그들이 맨 처음 버리기로 한 것이 체벌이었다. 학생을 때려야 할 일이 있으면 그 학생 앞에서 교사 스스로의 종아리를 치자고 결의했다. 두 번째 버리기로 한 것이 학생들이 가장 지긋지긋해하는 '교문 지도'라는 강압적 단속이었다. 이거야말로 식민지 백성의 일거일동을 감시하고 단속했던 일제의 잔재였다. 교문 지도라는 그 감시와 감독의 뜻을 가진 이름 대신 '아침맞이'라고 새 이름을 지었다. 그리고 선생들이 교문 양쪽에 늘어서서 학생들과 일일이 손을 맞잡는 악수를 하며 정다운 아침 인사를 나누었다. "어젯밤에 공부 많이 했구나. 피곤해 보인다.""예쁘다, 꽃이 따로 없어.""폼 멋지다, 사나이 중에 사나이.""어디 아프니? 기운 없어 보인다." 선생들의 이런 인사에 학생들은 웃음꽃을 활짝활짝 피워냈다. 세 번째 버리기로 한 것이 생활지도부에서 선생들이 직접 나섰던 규율 위반 단속이었고, 이것은 학생 자율에 맡기기로 했다. 그래서 학생들은 그 이름도 스스로 토론을 거쳐 '학생자율건설회'라고 붙였다. '자율을 건설'하다니, 선생들이 미치지 못할 기발함이고 신선함이었다. 그런데 그 임원들을, 권력화와 독재화를 막기 위해서, 그리고 보다 더 많은 참여 민주주의의 체험을 위해서 한 달에 한 번씩 전원 교체하기로 했다.

그들이 이루어낸 획기적 업적이 3개월 만의 전체 금연 성공
이었다. 그리고 두 번째 업적이 학폭 완전 근절이었다. 믿어준
자율의 힘은 그렇게 컸다. 네 번째 버리기로 한 것이 반장, 부
반장, 부장 등 학급 간부제였다. 그건 학급의 평화를 깨는 권
력화였고, 동급생끼리의 인간 차별을 조장하는 병폐였다. 모
두가 하루씩 돌아가며 그 직책을 맡도록 했다. 모두가 다 똑
같다는 평등의 경험이었고, 학급 운영에는 아무런 지장도 없
었다. 다섯 번째 버린 것이 모든 시상제였다. 그건 공부 잘하
는 학생만 자꾸 돋보이게 하고, 나머지 수많은 학생들에게 열
등감과 상처를 주어 불행을 조장하고, 경쟁을 부추기는 지극
히 비교육적이고 비인간적인 제도였다. 여섯째 선생들이 전면
적으로 작위적인 근엄한 얼굴을 버리고 언제나 모든 학생을
웃음으로 대하기로 했다. 일곱째 최소한 자기 반 아이들의 이
름을 완전히 외워 성을 빼고 이름만 다정하게 부르기로 했다.
여덟째 학생들에게 무조건 명령하거나 시키는 일을 하지 말
고, 학생들이 잘못을 저질렀을 때 나무라거나 책임 추궁 같
은 것을 하지 말고, "괜찮아", "실수는 경험이야", "담에 안 그
러면 돼" 하는 식으로 긍정적으로 위로하고 격려하기로 했다.
한마디로 과거의 인위적 권위와 조작적 위신을 버리고 사랑
과 인내로 자기를 낮추며 학생과 더불어 학교생활을 가꾸어

가자는 것이었다.

선생들의 그런 전면적 태도 변화에 학생들은 한 달쯤 되면서부터 반응을 나타내기 시작했다. 지난날 슬슬 피해 멀어지려고 했던 것과는 반대로 학생들은 웃으며 다가와 말을 걸었다. "선생님, 그 옷 너무 잘 어울려요." "선생님, 결혼 축하드려요. 저희 동아리에서 축가 불러드리면 안 될까요?" "선생님, 이 짐 들어드릴게요." 그리고 전에 가졌던 상습화된 경계심을 버리고 경쾌한 목소리로 "선생님, 안녕하세요"를 외치며 전체적으로 인사성이 아주 밝아졌다. 그리고 전에 기피하고 꺼려했던 상담이 많이 늘어났다. 학생들이 마침내 마음의 문을 연 것이었다.

학생들이 그런 변화를 보이기 시작하자 선생들은 학생들의 자율권을 더욱 과감하게 확대시켜 나갔다.

첫 번째 시도한 것이 교가에 대한 전체 여론조사였다. 학생들 80퍼센트 이상이 상투적인 가사와 아무 감정이 교류되지 않는 작곡에 거부감을 나타냈다. 그건 곧 새 교가의 요구였다. 그래서 교가를 바꾸기로 했다. 다시 실시된 여론조사에서 학생들은 좀 더 감정이 통하는 가사, 신명 나고 활기찬 곡을 원하고 있었다. 그래서 학교에서는 전문가들에게 의뢰해 가사와 곡 다섯 편씩을 받아 그 선택을 학생 투표에 부쳤다. 그 결과 학생들은 랩풍의 교가를 탄생시켰다. 그래서 학생들은 지난날처럼 축 처진 목소리로 마지못해 입을 달싹거리는 것이 아니라 춤추듯 덩실거리고 박자를 맞춰가며 활기차고 신명 나게 교가를 불러댔다.

　두 번째 시도한 것이 교복 바꾸기였다. 그것도 학생들이 기존 교복을 거의 다 싫어했기 때문이었다. 학생들은 여론조사에서 '세련되고 교복 같지 않은 교복'을 원하고 있었다. 그러나 그건 교가 변경과 달리 학부모에게 경제 부담을 주는 일이었다. 그래서 학부모의 여론조사도 실시했다. 학생들이 가지고 간 통신문에 '찬성'을 표시한 학부모들이 90퍼센트 정도였다. 그래서 학생들이 선택한 디자인으로 교복 변경도 실시되었다. 단, 반대를 한 학생들은 그대로 기존 교복을 입으면 그만이었다. 그러나 문제는 그렇게 간단한 것이 아니었다. 반대를 한 그 속내가 다름 아닌 경제적 부담 때문이었던 것이다. 또 가난이 문제였다. 90퍼센트가 멋진 새 교복을 입었는데, 후진 헌 교복을 입은 10퍼센트의 아이들. 그 도드라지는 가난, 사회가 부자일수록 가난은 가혹한 형벌인 법이었다. 형벌을 당하듯 헌 교복을 입고 다녀야 하는 아이들의 가슴에 상처가 얼마나 깊이 파일 것인가. 그 예기치 못했던 문제를 그냥 외면할 수 없는 일이었다. 한 명도 버려서는 안 되는데 10퍼센트나 상처 입는 것을 묵살한다는 것은 교육적으로나 인간적으로나 큰 죄를 짓는 일이었다.

선생들은 그 해결책을 찾아내기 위해 또 회의를 소집했다. 진정성을 가지고 머리를 맞대는 회의는 언제나 해결책을 마련해 주곤 했기 때문이다. 몇 번의 회의 끝에 해결책이 나왔다. 교복 제조 회사에 협조를 구하는 것이었다. 아이들이 상처받게 된 상황을 자세히 설명하고, 그 10퍼센트의 옷에 대해서는 제작 실비만 받되, 그 실비의 절반은 회사가 학교에 장학금을 희사하는 셈치고, 나머지 절반은 학교에서 보조하기로 한 것이다. 그런데 사정 이야기를 다 들은 사장은 10퍼센트 전부를 희사하겠다고 흔쾌하게 결정했다.

그리고 세 번째 시도한 것이 수업의 시작과 끝을 알리는 종소리 바꾸기였다. 계절이 바뀌거나 말거나 1년 내내 똑같이 울려대는 그 단조로운 종소리가 듣기 싫증날 뿐만 아니라, 그것 또한 일제 잔재였던 것이다. 그래서 학생들이 선정한 노래 한 소절씩이 흘러나오며 수업의 시작과 끝을 알리기 시작했다. 매번 새로운 노래가 흘러나왔는데, 그건 IT 강국인 덕에 힘 하나도 안 들이고 간단하게 해결된 일이었다. 어느 때는 〈강남 스타일〉 같은 최신 노래도 흘러나와 남녀 학생들은 경중경중 말 타는 시늉을 하며 책상으로 가 앉았고, 학생들 덕에 선생들도 전과 다른 흥겨움으로 교실 문을 열게 되었다.

그러나 작심하고 결심한다고 모든 일이 그대로 척척 되는 것은 아니었다. 그것이 사람이라는 존재의 미묘함이고 난해함이었다. 주색잡기 패가망신이란 교훈은 수백 년 전부터 있어온 것이었다. 그리고 그 실감 나는 실화도 숱하게 많았다. 그런데도 오늘날까지 주색잡기로 패가망신할 뿐만 아니라 텔레비전에 얼굴이 비춰지며 사회적 망신까지 톡톡히 당하고, 더 심해지면 쇠고랑 차고 감옥으로 끌려가기까지 했다. 카지노라는 것은 제아무리 솜씨가 좋아도 절대로 돈을 딸 수 없이 조작되는 것이라고 텔레비전에서 수시로 환기시키고 있는데도 그것으로 패가망신하는 사람들은 끝없이 줄을 잇고 있었다. 어른들이 그럴 때 아이들의 결심이 무른 것은 자연스러운 일이었다.

바로 금연 운동이 그랬다. 어른도 금연율이 10퍼센트가 될까말까 한다고 했다. 흡연 학생들도 학생자율건설회와 금연 선서식도 하고 그랬지만 실패자가 나오는 것은 어쩔 수가 없었다. 그들은 학교 구석에 숨어 몰래 담배에 불을 붙였지만 오래갈 수는 없었다. 학생자율건설회 임원 수십 명의 눈길을 피할 수는 없었다.

처음 적발된 학생에게 내려지는 처벌은 운동장 열 바퀴 돌기였다. 그러나 혼자 뛰는 것이 아니었다. 두 사람이 더해졌다. 학생자율건설회 임원 한 명과 담임이었다. 학생자율건설회는 학생 전체에게 한 약속을 지키지 못한 책임으로 임원들이 순번제로 뛰는 것이었고, 담임은 담임으로서의 책임 때문에 뛰는 것이었다. 금연 위반자는 자기 잘못으로 담임선생과 동료가 양쪽에서 함께 벌 받고 있으니 그 심정이 어떨 것인가.

그러나 한 번 적발로 끝나지 않는 학생이 또 생겼다. 알코올중독이고, 니코틴중독이고, 노름중독이고, 중독이란 그렇게 끈질기고 지독한 것이었다. 두 번째 적발된 학생은 운동장을 스무 바퀴 돌아야 했다. 한 남학생 옆에서 뛴 학생자율건설회 임원은 하필 여학생이었다. 스무 바퀴를 뛴 여학생은 기진맥진해 쓰러졌다. "미안해, 정말 미안해." 남학생이 어쩔 줄을 몰라 하며 여학생에게 말했고, "아니 괜찮아. 네 덕에 다이어트 잘했어", 여학생이 웃으며 대꾸했다. "정말 미안해. 내가 또 담배에 손을 대면 사람 새끼가 아니야." 이렇게 다짐하고 있는 남학생의 얼굴에 흘러내리고 있는 것은 땀만이 아니었다. 그 남학생은 정말 그 약속을 지켜냈다. 그래서 그 여학생의 별명은 '끝해'가 되었다. '끝없는 해변'이 아니라 '끝내주는 해결사'였다.

그러나 그러한 여학생을 못 만난 탓인지 세 번째 적발되는 학생들이 있었다. 그들은 특이하고 특별한 처벌을 받았다. 금요일 날 오후에 출발하는 무박이일의 지리산 등반이었다. "아, 나도 담배 피울걸.""그게 무슨 처벌이냐, 위로지.""정말 끝내준다, 혁신학교 교육!" 지리산으로 떠나는 버스를 보며 학생들이 투덜거리는 말이었다.

그 학생들은 남한에서 가장 거대한 산, 하나의 산이 산맥을 이루고 있는 지리산 90리 골짜기를 한 걸음씩 걸어서 올라야 했다. 저 높은 곳에 이르기 위해서는 한 걸음씩 떼어놓지 않으면 안 되는 산행. 그 누구도 도와주지 않고, 그 누구도 대신해 줄 수 없는 그 원시적 노동은 인생 노정이 어떤 것인가를 일깨워주는 너무 평범하면서도 새삼스럽게 그 의미가 깊은 산 교육이었다. 산행은 오르기만 하는 것이 아니었다. 기를 쓰고 한 봉우리를 오르면 다음 봉우리는 저 멀리 떨어져 있어 오른 만큼 내려갔다가 다시 또 올라가기를 되풀이해야 했다. 그 고달픔 속에서 학생들은 비틀거리고, 미끄러지고, 넘어졌다. 그때마다 붙들어주고, 끌어주는 손이 있었다. 선생님들의 손이었다.

끌고 밀고 당기며 바위투성이의 최정상 천왕봉에 오르니 끝없이 굽이치며 뻗어간 험한 산줄기들이 모두 발아래 있었다. 마침내 더 오를 곳이 없는 가장 높은 곳, 더 오를 데는 하늘밖에 없는 맨 꼭대기에 올랐다는 환희가 솟구쳐 오르고, 그 환희는 그대로 환호성으로 터져나왔다.

"우와아아—."

"으와아아—."

학생들과 선생들은 모두 하나 되어 목이 터지라고 기쁨의 소리를 외치고 또 외쳤다. 그 정복의 쾌감은 마침내 우리는 다 같이 이루어냈다는 일체감과 자신감과 승리감을 가슴 벅차게 느끼게 해주었다.

하늘과 맞닿은 지리산의 밤은 현란하고 황홀한 빛의 축제였다. 곧 잡힐 것 같은 빛의 덩어리들이 하늘 가득 차서 번쩍번쩍 빛을 발하고 있었다. 별 무리였다. 그런데 그 별들은 평지에서 보는 별이 아니었다. 평지에서 보는 별들이 콩알만 하다면, 지리산에서 보는 별들은 주먹만 하거나 야구공만 했다. 그리고 그 빛남도 평지에서 보는 별들은 반짝반짝이었는데, 지리산에서 보는 별들은 번쩍번쩍이었다. 그건 자기를 찾아오느라고 애쓴 모든 사람들에게 지리산이 주는 최고의 선물이었다.

지리산 신령님의 신통술이었을까, 지리산의 맑은 기가 담배독을 다 씻어내어 버린 것일까, 지리산의 품에 안겼다가 돌아온 다음에 또 적발되는 학생은 꼭 거짓말처럼 한 명도 없었다.

그러나 이런 것은 다 겉모습일 뿐이었다. 학교에서 중요한 것은 그 속모습인 공부였다. '주입 아닌 토론' 핵심 정신에 따라 모두가 참여하는 토론식 수업이 진행되었다. 그건 대안학교에서 하는 것과 같은 방법이었다. 그러니까 암기를 위한 주입식이 일본식이라면 창의를 위한 토론식은 서양 선진국식이었다. 도쿄대학교 교육학 박사인 사토 마나부 교수는 OECD 34개국 중에서 주입식 교육을 하는 데는 일본과 한국뿐이라고 지적했다. 그러니까 토론식 교육을 실시하는 것은 개성적 창의성을 개발하는 선진적 교육인 동시에 또 하나의 일제 잔재를 척결하는 일이었다.

모두가 참여하여 팀별로 과제를 처리하고, 그것을 발표하여 토론이 전개되는 수업은 주입식에서는 전혀 볼 수 없는 능동성과 협동성과 창의성을 자극하고 촉발시키면서 아이들에게 활력을 불어넣었다. 그 수업의 효과가 나타나는 데는 오랜 시간이 걸리지 않았다. 서너 달 만에 자는 아이들을 찾아볼 수가 없게 되었다. 아이들은 그렇게 학업에 흥미와 재미를 느끼고 있었던 것이다. 아이들이 그렇게 수업에 적극적으로 임하게 되니까 선생들은 앙코르 박수를 받는 가수처럼 신명이

돈아 공부 가르치기에 모든 열정을 다 쏟고 있었다.

그런 선생들에 대한 신뢰와 존경이 아주 구체적으로 나타났다. 어느 학교나 화장실의 흰 벽이 선생들 욕하는 낙서로 빈틈없이 가득 차버리는 것은 이 나라의 오랜 전통이었다. 보다 못한 학교 측에서 돈 들여 그 낙서들을 지우면 그 흰 벽은 또 얼마 못 가 온갖 욕설의 낙서로 가득 차버리고는 했다. 그런데 혁신학교를 시작하고 몇 달이 지나면서부터는 낙서가 늘지 않았다. 이상하게 생각하며 학교 측에서 낙서를 지우자 그 흰 벽에는 정말 더는 낙서가 쓰여지지 않았던 것이다.

"어찌 이런 기적 같은 일이……."

"하아, 우리가 마침내 인정받은 것이오."

"혁신교육이 성공하고 있다는 증거로군요."

"그렇군요. 이런 날이 오긴 오는군요."

선생들은 못내 감격스러워했다.

그래서 혁신교육 실천 몇 주년 기념 좌담에서 "교사 스스로 바뀌니 수업이 바뀌고, 수업이 바뀌니 자연스레 아이들도 변했다"는 체험담을 털어놓게 되었다.

그리고 혁신교육 1년의 결실은 졸업식장에서 극적으로 나타났다. 해마다 교복을 갈가리 찢고, 밀가루투성이가 되었던 난장판이 깨끗이 사라진 것이었다. 그 대신 커다란 플래카드가 펼쳐졌다.

선생님들이 저희들을 진정으로 위한다는 사실에 크게 감동했습니다. 감사합니다.

그리고 졸업생들은 강당 바닥에 엎드리며 두 번 큰절을 했다. 한 번은 선생님들께, 또 한 번은 부모님들께.

졸업생들을 그렇게 떠나보내고 신입생 입학식을 맞이했다. 그날 아침 교장 이하 모든 교사들이 교문 양쪽에 서서 신입생 맞이를 했다. 신입생 한 사람, 한 사람에게 장미 한 송이씩을 선물하며 일일이 손을 잡아주고, 다정한 웃음을 나누었다.

"나는 너무 놀랐고, 너무 기뻤다."

"내가 받은 최초의 대접이었다. 3년 내내 학교생활이 행복할 것 같다."

"평생 잊지 못할 기억이 될 것이다."

"혁신학교는 과연 다르다. 잘한 선택이었다."

신입생들의 좌담회 소감이었다.

혁신학교 시행 3주년을 맞이해 주변의 혁신중학교와 혁신초등학교 학부모들을 초청해 좌담회를 열었다.

"몸이 좀 심하게 아파 학교에 못 가게 하니까 아이가 우는 거예요. 아이가 즐거워하는 혁신학교에 만족합니다."

초등학교 학부모였다.

"저희 애는 우울증이 완치되었습니다. 초등학교에선 왕따 당하고 놀림감 되고 했었는데 혁신중학교에 진학해서는 전혀 그런 일 없이 아이들이 휠체어를 밀어주고, 친구가 되어주고 그랬으니까요. 모두 혁신학교 덕입니다. 감사드립니다."

중학교 학부모는 울먹였다.

"애가 공부할 맘을 먹었으니 더 바랄 게 없습니다. 하지만 고 등학교는 대학 입시 경쟁을 피할 수 없는 게 현실이잖아요. 혁 신학교가 그 힘이 약할 거라는 소문이라 늘 불안불안합니다."

고등학교 학부모였다.

어느 초등학교 학부모는, 자기 아는 집 애가 왕따를 심하게 당해 실어증까지 걸렸는데, 혁신학교로 옮겨 2개월 만에 실 어증이 치료되었다고도 했다.

그즈음에 학부모들의 그런 반응보다 더 적극적인 혁신학교 의 효과에 대한 조사가 발표되었다.

덴마크와 함께 교육제도가 가장 잘 되어 있는 나라로 꼽히 는 핀란드의 11학년(고2) 수업에서 물었다. "여러분은 학교에 서 공부하는 것이 즐겁고 행복한가요?" 학생들 25명 전원이 아무 망설임 없이 손을 들었다.

우리나라에서도 의정부 혁신중학교에서 똑같은 질문을 했다. 그러자 학생 25명 중에 서너 명을 빼고 모두 손을 번쩍 들었다. 그런데 그들은 다른 학년도 아니고 '중2병'의 주체 중2였던 것이다.

그런데 우리나라의 청소년 행복 지수는 2010년 이래 4년 연속 OECD 국가들 중에서 꼴찌였다. 그리고 그들의 학업성취도도 똑같이 꼴찌였다.

다시 말하면 일반학교 중2에게 똑같은 질문을 했더라면 몇 명이나 손을 번쩍 들었을까 하는 점이다.

이렇게 혁신학교가 좋은 반응을 얻으며 성공적으로 확대되어 나아가는 가운데 제2기 선거기를 맞이하고 있었다. 그런데 보수 쪽에서는 본격적으로 진보 쪽을 공격하고 나섰다.

"어찌 진보 교육감을 뽑나. 나라 망한다."

어느 여당 국회의원이 공개적으로 한 발언이었다.

선거운동이 본격화되자 특히 초등학교 학부모들이 진보 교육감 선거운동에 열렬하게 나섰다.

"애 키우는 엄마들이 왜 저 모양이야. 살림이나 잘할 일이지."

보수적인 사람들이 그들을 손가락질하며 힐난하는 소리였다.

그리고 보수 쪽 학부모들이 본격적으로 혁신학교를 음해하는 소문을 퍼뜨리며 진보 교육감들의 선거운동을 방해하고 나섰다.

"혁신학교는 무서운 전염병이다. 아이들이 제멋대로 행동하고, 무엇이든 제맘대로 하니까 그걸 일반학교 애들이 다 부러워하며 망쳐지고 있다. 혁신학교 병균이 자꾸 퍼지게 내버려두면 큰일난다. 빨리 막아야 한다. 그건 진보 교육감을 떨어뜨리는 것이다."

그런 혼란 속에서 민선 2기 교육감 선거가 끝났다. 그 결과는 무척이나 충격적이었다. 2010년 6월의 제1기 선거에서는 전국 16개 시도에서 진보 교육감이 6명 선출되었다. 그런데 2014년 6월의 제2기 선거에서는 전국 17개 시도에서 진보 교육감이 13명이나 선출되었다. 그들 중에 8명이 전교조 출신이었다.

보수 쪽에 일대 충격인 이 사태는 결코 우연도, 돌발도 아니었다. 그건 자식 교육을 걱정하는 학부모들의 신중하고 냉정한 판단의 선택이었다. 그리고 그 선택은 지난 4년 동안 실시된 혁신학교에 대한 절대 신뢰의 표현이었고, 더욱더 확대되기를 바라는 적극적 요구였던 것이다.

그 사실을 선명하게 입증해 주는 것이 서울특별시 교육감의 당락이었다.

"혁신학교는 더는 지원하지 않겠다."

보수 후보의 공약이었다.

"혁신학교를 더욱 확대하겠다."

진보 후보의 공약이었다.

그런데 서울 유권자들은 진보 후보를 당선시켰다.

학부모들은 전국적으로 그렇게 선명한 선택을 통해 교육 혁신을 향한 선거 혁명을 일으킨 것이었다. 그것을 경기도 교육감은 '아래로부터의 혁신'이라고 불렀다.

"오늘 퇴근이 좀 늦어지겠는데 커피 한잔 하실래요?"

앞자리의 민 선생이 임기범 옆으로 다가와 물었다.

"아 예, 퇴근이요……?"

임기범은 혁신학교의 미래가 어찌 될 것인가 하는 생각에서 깨어나며, 퇴근이 왜 늦어지느냐고 물었다.

"애들이 오늘 수학여행지를 최종 결정하는 회의를 한다구요."

"아, 그렇군요. 금년에는 어디로 정하려나. 가지요, 커피 하게."

임기범은 기지개를 켜며 일어섰다.

"애들한테 수학여행지 결정도 맡기니 그렇게들 잘하는걸, 옛날엔 왜 괜히 선생들이 붙들고 그랬나 몰라요."

"그렇다니까요. 수학여행을 가는 당사자들이 학생이니까 당연히 그들이 결정하는 게 옳죠. 그러니 책임감도 생기고,

불평불만도 전혀 안 생기고. 옛날이 아니라 지금도 일반학교는 선생들이 틀어쥐고 있잖아요. 그게 서푼 어치도 안 되는 기득권 고수고, 지배욕 강화의 욕심이에요. 가장 비교육적이고, 가장 비민주적인 구태지요."

임기범이 복도에 떨어진 휴지를 집어 들었다.

"페스탈로치 따로 없군요."

"무슨 소리요?"

"휴지 줍는 모습을 보고 문득 아이들이 다칠까 봐 길에서 깨진 유리 조각을 줍는 페스탈로치가 생각나서요."

"원, 싱겁기는."

그들은 마주 보고 웃으며 휴게실로 들어갔다.

그래도 희망의 나무 심기

"쌤, 얘가 이상해요! 신석우가 머리를 박았어요, 책상에!"

한 학생이 다급하게 소리쳤다.

"뭐!"

판서를 하던 강교민은 황급히 돌아섰다. 신석우라는 이름
과 머리를 박았다는 말이 연달아 머리를 강타했다.

"어떻게 된 거야?"

강교민은 분필을 내던지고 앞으로 내달았다.

"모, 모르겠어요. 갑자기 책상에 머리를 쿵 박았어요."

신석우 옆자리의 학생이 잔뜩 겁에 질린 얼굴로 엉거주춤

서서 말했다.

"야, 신석우! 석우야, 정신 차려!"

강교민은 책상에 엎어져 있는 학생의 어깨를 흔들었다. 탄력이 풀려버린 학생의 몸은 둔중한 무게감으로 흔들렸다.

"석우야, 정신 차려, 정신 차려!"

강교민은 다시 한 번 흔들었지만 학생의 늘어진 몸은 상태가 가볍지 않다는 것을 말해 주고 있었다.

강교민은 다급하게 손을 옷에 쓱쓱 문지르고는 학생의 눈꺼풀을 까보았다. 완전히 풀려 뒤집힌 눈은 상태의 심각함을 몸보다 더 급하게 알리고 있었다.

"야 너희들, 빨리 업혀라!"

강교민은 등을 들이대며 겁 질려 둘러선 아이들에게 일렀다.

아이들 서너 명이 달려들어 축 늘어지는 신석우를 선생의 등에다 업혔다.

"야 느네들, 양쪽에서 뒤에서 받쳐."

일어서는 선생을 부축하며 반장이 아이들에게 말했다. 재빨리 네댓 명이 나섰다.

강교민은 부축하는 학생들과 함께 재빠르게 교실을 나가고 있었다.

"나, 쟤 저렇게 될 줄 알았어."

한 아이가 혀를 차며 말했다.

"그래, 석우 쟤 스트레스 엄청 받았잖아. 새끼, 참 안됐다."

다른 아이가 쓰게 입맛을 다셨다.

"틱은 또 얼마나 심하게 했냐. 석우 입장이라면 열불 나 미칠 일이었지."

또 다른 아이가 폭 한숨을 쉬었다.

"가난 때문에 밀렸으니 환장 안 할 놈 어딨냐. 근데 말야, 쟤 저러다 무슨 일 나는 것 아니냐?"

"글쎄 말야, 영 불안하지?"

"글타니까. 평소에도 기를 쓰고 파느라고 잠을 못 자 늘 비실비실했잖아."

"빌어먹을, 가난하면 그냥 공부도 못해버리든지. 괜히 공부는 잘해가지고……."

강교민은 숨을 몰아쉬며 신석우를 보건실 침대에 내려놓았다.

보건 선생이 눈을 까보고, 맥을 짚어보고, 청진기를 대보고, 분주했다. 그러더니 낮게 말했다.

"119를 불러야겠어요. 좀 불안해요."

"아 예에……."

강교민은 다급하게 바지 주머니를 더듬었다. 그러나 수업 시간에 핸드폰을 가지고 들어갔을 리 없었다.

"네, 제가 걸지요."

보건 선생이 재빨리 핸드폰 자판을 찍었다.

강교민은 앰뷸런스를 타고 병원으로 향했다.

정신 잃은 신석우의 몰골은 산 사람의 모습이라고 하기가 어려울 지경이었다. 기름기라고는 없이 비쩍 마른 얼굴은 핏기 없이 초췌했고, 눈두덩은 푹 꺼져 있었다. 살이 너무 쪄서 일부러 적잖은 돈을 들여가며 살 빼는 소동을 벌이는 시대에 신석우의 그런 모습은 무척이나 생소했다.

강교민은 신석우의 그런 얼굴을 물끄러미 내려다보고 있었다. 그 메마르고 지친 얼굴에는 가난과 고3의 고뇌가 함께 얽혀 있었다. 어린 그가 왜 이런 변까지 당하게 되었는지 잘 알고 있는 강교민은 가슴이 쓰리고 아팠다.

가난 속에서도 공부를 잘했던 신석우가 고3이 되어 느닷없이 당한 그 사태는 그야말로 날벼락이었다. 길을 가다가 새로 짓고 있는 건물에서 떨어진 벽돌에 맞아 죽었다거나, 선산에서 제초 작업을 하다가 말벌 떼에 쏘여 죽었다거나 하는 식의 횡액이었다. 신석우는 그 일을 당한 다음부터 불안한 기색을 감추지 못했고, 자기 자리를 빼앗기지 않고 지키려고 몸부림치는 것이 여실히 보였다. 그는 쉬는 시간에도 외따로 떨어져 책을 보고 있었고, 화장실에 가면서도 책을 보고 있었고, 식당에 갈 때나 밥을 먹을 때도 책을 손에서 놓지 못했다.

"전체적으로 건강 상태가 좋지 않습니다. 과로, 영양 결핍, 과도한 스트레스 등이 겹쳐 있습니다. 긴급 대처 하지 않으면 다른 큰 병을 유발할 수도 있습니다."

긴급 조처로 신석우가 깨어나자 의사가 한 말이었다.

"예, 감사합니다. 학부모한테 전하도록 하겠습니다."

강교민은 의사한테 예의를 갖추며, 그의 말의 순서가 바뀌어야 한다고 생각하고 있었다. 신석우의 건강이 그렇게 나빠진 것은 과도한 스트레스가 첫 번째 원인이었다.

"선생님, 죄송합니다. 저 땜에 괜히……."

다 까라진 목소리로 신석우가 힘겹게 말했다. 그런데 왼쪽 입꼬리 부분의 윗입술이 썰룩거리며 파르르 떨리곤 했다. 전형적인 틱 증상이었다. '고3병'이라고도 하는 그런 증상은 공부 좀 한다는 아이들한테서는 거의 다 한 가지씩은 나타나고 있었다. 한쪽 눈 가장자리에 경련이 인다거나, 콧등이 썰룩거린다거나, 한쪽 볼이 부어오른다거나……, 그건 다 시험공부에 시달리며 생긴 과도한 스트레스가 그 원인이었다.

"아니다, 아니다. 그런데 너 요새 너무 무리한 모양이구나?"

강교민은 링거액 떨어지는 것을 올려다보며 말했다.

"……." 한동안 천장만 올려다보고 있던 신석우는, "다 포기했어요" 하면서 한숨을 푹 내쉬었다.

"아니 너, 그게 무슨 소리냐?"

강교민은 순간적으로 그 말뜻을 다 알아들으면서도 이렇게 말했다.

"제가 아무리 발버둥 치고, 기를 쓰고, 하루에 한 시간씩밖에 안 자고 파봤자 대치동 찍기 과외를 당할 수는 없거든요."

신석우가 가만가만 한 말이었다.

"…… 석우야……."

낮게 흘러나온 강교민의 그 소리는 아이의 이름을 부르는 게 아니라 모든 사정을 다 아는 자로서의 신음이었다.

"선생님, 차라리 죽고 싶어요."

"아니, 너 그게 무슨 소리냐!"

놀라움과 꾸짖음이 함께 든 강교민의 목소리는 엄했다.

"근데……, 엄마 아빠를 생각하면 그럴 수도 없구요……."

신석우의 양쪽 눈꼬리로 눈물이 주르륵 흘러내리고 있었다.

"석우야……, 석우야……."

강교민은 가난 속에 허덕이며 많은 상처를 받은 어린 제자의 손을 꼭꼭 움켜잡았다. 죽을 수도 없고, 살 수도 없는 신석우의 고뇌가 강교민의 가슴을 아프게 파고들고 있었다.

"힘내라. 미리 겁먹을 것 없어. 최선을 다해서 싸우는 거야. 지금 결과는 아무도 몰라. 난 끝까지 네 편이다."

이것은 학기 초에나 통했던 격려였다. 어쩌면 그때 힘차게 격려를 하면서도 마음 저 한구석에는 오늘의 결과를 다 예견하고 있었던 것은 아닌가. 그래, 내신 1등급을 받기 위해 일부러 전학 온 금수저 박진호와 부부 맞벌이를 해도 가난을 면치 못하는 가난뱅이 집 아들 신석우는 애당초 경쟁 상대가 될 수 없었는지도 모른다. 그런 사정을 다 알면서도 그런 격려를 했던 것은 위선이었을까, 기만이었을까. 그건 정든 제자에 대한 가슴 쓰라린 연민이었고, 인간으로서의 진심이었고, 합법을 가장한 불법에 대한 허약한 증오였다.

그러나 대학 입시를 두고 벌이는 무한 경쟁이라는 인정사정없는 싸움에서 내신 1등급을 빼앗겨버린 아이, 그 패배감을 껴안고 막바지 공부를 하다가 쓰러져버린 아이에게 할 수 있는 말이 무엇이란 말인가.

이 변두리 학교에는 매해 신학기가 되면 고3의 전학생들이 조용하게 스며들었다. SKY 대학교를 목표로 삼아 내신 1등급을 노리는 아이들이었다. 그 아이들은 두 가지 공통점을 가지고 있었다. 공부가 상위 그룹에 속하고, 부유한 집 자식이라는 점이었다. 그들은 내신 1등급을 차지하기 어려운 학교에서 그 차지가 쉬운 동네로 전학 온 것이었다.

그건 불법인가, 합법인가. 대한민국은 엄연히 헌법으로 사유재산을 인정하고 보호함과 동시에 거주 이전의 자유를 허용하는 민주주의 법치국가였다. 그에 근거한 것이니 1년에 열 번 아니라 백 번을 이사해도 그 사람의 자유였던 것이다.

그렇게 전학 오는 학생들을 학교는 또 은근히 반기고 있었다. 그들이 SKY 대학교에 합격할 확률이 100퍼센트였고, 그러면 학교의 명예를 드높여 명문을 만들어줄 진객들이었던 것이다. 거기다가 학교 발전 기금까지 내놓는다면 누이 좋고 매부 좋고, 그보다 더 좋은 금상첨화가 있을 수 없었다.

그 전학생들은 '사교육의 메카 대치동'에서 과목마다 특A급으로 꼽히는 '1타 강사'들에게 날마다 수련을 해댔다. 그러니 그들은 너무 쉽게 반마다 1등을 차지해 내신 1등급을 확보했다. 그 치명타는 그동안 1등을 해온 토박이들에게 가해졌다. 가난 속에서도 열심히 공부하며 성공적 인생을 설계했던 그들의 꿈은 그렇게 산산조각이 났다. 1, 2학년 때 전교 1등을 누려온 신석우는 그런 대표적인 피해자였다. '개천에서 용 나지 않는 시대'란 단순히 경제력의 차이로 사교육의 차이가 생겨 벌어지는 것만이 아니었다. 그런 합법적 불법의 약육강식까지 동원되어 개천의 용의 씨를 말리고 들었다.

강교민은 해마다 저질러지는 그 불법을 뻔히 알면서도 어찌할 방법이 없었다. 그 불법은 양심적 불법이었을 뿐 법적 합법이었고, 무한 경쟁의 치열함 앞에서 인간적 양심이나 도리는 가소로운 잠꼬대거나, 철없는 고상한 말씀에 지나지 않았다. 프란치스코 교황은 광화문 강론에서 '이기주의와 분열을 일으키는 무한 경쟁의 풍조에 맞서 싸우기 바란다'고 우리 사회를 향해 일침을 가했다. 그러나 그런 합법적 불법을 거침없이 감행하는 부자들은 교황을 향해 ㅋㅋㅋ 코웃음을 날렸을 것이다.

그러나 강교민에게는 그런 합법적 불법만 참아내기 어려운 고통이 아니었다. 그와 똑같은 고통이 또 하나 있었다. 방과후 학교 운영을 위한 학생 선별 작업이었다. 신입생 350명을 배정받으면 입학식을 하기 전에 시험을 치렀다. 거기서 100명을 뽑았다. 그들에게만 방과후학교에 신청할 자격이 주어졌다. 그건 분명 우열반 편성 금지에 저촉되는 일이었다. 그러나 그런 금지는 하등 문제 될 것이 없었다. 학교에 따라서 그 명칭을 다양하게 바꾸어 대응했다. A, B, C니 자력반이니 진출반이니, 그 작명 재능을 맘껏 발휘했다. 교육 현장에서 교육의 이름으로 자행되는 비교육이었다.

그건 곧 대학 입시 결과로 학교의 우열을 판가름하는 사회의 무한 경쟁의식에 철저하게 편승하고 굴종하는 행위였다. 그리고 학교 이름을 올리는 좋은 성과를 내기 위해 내부에 특목고나 자사고를 만드는 셈이었다. 그건 경쟁의 논리를 앞세워 나머지 250명을 가차 없이 내다 버리는 배제의 논리였다.

인문고등학교에서 그 250명은 길 잃은 양이 되어야 했고, 아무 쓸모없는 인간쓰레기로 취급당할 위기에 내몰리는 것이었다. '단 한 명도 버려서는 안 된다'는 의식으로 사는 강교민으로서는 참으로 견디기 어려운 아픔이었다. 그들은 모자라는 인간들이 아니었다. 공부가 적성에 맞지 않거나, 능력이 다를 뿐이었다. 바른 교육, 참된 교육의 목표는 자립적 인간으로 키우는 것이었다. 그러려면 교육이란 모름지기 학생들의 개성에 따른 능력을 발견해 내고, 그 능력을 개발해 나가는 것이어야 했다. 그런데 그 임무를 외면한 학교들은 그저 입시 경쟁에만 몰두하고 있었다.

그러나 자신도 그 무책임한 교육자들의 대열에 끼어 있는 한 사람이었다. 생각만 그렇게 할 뿐 행동은 반대로 해, 250명을 방치한 채 방과 후에는 100명을 위한 오지선다의 답 맞히는 기술을 공부랍시고 가르치고 있었다.

학교라는 조직체에서 교사 하나란 얼마나 미미하고도 허약한 존재인가. 아이들을 가르치는 것 외에 독자적으로 할 수 있는 일이란 아무것도 없었다. 더구나 교육계 전체로 보면 없는 것이나 마찬가지인 티끌일 뿐이었다. 지구상의 70억 인구 중에서 한 개인의 존재처럼.

그러나 교육개혁, 교육혁신, 바른 교육을 위한 바로잡기 방법에 대해서는 생각이 많고 많았다. 그 일에 힘을 보태기 위해 교장, 교감의 눈총을 받으며 단체 활동에 나섰던 것이다. 그러나 그 길도 장애가 많고, 더뎠다. 그러나 혁신학교 성공 같은 성과를 이루어내고 있으니 더딘 그 길을 지켜나가는 것이 옳은 일이었다. 몇 년이 걸리든 간에 학부모들의 힘에 의해 전국적으로 진보 교육감이 탄생하는 것이 1차 성공이었다. 그리고 그들에 의해 혁신학교가 전국화되는 것이 2차 성공이었다. 그렇게 되면 그 어떤 정권이든 국가 차원에서 교육제도를 전면적으로 개혁하지 않을 수 없게 될 것이다. 그것이 3차 성공이고, 교육혁명의 시작이었다. 그 모델은 얼마든지 있었다. 독일, 덴마크, 핀란드 같은 나라들에게 정식으로, 본격적으로 도움을 요청하고, 진정으로 배우면 그 길은 훤히 열리게 되어 있었다. 그날을 향해 참고 견디는 수밖에 없다고 강교민은 늘 스스로를 다독거리고 닦달하고 있었다.

"석우야, 네 억울한 심정 잘 안다. 그렇지만 어쩌겠니. 그게 현실인걸. 널 돕고 싶어도 선생님도 어쩔 방법이 없구나. 그렇지만 절망하지 마라. 인생이란 여러 가지 길이 있다. 세상에서 최고라고 치는 것만 최고가 아니야. 그것 아닌 차선에서도 마음에 드는 길은 얼마든지 찾을 수 있어. 좀 여유를 갖고 생각하고, 마지막 순간까지 최선을 다하자. 선생님이 별다른 힘은 없지만 끝까지 네 편이 돼줄게. 함께 의논하자, 응?"

강교민은 신석우의 손을 다시 감싸 잡았다.

"선생님, 감사합니다. 감사합……."

신석우도 선생님의 손을 마주 잡으며 다시 눈물을 흘렸다.

"그래, 석우야. 이 얘기 좀 들어볼래? 폴란드에 있는 아우슈비츠 수용소는 히틀러가 수많은 유태인들을 가두고 강제 노동을 시키며 학살했던 곳으로 악명이 높지. 거기서 죽어간 사람이 400여만 명이니까. 거기에 그 유명한 가스실도 있었지. 그런데 그곳에 아버지와 세 아들이 수용되어 있었어. 세 아들은 모두 청년이었고, 그들도 매일 가혹한 강제 노동에 시달렸지. 그런 그들이 가지고 있는 단 하나의 희망은 연합군이 빨리 승리하는 것이었어. 그래야 자기들이 살아나니까. 맞아 죽고, 얼어 죽고, 굶어 죽고, 병들어 죽는 공포에 떨며 나날을 넘기는 그들에게 마침내 해방의 날이 찾아왔어. 풀려난 아버지는 세 아들을 찾아서 정신없이 돌아다녔어. 그러나 세 아들은 끝내 보이지 않았어. 다 죽은 거지. 늙은 아버지는 살아났는데 젊은 세 아들이 죽다니! 이 이해할 수 없는 일에 기자들이 그 아버지를 에워쌌어. 아버지가 기자들에게 말했어. '나는 세 아들과 옛날처럼 행복하게 살게 되리라는 희망을 단 하루도 버린 적이 없었어요. 그 희망이 꼭 이루어지게 해 달라고 매일 간절하게 기도했었어요.' 그런데 그의 세 아들은 그런 희망을 갖지 못하고 고통스러운 현실에 좌절하고 절망해 그만 다 죽고 만 거지. 무슨 말인지 알겠지? 희망, 희망을 가져야 해. 희망은 우리들 자신을 추동하는 가장 강력한 힘이란 걸 잊지 마라."

"네, 선생님……."

한편, 그 시간에 박진호는 학교를 나와 교문 왼쪽의 샛길에 대기하고 있던 차에 올랐다. 새까만 벤츠는 광택 유난한 범퍼 위에 흰 구름 둥실 뜬 가을 하늘을 담고 이내 출발했다.

"아들, 오늘도 힘들었쪄?"

박진호의 엄마 김수희는 아들의 옆 볼을 어루만지며 정 뚝뚝 떨어지는 혀 짧은 소리를 냈다.

"걔 아까 쓰러졌어."

박진호가 뚱한 얼굴로 무뚝뚝하게 말했다.

"누구? 신석우?"

"……."

박진호는 앞만 응시하고 있었다.

"흥, 과로했나 부지? 그럼 뭐하냐, 지 몸만 상하지. 우리 진호하고는 애초에 게임이 안 되는데 왜 발버둥 치고 그래. 바보 같이." 김수희는 코웃음 쳐가며 기세 좋게 말하고는, "아들, 기분 나빠? 뭐가 신경 쓰여?" 살이 두툼하게 오른 얼굴에 부티를 풍기는 그녀는 아들의 눈치를 살폈다.

"모르겠어."

박진호는 신경 쓰인다는 듯 짧게 혀를 찼다.

"까짓 것 싹 잊어버려. 얘, 기쁜 소식이 있다. 아빠가 올해 최우수 의사상 받으시게 됐다. 이제 너만 의대에 딱 붙으면 만사 오케이다. 그렇게 되면 우리 집안 경경사 완성이고, 우리나라 최고 가문 되는 거라고 아빠가 아까 수상 소식 전해주며 기뻐하셨다."

김수희 목소리에 신명이 돋고 있었다.

"나 피곤해. 좀 잘래."

박진호가 머리를 기대며 눈을 감았다.

"아들, 우리 아들, 그래 눈 좀 붙여."

아들 쪽으로 몸을 돌린 김수희는 곧 담요라도 덮어주는 듯

한 손짓을 했다.

20분쯤 지나 그들이 도착한 곳은 '사교육의 메카'라고 불리는 대치동 학원 밀집가였다.

"아들, 이거 먹고 가야지."

부시시 눈을 뜬 아들 앞에 김수희는 빨대 꽂힌 비닐봉지를 내밀었다.

"아, 싫어."

박진호가 비닐봉지를 밀어내며 짜증을 부렸다.

"너 이거 마셔야 막바지까지 버텨. 이건 아빠가 인정하신 유일한 한약 보약이야. 아빠가 말씀하셨잖아. 체력 보강을 위해 착실하게 마시라구."

김수희는 아빠라는 말에 맞춰 비닐봉지를 아들 코앞으로 바짝바짝 들이댔다.

"에이 참……."

박진호는 짜증을 부리면서도 마지못해 비닐봉지를 받아 들었다. 10층짜리 개인 종합병원 원장인 아빠는 거부할 도리가 없는 거대한 존재였던 것이다.

"90분 후에 대관령 한우식당 앞이다!"

김수희는 수요일의 저녁 메뉴에 따른 식당 이름을 아들에게 환기시켰다.

아들은 아무 대꾸도 없이 차를 내려서는, 다른 날과 달리 쾅 소리가 나도록 문을 세게 닫았다.

'사내자식이 소심하기는. 개가 쓰러졌거나 말거나 다 개 사정이지, 신경 쓰기는, 무슨.'

김수희는 콧방귀를 날리며 차에서 내렸다.

전국적으로 소문난 학원 밀집가 일직선 거리에는 테헤란로 같은 대형 건물들은 없었다. 중형과 소형 건물들이 폭넓은 길 양쪽으로 빽빽하게 들어찼는데, '사교육의 메카'라는 별명답게 건물마다, 층층마다 온갖 학원들의 간판이 눈이 어지럽도록 다닥다닥 붙어 있었다. 그런 건물들의 1층은 으레 그렇듯 상가들이 차지하고 있었는데, 특히 많은 것이 간이식당과 패스트푸드점들이었다. 매일 수없이 몰려드는 학생 고객들의 구미와 경제력에 맞춘 것이었다. 그 사이사이에 생뚱맞다 싶게 이색적으로 끼여 있는 게 약국이었다. 그 약국들보다 좀 더 설득력 있는 것이 안경점이었다. 잔글씨 들여다보며 하루 열두 시간부터 열다섯 시간 넘게 부대끼다 보면 눈이 나빠지는 것은 당연지사일 거였다. 그런데 어느 안경점은 3층 높이 건물 전체를 은빛 철판으로 뒤덮은 대형을 과시하고 있었다. 얼마나 눈 나빠지는 아이들이 많으면 그런 큰 안경점이 운영되고 있는 것인지, 시험공부에 내몰려 밤낮없이 시달리고 있는 아이들의 우울한 고통을 그 안경점은 서늘한 느낌으로 증언하고 있었다.

하루가 저무는 해 질 녘이 되자 거리에는 시시각각 학생들이 불어나고 있었다. 대학 입시를 표적으로 삼는 지식을 철저하게 팔고 사는 사람들의 본격적인 야간 영업 시간이 시작되고 있었던 것이다. 다이아몬드의 크기가 커질수록 가격이 어떤 기준도 없이 폭등하듯 여기서도 족집게로 이름 찍힌 강사들의 수강료는 일정액이 없이 '부르는 게 값'으로 되어 있었다. 그래서 특A급 스타 강사 또는 1타 강사로 불리는 사람들은 전임 연구원이나 연구 조교까지 두고 연간 100억에서 200억까지 벌어들인다고 했고, 전국 최고로 소문난 어떤 외고에 합격시킨 자소서(자기소개서)가 700만 원짜리라고 하는가 하면, 특목고 진학 컨설팅비가 4,500만 원이고, SKY 대학교 면접 컨설팅비가 평균 500만 원이라는 소문이 떠도는 곳이 그곳이었다. 철저한 영리 조직인 그런 사교육 시장은 전국적으로 대호황을 누려온 것이 벌써 20년을 넘었고, 거기에 쏟아져 들어가는 돈이 해마다 불어나 이제 40조 원을 헤아리고 있었다. 그런데 통계청에서는 한가하게 20조 원 정도로 계산했다.

김수희는 단골 패스트푸드점으로 갔다.

"언니, 저 여깄어요."

정민지가 문 옆 외진 자리에서 먼저 알은체를 했다.

"응, 오늘은 일찍 왔네?"

김수희는 조심성 없는 중년 여인답게 의자에 털퍽 주저앉았다.

"아유, 봉고 타던 걸 KTX로 바꾸기로 했어요. 봉고 그거 시간도 더 많이 걸리고, 영 위험하잖아요."

"응, 그건 잘했네. 고속도로 무서워."

김수희는 손거울을 꺼내 보며 고개를 끄덕였다.

"아무래도 나 지방으로 잘못 보낸 것 같아요. 언니처럼 일반고 케이스로 할걸."

"왜, 힘들어서?"

"그럼요. 주말마다 오르락내리락, 이걸 앞으로 2년이나 더 해야 되잖아요."

정민지는 어깨한숨을 토했다.

"후배 나으리, 배부른 소리 작작하세요. 이 선배는 3년째 하고 있다구요. 아들 닥터 만드는 데 엄마가 3년 좀 고생하는 게 뭐가 그리 힘들어."

김수희는 냉정을 과장하며 눈을 흘겨댔다.

"근데 언니, 아들을 위해 참을 수는 있는데, 인서울이 안 되면 어떻게 하지요? 불안해 못살겠어요."

"그게 왜 걱정이야? 지방대도 의대는 다 짱이야. 자격증만 땄다 하면 의사는 다 대한민국 어디에서나 귀족이 아니라 왕족이야. 서울이 무슨 대수야. 중소 도시도 이젠 서울 흉내 똑같이 내면서 폼 다 잡는 세상이라고. 거기서 병원 하나만 짊어지고 있으면 고수익 보장되겠다, 시장이고 판검사고 다 맞먹을 수 있겠다, 경찰서장이고 교장들도 먼저 친해지려고 들겠다, 아흔까지도 돈벌이를 할 수 있는 게 의사라구. 이 세상에 이보다 더 좋은 직업 있으면 대봐."

김수희는 요란하게 손짓까지 해가며 의사 예찬론을 펼치기에 열을 올렸다.

"맞어요. 맞어요. 언제나 언니 말을 들으면 속이 확 풀려요. 3년만 고생 참고 견디면 아들 인생이 활짝 열리는 거니까 죽어라고 해야지요."

정민지는 위아래 입술이 말려들도록 굳게 다물었다.

정민지는 지방 명문고에 아들을 입학시키고는 금요일 날 오후 늦게 아이를 데리고 대치동에 와서 일요일 밤까지 보내고 다시 내려갔다. 그런 주말족들은 경상도, 전라도, 충청도 가릴 것 없이 지방 대도시에서 다 몰려들었다. '사교육의 메카'라는 명칭은 괜히 붙여진 것이 아니었다. 그러나 돈만 있다고 대치동족이 될 수 있는 게 아니었다. 수강생의 수준을 맞추고, 자기네 명성도 지켜나가기 위해서 학원들은 일정한 시험을 치르고 있었던 것이다.

"아이고, 나 속상해 죽겠어요. 우리 애는 왜 그 모양인지 모르겠어요."

정민지 뒷자리에 앉은 여자의 목소리가 컸다.

"왜 또 무슨 일 있어요?"

"아, 그놈의 불안증인가 뭔가 땜에 이번 시험 또 망쳤다니까요."

"저걸 어째. 병원에 다닌다고 했잖아요."

"다녀도 아무 효과가 없으니 미칠 일이죠. 수능시험은 빠득빠득 다가오는데."

"우리 애도 큰일이긴 마찬가지예요. 성적이 통 안 오르잖아요. 괜히 고액 과외에 돈 처들였나 봐요."

"그건 아니죠. 그것 안 했음 성적 미끄럼 탔죠."

두 여자는 한숨 합창을 했다.

한 아이는 소위 '고3 스트레스'를 앓고 있는 것이었다. 공부 잘하는 애들일수록 많이 앓는다는 그 증상은 시험이 닥치면 정신이 공황 상태에 빠지는 것이었다. 시험지를 받자마자 아무것도 안 보인다거나, 정신을 차릴 수 없도록 귀에서 웽웽 소리가 울려댄다거나, 펜을 잡을 수 없도록 손이 덜덜 떨린다거나, 눈앞이 뿌옇게 흐려지면서 무서운 형상들이 오락가락한다거나, 갑자기 현기증이 일어나면서 머리가 빙글빙글 돌거나 하는 것이었다.

또 다른 아이의 성적 제자리걸음은 모든 부모들이 저지르고 있는 과욕의 당연한 결과였다. 100을 주입하면 50의 효과가 나타나니까 100의 효과를 원하는 엄마들은 거침없이 200을 주입한다. 그러나 인간의 한계는 50의 결과밖에 나타내지 못한다는 것이 과학적 분석이었다. 그런데도 엄마들의 과욕은 100이 달성되는 착각에 사로잡혀 고액 과외에 아낌없이 투자하는 것이다. 그리고 고졸자 중에서 SKY 대학교에 입학하는 것은 1.5퍼센트 정도였다. 그런데 그보다 7, 8배의 수가 같은 목표를 향해 사교육에다 서슴없이 거액을 쏟아붓고 있었다. 그래서 그들은 '사교육 재벌'을 만들어내는 1등 공신 역할만 하는 것이었다.

"언니, 우리 애들은 저렇지 않으니 천만다행 아니우?" 정민지가 속삭였고, "흥, 그런가? 나가자, 시간 다 됐어", 김수희가 들여다본 시계에는 조르륵 박힌 다이아몬드들이 그 특유의 빛을 발산하고 있었다.

"야, 걔 있잖냐 오답 노트 아직도 못 찾았다며?"

"잃어버린 게 등신이지, 맘먹고 쌔벼간 걸 무슨 수로 찾냐."

"걘 재수 옴 붙어 서울대는 꽝이다."

"그 새끼 웃겨. 우리 찍기쌤이 뭐라시던. 불알은 잃어버려도 학필(학원 필기) 노트는 절대 잃어버리면 안 되고, 누구 빌려주지도 말라고 했잖아."

"당연하지. 1점에 서울대가 왔다 갔다 하는데."

두 학생이 떠들어대며 주문대로 가고 있었다.

학교에서고 학원에서고 서로 책이나 노트를 빌려주고, 빌려 보는 일이란 없었다. 열 군데 학원을 다니는 애보다 수능 1점을 더 따기 위해 자기는 열한 군데 학원을 다닌다고 자랑스러운 듯 말하는 모습이 텔레비전 뉴스에 나오는 상황이었다. 경쟁의 치열함을 그보다 실감나게 말할 수는 없었다. 그러니 학생들 사이에서 책이나 노트를 빌려주지 않는 것은 일기장을 보여주지 않고, 비밀 장부를 보여주지 않는 것과 똑같은 불문율이었던 것이다. 그래서 라이벌 노트를 훔치거나, 찢어버리는 일이 벌어지고, 그래서 공부를 잘하는 애들일수록 사물함에 책이나 노트를 두고 다니지 않았다. 그리고 가끔 휴일이 지나면 사물함이 다 열려져 있는 게 괜한 일이 아니었다.

그렇게 치열한 경쟁을 해서 SKY 대학교에 들어간 그들이 지적당하는 세 가지 약점이 있었다. 글을 잘 못 쓴다. 외우기만 했지 써본 적이 없으니까. 말을 잘 못한다. 주입만 받았지 토론을 해본 적이 없으니까. 협동 능력이 떨어진다. 남을 제치는 데만 능했지 누구와 힘을 합쳐 무슨 일을 해본 적이 없었던 것이다. 학생들의 그런 살벌한 생활을 두려워하고 우려하며 어떤 시인은 이런 시를 썼다.

민주주의는 교실에서부터*

문병란

민주주의는
교실에서부터 시작되어야 한다
교사는 진실을 말해야 하고
학생들은 그 진실을 배워야 한다
교단은 비록 좁지만 천하를 굽어 보는 곳
초롱한 눈들을 속여서는 안 된다
자유로이 묻고
자유로이 대답하고
의문 속에서 창조되는 진리
아니오 속에서 만들어지는 민주주의
외우는 기계를 만들어서는 안 된다

일등짜리만 소용되는 출세주의 교육

꼴찌를 버리는 교육이어서는 안 된다

일등하기 강박 관념에 시달리다 음독 자살하고

참고서 외우는 죽은 교육 싫어서 목을 매달고

점수에 납작 눌려 있는 초조한 가슴들

교실이 감옥이 되어서는 안 된다

친구의 목을 누르는 경쟁장이 되어서는 안 된다

모이면 오손도손 정이 익어 가고

눈과 눈들이 별이 되는 꽃밭

서로의 가슴에 사랑의 강물이 흐르는

교실은 너와 내가 하나 되는 공동체

각기 다른 빛깔로 피는 꽃밭이어야 한다

"언니, 나 저 총명약 좀 사고."

정민지가 약국을 가리켰다.

"응, 다녀와."

김수희는 심드렁하게 대꾸했다. 약국의 18만 원짜리를 믿지 않기 때문이었다. 자신이 아들에게 먹이고 있는 건 한 달에 100만 원짜리였다.

그 약국들도 식당들처럼 학원생들을 상대로 그런 장사를

하고 있었던 것이다. 그러나 약국만이 아니었다. 병원들도 이미 '총명주사', '수능주사'로 장사를 하고 있었고, 한약방들도 '총명탕'으로 한자리를 차지하고 있었다. 임산부들이 장차 아이를 수포자(수학 포기자) 안 만들기 위해서 수학 사교육을 하고, 영어 잘하게 하려고 가까운 영어권 나라로 '황실 여행'을 떠나는 판인데 약국이나 병원의 그런 발 빠른 상술은 아주 자연스러운 수요와 공급의 법칙의 현실화이기도 했다.

김수희와 정민지는 걸음을 서둘러 가까운 학원으로 갔다. 막 수업이 끝난 학생들이 쏟아져 나오고 있었다. 그들은 엘리베이터를 타지 않고 계단을 오르기 시작했다. 작고 한 대밖에 없는 엘리베이터를 타려 했다가는 임무 수행에 차질이 생기기 때문이었다.

그들은 쉬지 않고 3층까지 올랐다. 둘 다 숨을 헐떡거리고 있었다.

학원 내부는 턱없이 비좁았다. 칸막이로 여러 개의 강의실을 만드느라고 복도는 여러 갈래로 갈라지며 뻗어 있었는데, 그 폭이 두 사람이 나란히 걷기가 비좁을 지경이었다. 그들은 각기 다른 방으로 헤어졌다.

김수희는 책상이 빡빡하게 놓인 강의실 앞으로 거침없이 나가 맨 앞 가운데 자리에 매고 있던 학생용 가방을 내려놓았다. 그리고 재빠른 손놀림으로 쇠줄을 꺼내 가방 멜빵과 의자 등받이 쇠막대를 연결해 감았다. 그리고 쇠줄 끝에 달린 열쇠를 채웠다. 그것으로 오늘의 '엄마 임무' 완수였다. 여기서 밤 10시까지 두 시간 동안 값 비싼 1타 강사의 과학 강의가 진행되었다. 몰아서 하는 집중 강의인 데다가 수강생이 많아서 이렇게 자리 잡지 않고 중간 넘어 뒤로 밀리면 강의는 들으나마나였다.

김수희가 강의실을 나오는데 두 여자가 다급하게 들어서고 있었다.

"언니, 이거 정말 문제 아니우? 공기가 통해야 말이지."

정민지가 찡그린 얼굴로 비좁은 복도를 둘러보았다.

"이봐, 언제까지 그 환기 타령 할 거야?"

김수희가 짜증스럽게 내쏘았다.

"누가 말하고 싶어 하나요. 애들 건강이 걱정되니까 그렇지."

정민지가 들릴락말락한 소리로 꿍얼거렸다.

"감독 기관에서 내버려두고 있는데 자네 혼자 투덜거리면 무슨 소용이 있어. 이것도 아쉬우면 그냥 죽치고 있어."

김수희가 뼈 있는 소리로 못 박았다.

그들은 부랴부랴 식당으로 가 아이들이 도착하기 전에 고기를 굽기 시작했다. 시간을 최대한 단축해서 단백질 위주의 건강한 식사를 시키기 위한 엄마의 제2의 임무 수행이었다.

고기가 다 익을 때쯤 나타난 두 아이는 고작 15분 동안에 허둥지둥 밥을 먹어치우고 식당을 뛰쳐나갔다.

아이들이 떠난 다음 김수희와 정민지는 저녁 식사를 시작했다.

"언니, 용한 데를 알아냤는데 안 가보시겠수?"

정민지가 넌지시 말했다.

"……얼마나 용한데?"

김수희가 눈을 내리깐 채 물었다.

"아주 백발백중, 척척박사 족집게래요."

"또 괜한 소리 해서 거액 굿판이나 벌이게 하는 것 아니고?"

"아니요. 절대 그런 사기꾼 아니에요."

"알았어, 좀 생각해 볼게."

그들이 큰길로 나왔을 때는 대치동 거리는 더 밝고 활기가 넘치고 있었다. 마치 유흥가처럼.

그들은 커다란 종이컵 커피를 한 잔씩 들고 아까 그 자리에 다시 자리 잡았다. 밤 10시까지 기다려야 하는 엄마의 제3의 임무 시작이었다.

이 대치동 학원가에 놀란 외국인 네 사람이 있었다. 하버드대 학생들이었다. 그들은 세계 여러 나라의 교육 실태를 탐방하며 한국에 온 것이었다.

"우리는 여기 대치동을 비롯한 학원가를 둘러보고 나서 그동안 풀지 못했던 큰 수수께끼를 풀었다. 그게 무엇이냐면 우리 하버드대학교에 유학 온 한국 학생들이 하나같이 기숙사 방에 틀어박혀 밖에 나오지를 않았던 이유다. 수업 시간에는 꼬박꼬박 나오는데 그 외에는 운동도 하지 않고, 동료들과 담소도 하지 않고, 봉사 활동도 하지 않는 것이었다. 그 이유를 알고 보니 그들은 교재들을 외우느라고 사력을 다하고 있던 것이다. 그들이 왜 그러는지 우리는 도저히 이해할 수 없었다. 왜냐하면 아무리 뛰어난 천재라 해도 책을 다 외울 수는 없는 일이고, 그건 지극히 어리석은 공부 방법이었기 때문이다. 책은 첫째 전체를 읽어 내용을 파악하고, 둘째 그 저자는 왜 그렇게 썼는가를 분석해 보고, 셋째 나는 어떻게 쓸 수 있는가를 구상해 보는 것으로 바른 독서가 완성되는 것이다. 그런데 한국 유학생들은 무조건 외우려고드니 공부 효과는 떨어지고, 동료들과 담소를 안 하니 회화 실력은 늘지 않고, 책에 대한 평가나 독후감 같은 것을 쓰지 않으니 석·박사 논문 쓰기가 어려워져 70퍼센트 이상 학위 취득에 실패하는 것이었다. 그런데 한국에 와보니 그들이 왜 그랬는지 확실하게 알게 되었다. 주입과 암기는 한국 교육의 핵심이고, 그들은 거기에 완전히 습관 되어 있었기 때문이다. 그 암기법은 한국 교육의 문제일 뿐만 아니라 한국의 미래에도 직결된 문제라 생각한다. 한국은 일본식 암기 교육으로 일본과 똑같이 선진국들의 기술을 모방해가며 급속 성장을 이룩할 수 있었다. 그러나 이제 일본이 그렇듯 한국도 한계에 도달했다. 그 돌파구는 서양식의 토론 교육을 통해 창의력을 개발해 나가는 것이다. 한국은 이제 기로에 서 있다고 생각한다."

그들이 이런 경고를 남기고 간 지 3년이 되었지만 학원가는 불변의 암기 교육으로 줄기차게 호황을 누리고 있었다.

밤 10시가 되자 크고 작은 건물들은 일제히 학생들을 토해내기 시작했다. 거기에 맞춰 미끈미끈한 자가용들이 큰길 양쪽에 늘어서기 시작했다. 서로 다붙듯이 촘촘하게 섰는데도 자리가 모자라 두 줄로 겹쳐 세우기 시작했다. 학원에서 나온 학생들이 민첩하게 자기네 차를 찾아 타고 떠나고, 떠나고 했다. 어디서 나타났는지 교통순경이 요란하게 호루라기를 불어댔다. 그는 교통 단속을 나온 것이 아니었다. 분명 주차 위반을 한 차들이 수백 대인 데도 딱지를 떼지 않고 차량이 빨리 빠지도록 교통정리를 해주고 있었다. 고마우신 민주 경찰의 모습이었다.

수많은 차들이 도착하고 떠나는 번잡 속에서 대치동의 밤은 활기차고 휘황하기만 했다.

〈끝〉

＊인용 출처

　70쪽_ 이순영, 「학원가기 싫은 날」 전문(『솔로강아지』, 가문비, 2015년)

　72쪽_ 강수돌, 『강수돌 교수의 더불어 교육혁명』, 47쪽부터 부분 인용 (삼인, 2015년)

　162쪽_ 도종환, 「흔들리며 피는 꽃」 전문(『흔들리며 피는 꽃』, 문학동네, 2012년)

　212쪽_ 김성윤, 『18세상』, 48~49쪽 인용 (북인더갭, 2014년)

　213쪽_ 나태주, 「풀꽃 1」 전문(『멀리서 빈다』, 시인생각, 2013년)

　311쪽_ 김용택, 「우리나라 꽃」 전문(『콩, 너는 죽었다』, 실천문학사, 2003년)

　376쪽_ 문병란, 「민주주의는 교실에서부터」 부분 인용(『못 다 핀 그날의 꽃들이여』, 도서출판 동아, 1987년)

1943년　전남 승주군 선암사에서 아버지 조종현과 어머니 박성순
　　　　사이의 4남 4녀 중 넷째(아들로는 차남)로 태어남. 아버지는
　　　　일제시대 종교의 황국화 정책에 의해 만들어진 시범적인 대
　　　　처승이었음.

1948년　'여순반란사건'을 순천에서 겪음.

1949년　순천 남국민학교 입학.

1950년　충남 논산에서 6·25를 맞음.

1953년　작은아버지들이 살고 있던 벌교로 이사. 최초의 자작 문집
　　　　을 만들었고, 글짓기에서 전교 1등상을 받음.

1956년　광주 서중학교 입학.

1958년　아버지가 서울 보성고등학교로 전근.

1959년　서울로 이사. 광주 서중학교 제34회 졸업. 보성고등학교 입학.

1962년　보성고등학교 제52회 졸업. 동국대학교 국문학과 입학.

1966년　대학 졸업과 동시에 육군 사병 입대.

1967년　시인 김초혜와 결혼.

1969년　육군 병장 제대.

1970년　《현대문학》6월호에 「누명」이 첫회 추천됨. 12월호에 「선생님
　　　　기행」으로 추천 완료. 동구여상에서 교직 근무 시작.

1971년　중편 「20년을 비가 내리는 땅」《현대문학》, 단편 「빙판」《신동
　　　　아》, 「어떤 전설」《현대문학》 발표. 「선생님 기행」이 일본어로

번역됨.

1972년 중편 「청산댁」《현대문학》, 단편 「이런 식이더이다」《월간문학》 발표. 부부 작품집 『어떤 전설』(범우사) 출간. 중경고등학교로 전근. 아들 도현을 낳음.

1973년 중편 「비탈진 음지」《현대문학》, 단편 「거부 반응」《현대문학》, 「타이거 메이저」《일본 한양》, 「상실기」를 「상실의 풍경」으로 개제《월간문학》에 발표. 10월 유신으로 교직을 떠나게 됨.《월간문학》 편집일을 시작. 「청산댁」이 일본에서 간행된 『한국전후대표작선집』에 번역 수록.

1974년 중편 「황토」 작품집 『황토』에 수록. 단편 「술 거절하는 사회」《월간문학》, 「빙하기」《현대문학》, 「동맥」《월간문학》 발표. 작품집 『황토』(현대문학사) 출간.

1975년 단편 「인형극」《현대문학》, 「이방 지대」《문학사상》, 「전염병」을 「살풀이굿」으로 개제《신동아》에 발표. 「발아설」을 「삶의 흠집」으로 개제《월간문학》에 발표. 「황토」가 영화화됨. 월간문학사 그만둠.

1976년 단편 「허깨비춤」《현대문학》, 「방황하는 얼굴」《한국문학》, 「검은 뿌리」《소설문예》, 「비틀거리는 혼」《월간문학》 발표. 장편 『대장경』을 민족문학 대계의 일환으로 집필 완성. 월간문예지《소설문예》 인수, 10월호부터 발간.

1977년 중편 「진화론」《현대문학》, 「비둘기」《소설문예》, 단편 「한, 그 그늘의 자리」《문학사상》, 「신문을 사절함」《소설문예》, 「어떤 솔거의 죽음」《창작과비평》, 「변신의 굴레」《신동아》, 「우리들의 흔적」《소설문예》 발표. 작품집 『20년을 비가 내리는 땅』(범우

사) 출간. 10월호를 끝으로 《소설문예》의 경영권을 넘김.

1978년   중편 「미운 오리 새끼」《소설문예》, 단편 「마술의 손」《현대문학》, 「외면하는 벽」《주간조선》, 「살 만한 세상」《월간중앙》 발표. 작품집 『한, 그 그늘의 자리』(태창문화사) 출간. 도서출판 민예사 설립.

1979년   단편 「두 개의 얼굴」《문예중앙》, 「사약」《주간조선》, 「장님 외줄타기」《정경문화》 발표. 중편 「청산댁」이 KBS 〈TV문학관〉에 극화 방영.

1980년   단편 「모래탑」《현대문학》, 「자연 공부」《주간조선》 발표. 도서출판 민예사의 경영권을 넘기고 주간의 일을 봄. 장편 『대장경』(민예사) 출간. 문고본 『허망한 세상 이야기』(삼중당) 출간.

1981년   중편 「유형의 땅」《현대문학》, 「길이 다른 강」《월간조선》, 「사랑의 벼랑」《여성동아》, 단편 「껍질의 삶」《한국문학》 발표. 중편 「청산댁」이 프랑스어로 번역 출간.

1982년   중편 「인간 연습」《한국문학》, 「인간의 문」《현대문학》, 「인간의 계단」《소설문학》, 「인간의 탑」《현대문학》, 단편 「회색의 땅」《문학사상》, 「그림자 접목」《소설문학》 발표. 작품집 『유형의 땅』(문예출판사) 출간. 중편 「인간의 문」으로 대한민국문학상 수상. 중편 「유형의 땅」으로 현대문학상 수상. 중편 「유형의 땅」이 MBC TV 6·25 특집극으로 방영.

1983년   중편 「박토의 혼」《한국문학》, 단편 「움직이는 고향」《소설문학》 발표. 대하소설 『태백산맥』을 원고지 1만 5천 매 예정으로 《현대문학》 9월호부터 연재 시작. 연작 장편 『불놀이』(문예출판사) 출간. 『불놀이』가 MBC TV 6·25 특집극으로 방영.

1984년 중편 「운명의 빛」을 「길」로 개제《한국문학》에 발표. 단편 「메
아리 메아리」《소설문학》 발표. 장편 『불놀이』 영어로 번역.
중편 「박토의 혼」 독일어로 번역. 작품 「메아리 메아리」로 소
설문학작품상 수상. 도서출판 민예사에서 《한국문학》을 인
수하고, 주간을 맡아 12월호부터 발간.

1985년 중편 「시간의 그늘」《한국문학》 발표. 대하소설 『태백산맥』 연
재 집필을 위해 매달 안양의 라자로마을에 10여 일씩 칩거.

1986년 『태백산맥』 제1부 4천 8백 매 완결(《현대문학》 9월호). 제1부
를 3권의 단행본으로 출간(한길사).

1987년 『태백산맥』 제2부를 《한국문학》 1월호부터 연재 시작하여
12월호까지 3천 2백 매 완결. 제2부를 2권의 단행본으로 출간.

1988년 『태백산맥』 제3부를 《한국문학》 3월호부터 연재 시작하여
12월호까지 3천 2백 매 완결. 제3부를 2권의 단행본으로 출
간. 작품집 『어머니의 넋』(한국문학사) 출간. 신문사 문학 담
당 기자와 문학평론가 39인이 뽑은 '80년대 최고의 작품' 1위
『태백산맥』(《문예중앙》, 1988년 여름호). 성옥문화상 수상.

1989년 『태백산맥』 제4부를 《한국문학》 1월호부터 연재 시작하여
11월호까지 4천 5백 매 완결. 제4부를 3권의 단행본으로 출
간(전 10권 완간). 『태백산맥』 완결을 고대하며 투병하시던
아버지의 별세를 소설을 쓰다가 전화로 연락받음. 소설의 완
결까지 연재 1회분 반을 남겨놓은 상태에서 아버지의 장례를
치름. 문학평론가 48인이 뽑은 '80년대 최대의 문제작' 1위 『태
백산맥』(『80년대 대표소설선』, 1989년, 현암사). 80년대의 '금단'
을 깬 대표 소설 『태백산맥』(《한겨레신문》, 1989. 12. 28).

1990년   새 대하소설 『아리랑』의 집필을 위해 중국 만주, 동남아 일대, 미국 하와이, 일본, 러시아 연해주 등지를 취재 여행. 12월 11일부터 《한국일보》에 2만 매로 예정된 『아리랑』 연재를 시작. 출판인 34인이 뽑은 '이 한 권의 책' 1위 『태백산맥』(《경향신문》, 1990. 8. 11). 현역 작가와 평론가 50인이 뽑은 '한국의 최고 소설' 『태백산맥』(《시사저널》, 1990. 11. 22). 동국문학상 수상.

1991년   『아리랑』 연재 계속. 작품 『태백산맥』으로 단재문학상 수상. 『태백산맥』으로 유주현문학상 수여가 결정되었지만 수상을 거부함. 이를 계기로 그 상이 폐지되었음. 『태백산맥』 연구서 『문학과 역사와 인간』(한길사) 출간. 전국 대학생 1,650명이 뽑은 '가장 감명 깊은 책' 1위 『태백산맥』, '대학생 필독 도서' 1위 『태백산맥』(《중앙일보》, 1991. 11. 26).

1992년   『아리랑』 연재 계속. 대검찰청에서 『태백산맥』이 국가보안법 상의 이적 표현물과 적에 대한 고무 찬양에 저촉되는지를 내사한 결과 작가에 대한 의법 조치나 책의 판금을 문제 삼지 않기로 했다고 발표. '학생이나 노동자들이 읽으면 불온 서적 소지·탐독으로 의법 조치할 것이며, 일반 독자들이 교양으로 읽는 경우에는 무관하다'는 내용의 대검 발표는 모든 언론들의 비판과 조롱거리가 됨. 대검의 그런 공식적 태도는 『태백산맥』 1부가 단행본으로 발간되면서부터 작가에게 몇 년 동안에 걸쳐 줄기차게 가해져 온 모든 수사 기관들의 음성적 압력과 억압 그리고 협박이 대표적으로 표출된 것에 지나지 않음. 일본의 출판사 집영사와 『태백산맥』 전 10권 완역 출판 계약 체결, 일본에서 대하소설을 완역 계약한 것은 최초. 한국의 지성 49인이 뽑은 '미래를 위한 오늘의 고전 60선'에 『태백산맥』 선정(《출판저널》, 1992. 2. 20). 서울리서치 조사 독자 500명이 뽑은 '가장 기억에 남는 작품' 1위 『태백산맥』 (《조선일보》, 1992. 8. 25).

1993년 『아리랑』 연재 계속. 외아들 도현이 육군 사병 입대. 중편 「유형의 땅」이 영어로 번역되어 현대한국소설집(제목 『유형의 땅』, 샤프 출판사) 출간.

1994년 6월 『아리랑』 제1부 「아, 한반도」를 3권의 단행본으로 출간 (도서출판 해냄). 8월 제2부 「민족혼」을 3권의 단행본으로 출간. 10월 제3부 「어둠의 산하」 중 일부가 제7권으로 출간. 12월 제8권 출간. 신문 연재로는 원고량을 다 소화할 수가 없어서 《한국일보》 연재를 중단하고 후반부 집필에 전념. 4월에 8개의 반공 우익 단체들이 작품 『태백산맥』과 작가를, 역사를 왜곡하여 국가보안법을 위반한 불온 서적 및 사상 불온자로 몰아 검찰에 고발함. 거기에다 이승만의 양자에 의해 이승만의 명예훼손죄 고발도 첨가됨. 6월에 치안본부 대공수사실 (속칭 남영동)에서 수사를 받았고, 그 후 몇 개월에 걸쳐 출두 요구와 거부를 반복하는 동안에 『아리랑』 집필에 치명적인 피해를 받음. 『태백산맥』 영화화(태흥영화사), 영화 개봉을 앞두고 작가를 고발했던 반공 우익 단체들이 영화를 상영하면 극장과 영화사를 폭파하고 불 지르겠다고 공공연한 공갈 협박을 자행하여 대대적인 사회의 물의를 일으킴. 전국 애장가 720명이 뽑은 '가장 아끼는 책' 1위 『태백산맥』(《한겨레신문》, 1994. 10. 5).

1995년   2월 『아리랑』 제3부 「어둠의 산하」 중 일부인 제9권 출간. 5월
제4부 「동트는 광야」 중 일부인 제10권 출간. 7월 25일 총 2만
매의 『아리랑』 집필 완료, 4년 8개월 만의 결실. 7월 제11권 출
간. 8월 해방 50주년을 맞이하며 제12권 출간(전 12권). 『태백
산맥』을 출판사를 옮겨서 출간(도서출판 해냄). 「조정래 특집」
《작가세계》 가을호). 서울대학교 신입생 218명이 뽑은 '가장 감
명 깊게 읽은 책' 1위 『태백산맥』, '가장 읽고 싶은 책' 1위 『태백
산맥』《한겨레신문》, 1995. 3. 15). '우리 사회에 가장 영향력이 큰
책' 《시사저널》 조사 2위 『태백산맥』, 3위 『아리랑』《시사저널》,
1995. 10. 26). 20대 남녀 독자 294명이 뽑은 '가장 읽고 싶은 책'
1위 『아리랑』《도서신문》, 1995. 12. 30).《한겨레21》의 독자들이
뽑은 '1995년의 좋은 인물'에 선정(《한겨레21》, 1995. 12. 28). 사
회 각 분야 전문가 47인이 뽑은 '올해의 좋은 책' 1위 『아리랑』
《출판문화》, 1995, 송년 특집호). 1천만 명 서명을 목표로 하는
'태백산맥·아리랑 작가 조정래 노벨문학상 추천 서명인 발대
식'이 1995년 11월 28일 종로 탑골공원에서 시민 단체 자발로
이루어짐(《중앙일보》, 1995. 11. 30).

1996년   단일 주제 비평서인 『태백산맥』 연구서 『태백산맥 다시 읽
기』 권영민 집필로 출간(도서출판 해냄). 『아리랑』 연구서 『아
리랑 연구』 조남현 외 11인의 집필로 출간(도서출판 해냄). 세
번째 대하소설을 위해 독일, 프랑스, 미국 등 취재 여행. 중편
「유형의 땅」 이탈리아어로 번역. 프랑스 아르마땅 출판사와
『아리랑』 전 12권 완역 출판 계약 체결. 일본에서 『태백산맥』

완역과 마찬가지로 프랑스에서 한국의 대하소설을 완역 계약한 것은 최초의 일. 미혼 직장 여성 502명이 뽑은 '친구에게 가장 권하고 싶은 책' 1위 『태백산맥』, 3위 『아리랑』, '가장 감명 깊게 읽은 책' 1위 『태백산맥』, 4위 『아리랑』(《동아일보》 《조선일보》, 1996. 1. 18). 전국 20세 이상 독자 1천 200명이 뽑은 '가장 기억에 남는 소설' 1위 『태백산맥』(《동아일보》, 1996. 4. 29). '우리 사회에 가장 영향력이 큰 책' 《시사저널》 조사 1위 『태백산맥』, 5위 『아리랑』(《시사저널》, 1996. 10. 24).

1997년   새 대하소설을 위해 베트남, 사우디아라비아 등 취재 여행. '『태백산맥』 100쇄 출간 기념연'을 3월 6일 프라자호텔에서 개최(도서출판 해냄 주최), 증정본 겸 기념본으로 『태백산맥』 양장본 100질을 제작. 대하소설로 100쇄 발간은 최초의 일이며, 450만 부 돌파는 한국 소설사 100년 동안의 최고 부수라고 각 언론이 보도. 3월부터 동국대학교 첫 번째 만해석좌교수가 됨. 장편 『불놀이』 영역판(전경자 교수 번역)이 미국 코넬대학교 출판부에서 출간. 프랑스 유네스코에서 『불놀이』 번역 시작. 각 대학 수석 합격자 40명이 뽑은 '후배들에게 가장 권하고 싶은 소설' 1위 『태백산맥』, 5위 『아리랑』(《중앙일보》, 1997. 2. 25). 전국 국문과 대학생 150명이 뽑은 '가장 좋은 소설' 1위 『태백산맥』, 4위 『아리랑』(《조선일보》, 1997. 5. 15). 서울대학생 1천 명이 뽑은 '가장 감명 깊게 읽은 소설' 1위 『태백산맥』, 4위 『아리랑』(《조선일보》, 1997. 7. 23). 1997년 서울 6개 대학 도서관의 문학 작품 대출 1위 『태백산맥』(《동아일보》, 1997. 12. 28). 전남 보성군청에서 추진하던 '태백산맥 문학공원' 사업이 자유총연맹과 안기부의 개입·방해로 전면 좌초(《시사저널》, 1997. 9. 18).

1998년 『아리랑』 프랑스어판 제1부 3권이 4월 말에 출간(아르마땅 출판사). 문예진흥원 번역 지원으로 작품집 『유형의 땅』 프랑스어로 번역 시작. 세 번째 대하소설 『한강』을 《한겨레신문》 창간 10주년을 기념하여 5월 15일부터 연재 시작. 『태백산맥』 사건은 이때까지도 미해결인 채 국가보안법 위반 혐의자로 검찰에 걸려 있었음. 20·30대 사무직 남·여 600명이 뽑은 '지금까지 살아오면서 가장 기억에 남는 책'(전 세계의 작품을 대상) 한국출판연구소 조사 남자 국내 1위 『태백산맥』, 여자 국내 1위 『태백산맥』(《동아일보》, 1998. 4. 21). 서울대학 도서관 대출 1위 『아리랑』(《조선일보》, 1998. 7. 23). 제1회 노신(魯迅)문학상 수상.

1999년 《한국일보》 조사, 문인 100명이 뽑은 지난 100년 동안의 소설 중에서 '21세기에 남을 10대 작품'에 『태백산맥』 선정(《한국일보》, 1999. 1. 5). 《출판저널》 특별 기획, 각 분야 지식인 100인이 선정한 '21세기에도 빛날 20세기 책들(국내 모든 저작물 대상)' 36종에 『태백산맥』 선정됨(《출판저널》 1999년 신년 특집 증면호). 《한겨레21》 창간 5돌 특집, 전국 인문·사회계열 교수 129명이 뽑은 '20세기 한국의 지성 150인'에 선정됨(《한겨레21》, 1999. 3. 25). MBC TV 〈성공시대〉 70분 특집방영 '소설가 조정래'. 『조정래문학전집』 전 9권(도서출판 해냄) 출간. 『태백산맥』 일어판 1·2권(집영사) 출간. 장편 『불놀이』 프랑스 유네스코에서 프랑스어판(아르마땅 출판사) 출간. 소설집 『유형의 땅』이 문예진흥원 선정으로 프랑스어판(아르마땅 출판사) 출간. 출판인 50인이 뽑은 20세기 최고 작가 2위 (《세계일보》, 1999. 12. 18). 《중앙일보》 선정 '20세기 명저 국내 20선(국내 모든 분야 망라)'에 『태백산맥』 선정됨(《중앙일보》, 1999. 12. 23). 《중앙일보》 선정 '20세기 한국의 베스트셀러'에 『태백산맥』 『아리랑』이 동시에 선정. 30개 중에서 한 작가의 두 작품이 동시에 선정된 것은 유일함(《중앙일보》, 1999. 12. 23).

2000년 『태백산맥』 일어판 10권 완간(집영사). 9월 29일, 『아리랑』의 발원지인 전북 김제시에서 시민의 이름으로 '조정래 대하소설 아리랑 문학비'를 벽골제 광장에 세우고, 제1호 명예시민증 수여. 그날 10시 29분에 첫 손자 재면(在勉)이가 태어나 희한한 겹경사를 이룸.

2001년 「어떤 솔거의 죽음」이 그림을 곁들인 청소년 도서로 출간(다림출판사). 광주시 문화예술상 수상. 자랑스러운 보성(普成)인 상 수상. 11월 『한강』 제1부 「격랑시대」를 3권의 단행본으로 출간(도서출판 해냄). 12월 제2부 「유형시대」를 3권의 단행본으로 출간.

2002년 1월 3일 총 1만 5천 매의 『한강』 집필 완료. 3년 8개월 만의 결실. 1월 『한강』 제3부 「불신시대」의 일부를 2권의 단행본으로 출간. 2월 「불신시대」의 나머지를 2권의 단행본으로 출간. 『한강』 전 10권 완간. 1월 17일 작품 집필 때문에 6개월 동안 미루어왔던 탈장 수술 받음. 12월 등단 33년 만에 첫 번째 산문집 『누구나 홀로 선 나무』 출간(문학동네).

2003년 중편 「안개의 열쇠」《실천문학》, 단편 「수수께끼의 길」《문학사상》 발표. 2월 'Yes24 회원 선정 2002년의 책'에서 『한강』
이 남자 1위, 여자 2위. 3월 만해대상 수상. 4월 제1회 동리문
학상 수상. 5월 프랑스 아르마땅 출판사에서 『아리랑』 전 12권
완역 출간. 유럽 지역에서 한국의 대하소설이 완간된 것은
최초의 일. 5월 16일 전북 김제시에서 건립한 '조정래 아리랑
문학관' 개관식 개최. 생존 작가의 문학관이 세워진 것은 처
음 있는 일. 둘째 손자 재서(在緒) 태어남.

2004년   4월 30일 프랑스의 시인이며 극작가인 테르지앙(Terzian)이
『아리랑』을 희곡화하여, 『분노의 나날』로 출간(아르마땅 출판
사). 7월 1일 희곡집 『분노의 나날』을 『분노의 세월』로 시인
성귀수 씨가 번역 출간(도서출판 해냄). 8월 20일 『태백산맥』
프랑스어판 제1권 출간(아르마땅 출판사). 9월 1일 중편 「유형의
땅」이 독어판으로 출간(독일 페페르코른 출판사). 12월 15일 만
화 『태백산맥』 1권이 박산하 씨 그림으로 출간(더북컴퍼니 출판
사). 12월 20일 『태백산맥』 일어판 문고본 계약(일본 집영사).

2005년   단편 「미로 더듬기」 《현대문학》. 1월 1일 《문화일보》 2005년
신년 특집으로 〈광복 60돌 '한국을 빛낸 30인'〉에 선정. 5월
26일 순천시에서 '조정래 길'을 지정하고 표지석 개막식 개
최(낙안 구기-승주 죽림 사이). 4월 1일 서울지방검찰청에서
『태백산맥』 고소 고발 사건에 대해 만 11년 만에 무혐의 결
정 내림. 5월 20일 MBC TV에서 〈조정래〉 3부작 제작(『태백
산맥』 고소 고발 사건의 발단과 수사 경과, 무혐의 결정이 내려
지기까지의 전 과정). 6월 23일 인터넷 서점 Yes24와 포털 사
이트 네이버가 진행한 '네티즌 추천 한국 대표 작가-노벨문

학상 후보를 추천해 주세요'에서 네티즌 6만 명이 참여해 조정래를 1위로 선정. 또, '한국인에게 큰 감동을 준 작품'으로 『태백산맥』을 1위로 선정. 8월 10일 장편 『불놀이』 독어판 이기향 씨 번역으로 출간(페페르코른 출판사). 8월 15일 『태백산맥』 프랑스어판 3권 출간. 8월 13~21일 인천시립극단에서 광복 60주년 기념 특별 공연으로 연극 〈아리랑〉을 인천종합문화예술회관에서 공연. 10월 5일 MBC TV와 『태백산맥』 드라마 계약.

2006년 장편 『인간 연습』 분재 1회 《실천문학》. 3월 15일 『태백산맥』 프랑스어판 4권 출간. 4월 10일 〈한국소설 베스트〉 시리즈로 『유형의 땅』 포켓북 출간(일송포켓북). 4월 15일 「미로 더듬기」로 현대불교문학상 수상. 6월 28일 장편 『인간 연습』 출간(실천문학사). 장편 『오 하느님』 분재 1회 《문학동네》. 10월 15일 『태백산맥』 프랑스어판 5권 출간.

2007년 1월 5일 한국 문학 대표작 선집 27 『황토』 출간(문학사상사). 1월 29일 『아리랑』 100쇄 돌파 기념연 개최(도서출판 해냄). 3월 26일 장편 『오 하느님』 단행본 출간(문학동네). 4월 20일 『태백산맥』 프랑스어판 6권 출간. 8월 10일 조정래 소설집 『어떤 전설』 출간(책세상). 10월 25일 '큰 작가 조정래의 인물 이야기(위인전 시리즈)' 첫 다섯 권(신채호, 안중근, 한용운, 김구, 박태준) 출간(문학동네). 11월 30일 『태백산맥』 프랑스어판 7, 8, 9권 출간. 12월 27일 『태백산맥』 프랑스어판 전 10권 완간.

2008년 4월 7일 KYN과 『아리랑』 TV 드라마 계약. 4월 10일 『교과서 한국문학』 시리즈 조정래편 5권 출간(휴이넘 출판사). 5월 1일 『죽기 전에 꼭 읽어야 할 책 1001』에 『태백산맥』이 선정됨. 서기 850년경에 씌어진 『아라비안나이트(천일야화)』에서부터 최근에 이르기까지 1,200여 년 동안 발표된 전 세계의 소설을 대상으로 평론가·학자·작가·언론인 등으로 구성된 국제적인 전문가 집단이 참여하여 1,001편을 가려 뽑은 책으로 우리나라 작품으로는 『태백산맥』과 『토지』가 뽑혀 수록됨(영국 카셀 출판사, 번역서 마로니에북스). 11월 20일 '큰 작가 조정래의 인물 이야기' 제6권 『세종대왕』, 제7권 『이순신』 출간(문학동네). 11월 21일 '조정래 태백산맥 문학관' 개관식(전남 보성군 벌교읍 회정리 『태백산맥』이 시작되는 지점). 12월 11일 '자랑스러운 동국인상' 수상. 12월 23일 '사회 각 분야 가장 존경받는 인물' 문학 분야 1위로 선정됨(《시사저널》 제1,000호 기념 특대호 특집).

2009년   3월 2일 『태백산맥』 200쇄 돌파 기념연 개최(도서출판 해냄). 대하소설로 200쇄 돌파는 최초. 9월 30일 자전 에세이 『황홀한 글감옥』 출간(시사IN북). 10월 26일 2007년 출간한 장편소설 『오 하느님』을 『사람의 탈』로 제목을 바꿔 개정 출간. 11월 18일 장애문화예술인들을 위한 'Art 멘토 100인 위원회 1호' 위원으로 위촉됨(한국장애인문화진흥회).

2010년   장편소설 『허수아비춤』을 계간지 《문학의 문학》 여름호에 600매 분재함과 동시에, 인터넷서점 인터파크에도 2개월간 60회로 연재한 후 10월 1일 단행본으로 출간(도서출판 문학의문학). 11월 10일 장편 『불놀이』, 12월 1일 장편 『대장경』 개정판 출간(도서출판 해냄). 12월 2일 경남 창원에서 '고려대장경 팔각 불사 1,000년 기념'으로 장편 『대장경』을 오페라로 공연(경남음악협회). 12월 22일 장편『허수아비춤』이 독자들이 뽑은 '2010 최고의 책'으로 시상식 거행(인터파크 도서). 12월 26일 장편『허수아비춤』이 '2010 네티즌 선정 올해의 책'이 됨(Yes24).

2011년   4월 대하소설『태백산맥』『아리랑』『한강』 전자책 출시, 이와 동시에 장편소설 및 중단편소설집도 개정 출간과 동시에 전자책 출시 결정. 6월 3~4일 예술의전당에서 '고려대장경 팔각 불사 1000년 기념' 오페라 〈대장경〉 공연(경남음악협회). 4월 25일 초기 단편 모음집『상실의 풍경』개정판 출간, 5월 30일 중편「황토」와 7월 25일 중편「비탈진 음지」를 장편으로 전면 개작해 단행본『황토』『비탈진 음지』로 출간, 10월 10일『어떤 솔거의 죽음』개정판 출간(이상 모두 도서출판 해냄).

2012년   2월 유비유필름과『태백산맥』드라마판권 계약. 4월 영국 놀리지펜 출판사와『태백산맥』의 영어·러시아어 번역출간 계약. 4월 30일『외면하는 벽』개정판 출간(도서출판 해냄). 7월 중편「유형의 땅」이 전경자의 영어번역으로 영한대역『유형의 땅』으로 출간(도서출판 아시아). 9월 30일『유형의 땅』개정판 출간(도서출판 해냄), 11월에는《출판저널》이 뽑은 '이달의 책'으로 선정됨. 10월 5일『사람의 탈』영어판 출간(Merwin Asia).『금서의 재탄생』(장동석 저, 북바이북)과『금서, 시대를 읽다』(백승종 저, 산처럼)에서 금서로서의『태백산맥』을 집중 조명함.

2013년   2월 23일 참여연대로부터 공로패 받음. 2월 25일 단편집『그림자 접목』개정판 출간(도서출판 해냄). 3월 대하소설『아리랑』의 뮤지컬 제작을 위해 신시컴퍼니(대표 박명성)와 판권 계약 체결. 3월 25일부터 인터넷 포털 사이트 네이버에『정글 만리』일일연재를 시작, 7월 10일 108회를 끝으로 연재 종료 와 동시에 7월 12일 단행본 전 3권으로 출간(도서출판 해냄). 10월 7일『정글만리』중국어판 출판계약 체결.『정글만리』 에 대해; 10월 7일 문화계 인사 60인이 선정한 '2013 출판 부문 1위.' 10월 24일《중앙일보》·교보문고가 공동 선정한 '2013년 올해의 좋은 책 10.' 11월 26일 제23회 한국가톨릭 매스컴상 수상(출판부문). 12월 9일 출간 5개월 만에 100만 부 돌파 최단 기록. 12월 11일 한국예술평론가협의회 선정 제33회 '올해의 최우수 예술가상' 수상(문학부문). 12월 14일 《동아일보》가 선정한 '2013 올해의 책.' 12월 20일 Yes24 네 티즌 선정 '2013년 올해의 책' 1위. 12월 21일《조선일보》가 선 정한 '2013년 올해의 책.' 12월 26일 인터파크도서 '제8회 인 터파크 독자 선정 2013 골든북 어워즈'에서 골든북 1위, 골든 북 작가부문 1위. 12월 30일 알라딘 독자 선정 '2013년 올해 의 책' 1위.

2014년   1월 8일《매일경제》·교보문고 공동 선정 '2014년을 여는 책 50.' 1월 10일 국립중앙도서관 통계, '2013년 도서관에서 가장 많이 이용한 도서' 1위. 3월 6일 뮤지컬〈태백산맥〉개막, 3월 8일까지 공연(순천시립예술단). 3월 15일『정글만리』100쇄 돌 파(『태백산맥』2번,『아리랑』1번에 이어 네 번째 100쇄 돌파가 됨). 6월 12일 벌교읍 부용산 아래, 복원된 보성여관(소설 속 의 남도여관)으로 이어진 '태백산맥길' 첫머리에 조성된 '태백산맥 문학공원 기념조형물 제막식'이 열림. 높이 3미터, 길이 23미터의 조형물에는 작가의 약력, 『태백산맥』에 대한 평가, 『태백산맥』의 줄거리, 그리고 작가의 흉상이 조각되어 있다. 그런데 그 조각은 모두를 놀라게 할 만큼 특이하고도 독창적이다. 조각가인 서울대학교 이용덕 교수는 세계 최초의 기법인 '역상(逆像) 조각'으로 그 창조성을 감동적으로 보여주고 있다. 9월 20일 제1회 심훈문학대상 수상. 12월 15일 인터뷰집 『조정래의 시선』 출간(도서출판 해냄).

2015년   6월 15일 『아리랑 청소년판』 출간(조호상 엮음, 백남원 그림, 도서출판 해냄). 7월 16일 뮤지컬 〈아리랑〉 개막, 9월 5일까지 공연(신시컴퍼니). 8월 5일 장편소설 『허수아비춤』 개정판과 함께, 문학 인생 45년을 담은 『조정래 사진 여행: 길』 출간(도서출판 해냄). 10월 3일 제2회 이승휴문화상 문학상 수상.

2016년   7월 12일 장편소설 『풀꽃도 꽃이다』(전 2권) 출간(도서출판 해냄). 10월 4일 『정글만리』를 영어로 옮긴 『The Human Jungle』이 브루스 풀턴 교수와 윤주찬 씨의 번역으로 미국 현지에서 출간(Chin Music Press Inc). 11월 8일 『태백산맥 출간 30주년 기념본』(전 10권) 및 『태백산맥 청소년판』(전 10권) 출간(조호상 엮음, 김재홍 그림, 도서출판 해냄).

2017년   7월 25일~9월 3일 뮤지컬 〈아리랑〉 공연(신시컴퍼니). 11월 21일 은관문화훈장 수훈. 11월 30일 시조시인 조종현, 소설가 조정래, 시인 김초혜의 문학적 성과를 기념하고 그 정신을 이어나가고자 전라남도 고흥군에 설립된 '조종현 조정래 김초혜 가족문학관' 개관.

2018년   2월 9일 〈2018 평창 동계올림픽대회〉 성화 봉송(오대산 월정
사 천년의 숲길). 4월 20일 만손자 조재면과 함께 집필한『할
아버지와 손자의 대화』출간(도서출판 해냄).

2019년   장편소설『천년의 질문』을 네이버 오디오클립에 오디오북 형
태로 30회 연재한 후 6월 11일 단행본 전 3권으로 출간(도서
출판 해냄). 11월 2일 조정래 작가의 문학적 성취를 기리고 국
내 문학을 대표하는 중견 작가의 작품 활동을 지원하기 위
해 제정된 '조정래문학상' 제1회 개최(전남 보성군 벌교읍민회).
11월 11일 '서점인이 뽑은 올해의 작가'로 선정됨(한국서점조합
연합회). 12월 12일『천년의 질문』이 '2019년 올해의 책'으로
선정됨(Yes24).

2020년   3월 1일 서울 종로구 배화여고에서 열린 〈3·1절 101주년 기
념식〉에서 묵념사 집필·낭독. 6월 25일 강원도 철원군 백마
고지 전적지에서 6·25전쟁 70주년 기념 '한반도 종전기원문'
집필·낭독. 이 기원문은 김정은 북한 국무위원장, 도널드 트럼
프 미국 대통령, 안토니우 구테흐스 유엔 사무총장 등에게 전
달됨. 7월 2~4일 뮤지컬 〈아리랑〉 공연(전주시립예술단). 8월
1일 등단 50주년을 기념하며 지전 에세이『황홀한 글감옥』
개정판 출간(도서출판 시사IN북). 10월 15일 대하소설『태백
산맥』『아리랑』, 11월 30일『한강』의 등단 50주년 개정판 출간
(도서출판 해냄).『한강』100쇄 돌파(『태백산맥』2번,『아리랑』1번,
『정글만리』1번에 이어 다섯 번째 100쇄 돌파가 됨). 10월 15일
반세기 문학 인생 및 남녀노소 독자들의 질문 100여 개에
대한 작가의 답을 담은 산문집『홀로 쓰고, 함께 살다』출간

(도서출판 해냄).

2021년 4월 30일 장편소설『인간 연습』개정판 출간(도서출판 해냄).
KBS와 한국문학평론가협회가 공동으로 진행한 연중기획〈우
리 시대의 소설〉에『태백산맥』선정 및 방영됨(제26화).

2022년 6월 18일 경남 창원에서 콘서트 오페라〈대장경〉공연(창원문
화재단).『천년의 질문』경기도 공공도서관 60대 이상 대출 1위
도서 선정.

2023년 4월 영국 펭귄-랜덤하우스가 '펭귄 클래식' 시리즈 최초로
출간한 한국문학 번역 선집 *The Penguin Book of Korean
Short Stories*에「유형의 땅」번역 수록. 브루스 풀턴 교수가
편집하고 권영민 교수가 서문을 씀. 윌라 오디오북 대작 라인
업으로 조정래 대하소설 3부작과『정글만리』를 독점 공개하
기로 함. 7월 24일『태백산맥』을 시작으로 10월『아리랑』, 12월
『한강』공개. 10월 28~29일 태백산맥문학관 개관 15주년 기
념행사로 북토크와 문학기행 등 진행.

2024년 4월 22일부터 윌라 오디오북 대작 라인업에『정글만리』독점
공개.

조정래 장편소설
풀꽃도 꽃이다 2

제1판 1쇄 / 2016년 7월 12일
제1판 42쇄 / 2024년 6월 30일

저자 / 조정래
발행인 / 송영석
발행처 / (株)해냄출판사

등록번호 / 제10-229호
등록일자 / 1988년 5월 11일(설립일자 | 1983년 6월 24일)

04042 서울시 마포구 잔다리로 30 해냄빌딩 5·6층
대표전화 / 326-1600 팩스 / 326-1624
홈페이지 / www.hainaim.com

ⓒ 조정래, 2016

ISBN 978-89-6574-562-4
ISBN 978-89-6574-560-0(세트)